# 夜警

◎

**MANGAN**
**by Honobu YONEZAWA**

요네자와 호노부

# 야경

김선영 옮김

엘릭시르

# 야경

차례

# 야경 夜警

# I

## 1

장례식 사진이 나왔답니다.

새로 온 부하가 그렇게 말하며 노란 봉투를 책상 위에 놓았다. 마음을 써준 거겠지만 솔직히 거들떠보기도 싫다. 게다가 사진에 의존하지 않아도 경찰장警察葬이 어땠는지는 기억에 선명하다. 그 자리의 분위기도, 냄새도, 늦가을의 싸늘한 바람도.

용감하게 직무를 수행한 가와토 히로시 순경은 그 공을 인정받아 2계급 특진으로 경위가 되었다. 죽이 맞지 않는 남자였지만 사진을 내켜하지 않는 점 하나는 나와 같아서, 제단

중앙에 걸린 영정에는 잔뜩 찌푸려 볼품없는 얼굴이 찍혀 있었다. 제문은 서장과 본부장이 읽었는데, 제대로 말도 나눠 본 적 없는 상대의 죽음을 기리기란 꽤나 고역이었을 것이다. 제문 속 가와토 경위의 모습은 못 봐줄 정도로 실상과 달라서, 그렇게 훌륭한 경찰이었다면 그리 죽지는 않았을 거라고 화내는 사이 향과 헌화를 올릴 차례가 돌아왔다. 덕분에 무뚝뚝하다는 소문이 꽤나 퍼진 모양이다.

유족들은 나를 알고 있는 듯했다. 가무잡잡한 남자가 뭔가 말하고 싶은 눈치로 나를 바라보는 게 보였지만 이런 빤한 자리에서 그 녀석에 대해 말하는 게 싫어 출관을 지켜보고 바로 장례식장을 떠났다. 경찰장으로 치른 탓에 방송용 카메라와 신문기자들이 장례식장 안까지 쳐들어왔다. 장례식을 소란스럽게 만든 점에 대해서는 사과할 수도 있었다. 내가 부른 건 아니지만.

열려 있는 유리문으로 늘 그러듯 차들이 오가는 60번 국도를 보았다. 이 앞에서 한참 도로 공사를 하고 있었는데, 그것도 끝났는지 일상의 풍경이 돌아왔다. 오늘 하루에만 이 길을 지나는 사람들이 몇이나 될까? 그들은 길가에 서 있는 파출소의 순경이 죽었다는 사실은 알지도 못한다. 그것은 당연한 일이고, 이십 년이나 경찰로 일한 사내가 이제 와서 억울해할 일도 아니다. 하지만 오늘따라 왠지 그게 너무도 거슬렸다. 이런 날은 파출소가 금연 구역으로 지정된 것이 괜히 원망스럽다. 책상 위에는 지도와 파일, 전화기가 놓여 있을 뿐, 재떨이는 오래전에 사라졌다. 그리고 지금은 사진이 든 노란 봉투가 놓여 있다.

가와토의 사망 보도는 대강 이런 식이었다.

> 11월 5일 오후 11시 49분경, 시내 거주 40대 여성이 남편 다바라 마사루(51세)가 날뛰고 있다고 110번으로 신고했다. 현장에 출동한 경관 세 명이 설득을 시도했으나 다바라가 경관들에게 단도(길이 30센티미터)를 휘두른 탓에, 가와토 히로시 순경(23세)이 권총을 도합 다섯 발 발포. 흉부와 복부에 명중하여 다바라는 그 자리에서 사망했다. 가와토 순경은 칼을 맞고 병원으로 이송되었으나 6일 새벽 0시 29분, 사망이 확인되었다. 경찰은 '권총 사용은 적절했다'고 발표했다.

처음에 여론은 이 뉴스를 어떻게 다룰지 고민하는 것처럼 보였다. 초짜 순경이 피의자를 제압하지 못하고 사살해버린 불상사로 볼 것인지, 용감한 순경이 자신의 목숨과 맞바꾸어 흉악범을 무찔렀다고 볼 것인지. 시간과 함께 다바라의 행적이 밝혀지고 가와토의 인품이 퍼지면서 뉴스의 시선은 차츰 후자 쪽으로 기울었다. 경찰장에서 올린 조문은 거짓투성이였지만 가와토를 옹호하는 글로는 더할 나위 없었다. 보호 조끼의 성능 부족, 초동수사에서 사건에 대한 안일한 인식 등 경찰을 비판할 근거는 한이 없었다. 하지만 적어도 사살 자체를 비난하는 목소리는 줄어들었다.

'가와토 경위'라.

몹시 질 나쁜 농담처럼 들린다. 부하가 곁에 있다. 들리지 않도록 목소리를 지우고 못 다한 혼잣말을 했다.

그 녀석은 애초에 경찰에 맞지 않는 남자였어.

## 2

경찰학교를 졸업한 가와토가 처음 배속된 곳이 이곳 미도리1파출소였다.

"야나오카 경사님. 오늘부로 배속된 가와토 히로시입니다."

관할서 지역과에서 들은 인사 첫마디부터 어쩐지 마음에 들지 않았다. 묘하게 높고 나약한 목소리였다. 첫날에는 누구나 긴장하기 마련이지만 이 녀석의 경우는 도가 지나쳤다. 목둘레를 보면 어느 정도 단련을 했다는 것을 알 수 있지만 그래도 약해빠진 인상을 지울 수 없는 이유는 아마도 타고난 몸의 선이 가녀리기 때문이리라.

"파출소장이라 부르면 된다."

"예, 소장님!"

한껏 떨리는 목소리였다.

파출소는 3인 1조 3교대로 근무한다. 여덟 명의 부하 중 누구와 누구를 한 조로 짤지는 표면상으로는 과장이 정하지만, 파출소장인 내가 의견을 내면 대개 통과되었다.

과장이 가와토를 나와 한 조에 넣으려 했을 때, 나는 반대하지 않았다. 신입을 맡을 만한 베테랑 부하도 있었지만 가와토는 내 눈에 닿는 범위에 두고 싶었기 때문이다. 그 대신은 아니지만 같은 조의 나머지 한 명으로는 마음이 통하는 남자를 붙여달라고 했다. 이 년 후배인 가지이. 서류 작업이 늦고 비대하다는 결점도 있지만 무엇보다 심성이 원만하다. 민원을 처리할 때 데리고 가면 대부분의 경우 다독거려 적당히 해결하는, 파출소 근무자로는 귀한 재능을 가지고 있다. 무뚝뚝한 나, 그리고 신입 가와토와 함께 일하기에는 안성맞춤인 남자다.

가와토의 파출소 근무 첫날. 당시 일지를 넘겨보니 오전 중에 자동차와 자전거 접촉 사고, 낮에 불법 주차 신고, 저녁에 자전거 도난 신고가 두 건, 밤에 술집에서 싸움이 있었다고 적혀 있었다. 각각의 보고서와 일지는 가와토가 작성하도록 했다. 묘하게 둥그스름한 가와토의 글자에 혐오감을 느끼긴 했지만 어쨌든 흠 잡을 데는 없는 서류였다.

"어떻습니까?"

불안스럽게 묻는 가와토에게,

"괜찮군. 처음치고는 잘했네."

그렇게 말해주자 순식간에 얼굴이 펴졌다. 솔직한 남자이기는 했다.

당직이 끝나 다음 팀에 업무를 인계하고 관할서로 돌아오니 이튿날 아침 10시가 넘었다. 권총을 보관고에 반납하고 사복으로 갈아입었다. 이제 집에 돌아가서 잠만 자면 된다. 그전에 한 대 피우려고 흡연실에 가니 가지이가 먼저 와 있었다.

"수고 많으셨습니다."

턱을 집어넣고 목례를 하는 가지이에게 고개를 끄덕여 답하고 담배에 불을 붙였다. 빨아들인 연기를 한숨처럼 길게 토해냈다.

"장비과 신경이 곤두섰던데."

가볍게 말을 걸었다. 가지이는 쓴웃음을 지었다.

"그럴 만도 하지요."

권총과 총탄을 반납하러 갔을 때 신중히 다루라고 일장 연설을 들었다. 지겨운 이야기지만 이유가 있었다. 최근 도심 쪽에서 경찰이 역 화장실에 총을 깜빡 잊고 두고 간 사건이 발생했기 때문이다. 몇 년에 한 번 꼴로 이런 일이 있는데 그때마다 귀에 못이 박히도록 관리에 철저를 기하란 소리를 듣는다.

"기가 막혀서. 괜한 불똥이지."

그걸로 이야기를 끝낼 셈이었는데, 가지이는 담배를 손가락 사이에 끼운 채로 피울 기미가 없었다. 아직 뭔가 하고 싶은 말이 있구나 싶어 운을 뗐다.

"왜 그래?"

"아아, 아닙니다. 꼭 지금 이야기 때문에 생각난 건 아닌데."

"말해봐."

가지이는 손에서 피어오르는 연기를 보며 대답했다.

"가와토 말입니다만, 조금 위험합니다."

"그런가?"

"예."

"이유는?"

그렇게 묻긴 했지만 대답은 별로 기대하지 않았다. 나 역시 느끼고는 있었지만 가와토의 어디가 위험한지 말로는 설명할 수 없었기 때문이다. 가지이는 이런 말을 꺼냈다.

"사유리에서 있었던 싸움 말입니다만."

술집 '사유리'에서 신고가 들어온 것은 오후 11시 31분이었다. 110번 신고가 아니라 파출소로 직접 전화가 왔다. 남자 손님 두 명이 말싸움을 벌이다 한쪽이 위스키병을 휘두르기 시작했다는 것이다.

손님 물이 나쁜 가게는 아니었다. 국도변에 있지만 주차장이 없다 보니 이웃 주민들이 걸어서 찾는 가게였다. 그렇다고 지금까지 문제가 없었을 리야 없지만 신고 접수는 처음 있는 일이었다. 파출소에서는 오십 미터도 채 안 된다. 글자 그대로 헐레벌떡 달려가니 오십 대로 보이는 남자 둘이 몸싸움을 벌이고 있었다.

한쪽이 혀 꼬인 목소리로 위협하자 다른 한쪽은 "뭐? 뭐?" 하고 되풀이할 뿐. 싸움에 익숙해 보이지는 않았다. 기껏해야 한잔 걸치려다가 과음해서 자제력을 잃은 것이리라. 신고로 들었던 술병은 카펫 위에 굴러다니고 있었고, 보아하니 어느 쪽에도 외상은 없었다. 한눈에 사건까지 가지는 않겠다고 판단했다.

가지이가 끼어들어 경찰이라고 신분을 밝히자 두 사람 다 순식간에 얌전해졌다. 이성을 완전히 잃을 정도로 취하지는 않았던 모양이다. 그 뒤에는 내가 흔해빠진 설교를 늘어놓고, 가지이가 다독거리는 역할을 맡는다. 다음에 또 이러면 연행하겠노라 으름장을 놓고 끝냈다. 삼십 분도 걸리지 않았을 것이다. 어려운 싸움은 아니었지만 가와토까지 챙길 여유는 없었다.

"무슨 일이라도 있었나?"

"아뇨."

가지이가 재떨이에 담배를 짓이겼다. 꽁초가 넘칠 만큼 쌓여 있는, 새까맣게 더러워진 재떨이.

"그 녀석, 허리춤에 손을 뻗더군요."

연기를 살짝 들이마시고 후 내뱉었다.

"그랬나."

"그럼, 먼저."

가지이는 마지막까지 나와 눈을 마주치려 하지 않았다. 제대로 파고들면 성가신 이야기라는 걸 알고 있었기 때문이리라. 허리춤에 손을 뻗었다고 했지만 건드린 게 경봉이었다면 가지이가 굳이 내게 보고할 리 없다.

그 정도 소동으로 권총에 손을 뻗다니 분명 위험하다.

담배 맛이 씁쓸했다.

신입이 미움을 받는 까닭은 혈기를 주체하지 못하기 때문이다. 혈기가 왕성하다 보면 많건 적건 쓸데없는 일이 늘어난다. 늘어난 일은 동료를 위험에 빠뜨릴 때가 있다. 그래서 위험한 부서일수록 신입을 싫어한다.

하지만 그것은 시간이 해결해줄 문제다. 그 어떤 천방지축도 언젠가는 경찰 물에 익숙해져서 어깨 힘이 빠진다. 훈계로 끝내도 될 일과 사건으로 처리해야만 할 일을 구별할 수 있게 된다. 어쩌다 이런 녀석이 경찰이 되었나 싶은 사람도 삼 년만 지나면 쓸 만해진다. 때문에 고참이 신입을 굴리는 것은 연중행사 같은 일이지, 깊은 의미는 없다.

그래도 이따금 가망 없는 부류가 들어올 때가 있다. 채용시험에 합격해 경찰학교 훈련도 견뎌냈는데 시간이 흐를수록 결정적으로 경찰에 맞지 않는 게 눈에 보이는 놈들이.

예를 들어 경찰로서 지켜야 할 암묵적인 규칙, 마지막 선을 절대 이해 못 하는 인간이 있다. 구제할 길 없는 놈들과 내내 맞서는 동안 감각이 마비되는 것도 어느 정도는 불가피한 일이다. 윤리는 개한테나 던져주라고 생각하는 동료도 많다. 나 역시 털면 먼지가 나올 인간이다. 그래도 마지막 선이라는 게 있다. 때로는 그것을 잊을 때도 있고, 각오하고 뛰어넘을 때도 있다. 처음부터 그 선을 알지 못한다면 그런 인간은 경찰로 있어서는 안 된다.

자기가 본 것이 이 세상의 전부라고 믿는 인간도 이 일에는 썩 맞지 않다. 악인이란 소매치기 같은 자고, 경찰관이 나타나면 울며 사과하는 존재라고 믿는, 자신의 경험이라는 틀에서 벗어나지 못하는 타입. 모든 사람들이 가죽을 한 겹 벗으면 속이 시커멓고, 사람이 하는 말은 전부 거짓말이라고 믿는 타입. 둘 다 빨리 그만두는 게 모두에게 바람직하다.

가와토 히로시는 어느 유형도 아니었다.

배속 후 일주일쯤 지난 어느 날 오전. 전날의 인수인계도 일찍 끝났고 등교 시간도 지나 손이 비었다. 파출소 주변의 길은 대충 가르쳐주었지만 좁은 뒷길도 많다. 본인에게는 지도를 보거나 휴무일에 걸어 다니며 외워두라고 지시했지만 역시 직접 가보는 게 빠르다.

"가와토. 순찰 간다."

"예. 순찰차로 갑니까?"

"아니, 자전거로 간다. 내가 선도할 테니 따라와. 가지이는 파출소 지키고."

그렇게 방범 순찰에 나섰다.

시월이 되어도 기온이 떨어지지 않는 이상한 해다. 팔월처럼 더운 구월, 구월 늦여름을 옮겨놓은 듯한 시월, 어딘가 어굿나버린 것만 같았다. 땀이 쏟아질 듯 미지근한 공기 속에서 훤히 꿰고 있는 길을 순찰했다.

평일 오전, 조용한 주택가에도 인적은 드문드문 있다. 택배 차량에서 뛰어나온 기운찬 남자, 개를 산책시키는 중년 여성, 어깨를 늘어뜨리고 멍하니 걷는 젊은 남자……. 대부분은 우리와 눈을 마주치려 하지 않는다. 고개를 돌리는 건 아니지만 절대 눈이 마주치지 않도록 부자연스러울 정도로 시선을 정면에 고정한다. 그들에게 께름칙한 구석이 있는 건 아니다. 오히려 경찰과 아무 상관이 없기 때문에 놀라움과 경계심을 감추지 못하는 것이다. 그들에게는 거북하면서도 의지가 되는 존재라는 입장에 익숙해지지 않으면 이 일은 해나갈 수 없다.

초등학교 옆에서 굵은 나무 그늘에 가려 놓치기 쉬운 샛길로 들어갔다. 자동차 한 대가 겨우 지나갈 만한, 미묘하게 굽은 일방통행 길이었다.

입을 열지 않고 여기까지 왔다. 하지만 커다란 은행나무가 터널처럼 머리 위에 가지를 드리운 도로 중간에 이르자 앞에서 차 한 대가 다가왔다. 경차다. 나는 자전거를 세우고 가와토를 보았다. 얼굴이 굳어 있었다.

"가와토."

"예."

우리는 자전거에서 내렸다. 경차 운전석에서 얼굴을 찌푸리는 초로의 사내가 보였다. 차가 쉽게 다닐 수 없는 길인 만큼 빨리 지나가면 될 줄 알았으리라. 일방통행 위반 차량과 정면에서 맞닥뜨렸으니 일을 안 할 수도 없었다.

가와토에게 딱지 떼는 법은 이미 알려주었다.

"자네가 해."

그렇게 명령했다.

"예. 처리하겠습니다."

자전거 뒤에는 하얀 철제 상자가 달려 있다. 가와토는 상자 자물쇠를 열쇠로 열고 클립보드와 파란 교통 위반 딱지를 꺼냈다. 엔진을 끄고 차에서 내린 운전자에게 특유의 높은 목소리로 말했다.

"어이, 뭔지 알지? 위반이야."

나는 가와토의 머리를 후려치고 싶은 충동을 간신히 참았다. 저런 말투는 좋고 나쁨을 떠나 업무에 익숙해진 사람이나 하는 것이다. 오늘 현장에 처음 나온 신입은 저렇게 뻔뻔한 태도를 취할 자격이 없다. 혀를 찼다.

하지만 일시적인 짜증은 금세 사라졌다. 어차피 가와토와는 오래 일할 것도 아니다. 이 녀석이 말 한마디로 간단한 일을 까다롭게 만들어도 앞날을 위해 야단쳐줄 정도로 나는 상냥하지 않다. 게다가 가와토가 잘못을 저지른 것도 아니다. 그저 내 신경에 거슬렸을 뿐이다.

왼손으로 쥔 클립보드를 받치고 서류를 작성하려면 요령이 필요하다. 멀리서 보기에도 가와토는 지렁이 기어가는 글씨로 겨우 위반 딱지를 끊었다. 운전자는 가와토가 불쑥 내민 서류를 받아들고 우악스러운 기색으로 차에 올라탔다.

만족스러운 얼굴로 나를 돌아보는 가와토는 무시하고 경차로 다가갔다. 창을 두드려 열게 했다. 운전자는 더러운 것이라도 보듯 나를 쏘아보았다.

"또 뭡니까?"

"후진으로 돌아가라고 해도 어려울 테지. 다른 차가 못 들어오게 막아줄 테니 빠져나가."

당황스러운 표정의 가와토에게 길 입구를 지켜보게 했다. 통행량이 적은 시간대인 만큼 우려할 만한 상황 없이 차를 뺄 수 있었다. 지나가면서 운전자는 고개를 꾸벅 숙였다.

그 밖에 이렇다 할 만한 일은 없었다. 순찰을 마치고 파출소로 돌아왔다. 점심은 매번 배달 음식으로 때우는데, 세 사람이 한꺼번에 주문한다. 뚱뚱한 가지이는 기다리다 지친 표정이었다.

돌아가는 길에도, 배달을 기다리는 사이에도, 봐줄 건 양밖에 없는 덮밥을 먹는 사이에도 가와토는 묻고 싶은 거라도 있는지 자꾸 나를 쳐다보았다. 이런 신입이 하는 말은 뻔하다. 위반인 줄 알면서도 일방통행 길을 그대로 통과시켜도 괜찮은지 묻고 싶은 것이다. 물론 괜찮지는 않지만 구불구불한 골목길을 후진으로 돌려보낼 수도 없다. 그야말로 사고를 초래한다. 가와토에게 설명할 마음은 없었다. 여기는 학교가 아니다.

같은 날의 일이었다. 점심 식사를 마친 뒤부터 가와토의 상태가 이상했다. 묘하게 들썩거리며 안절부절못했다. 소변이라도 참고 있는 것 같았다. 그러다 내가 쳐다보면 태연한 시늉을 한다. 야근에 대비해 교대로 쉴까 하는 참에 가와토는 겨우 마음을 먹은 듯 입을 열었다.

"한 번 더 순찰을 다녀오겠습니다."

뭘 생각하나 했더니 그런 거였나. 한심했지만 반대할 이유도 없다.

"좋아. 가지이, 함께 다녀와."

"아뇨, 저기, 혼자 다녀오겠습니다."

평소 온후한 가지이가 눈을 희번덕거렸다. 가와토는 눈치채지 못했다.

"가르쳐주신 길을 혼자서도 순찰할 수 있는지 확인하고 싶습니다."

기특한 소리지만 논할 가치도 없다.

"멍청한 자식, 경찰학교에서 뭘 배웠어!"

경찰이 한 명밖에 없는 주재소라면 또 몰라도, 순찰은 두 사람 이상이 함께 다니는 게 원칙이다. 혼자, 그것도 신입을 내보내다니 말도 안 된다. 그런 건 가와토도 알고 있을 터였다. 야단을 맞은 가와토는 바로 "죄송합니다" 하고 사과했지만 미련이 남았는지 자전거를 쳐다보았다. 뭔가 꿍꿍이가 있구나 싶었다.

그 자리는 그렇게 마무리짓고 가와토가 휴식을 취하러 간 사이 자전거를 살펴보았다. 서류함 자물쇠가 열려 있었다.

"이건가."

아마도 가와토는 자물쇠를 깜빡 잊고 잠그지 않았다는 사실을 깨달았을 것이다. 그래서 나나 가지이에게 들키지 않고 자물쇠를 잠그려고 혼자 순찰을 가겠다는 말을 꺼냈으리라. 잘 풀릴 리 없는 얄팍한 수작이다. 하지만 나는 그 얄팍한 수작을 비웃을 수 없었다.

그날 밤, 두 사람에게 잠시 눈을 붙이게 하고 혼자 책상에 앉아 졸음 속에서 가만히 생각에 잠겼다.

자전거 서류함에는 교통 위반 딱지를 비롯해 순찰에 필요한 서류를 넣어둔다. 분명 자물쇠를 잠가두기는 한다. 하지만 내용물을 도둑맞기라도 했다면 또 몰라도 단순히 자물쇠 잠그는 걸 깜빡한 정도로는 큰 문제가 되지 않는다. 기껏해야 조심하라고 설교를 듣는 정도다. 그런데 가와토는 그것을 얄팍한 수작으로 숨기려 했다.

소심한 놈이다. 그저 야단맞는 게 무서웠던 것이다. 어린 애처럼.

겁쟁이는 쓸모가 있다. 잘 키우면 겁 많은 성격이 신중한 경찰로 바뀔지도 모른다. 무모한 사람보다는 훨씬 낫다. 잘 안 된다 해도 내근으로 돌리면 잘 헤쳐나갈 것이다.

하지만 가와토처럼 소심한 놈은 안 된다. 저런 남자는 동료로 두기가 무서운 타입이다. 숨기려는 실수가 자물쇠 하나 정도라면 깜찍한 수준이다. 해는 없다. 하지만 다음에도 그런다는 보장은 없다.

이런 부하를 두는 게 처음은 아니다. 위가 불쾌하게 묵직했다.

옛날 형사과에 있었을 때, 체격이 탄탄한 부하가 들어왔다. 어깨가 떡 벌어지고 키도 크고 생김새도 근엄해 듬직한 형사가 되겠다고 기대했다. 미키라는 남자였다.

하지만 겉모습뿐이라는 걸 금방 깨달았다. 덩치는 산만한데 무술이 뛰어난 것도 아니고, 그럴싸한 핑계를 대서 지시 사항을 이행하지 않고, 불리한 일이 있으면 서슴없이 남의 탓으로 돌렸다. 허세는 잘 부렸지만 잠깐 이야기해보면 나약한 심성이 금방 드러났다……. 평범하게 살면 별 지장이 없을지도 모르지만 형사로 내버려두면 반드시 문제가 생기리라 직감했다. 그 문제는 누군가의 목숨을 앗아갈지도 모른다.

나는 미키를 엄격하게 대했다. 지도를 맡은 참에 업무 요령은 물론, 책상 정리부터 걸음걸이까지 철저하게 교육했다. 미키가 무엇을 해도 절대 '통과'라는 한마디로 끝내지 않았다. 미키가 흠 잡을 데 없이 일을 처리한다면 굳이 꼬투리를 잡을 생각은 아니었다. 그 녀석이 성장한다면 그게 제일 좋다. 아마 가망은 없으리라. 참다못한 미키가 스스로 그만둔다면 그편이 경찰을 위한 길이다. 그렇게 생각했다.

내 태도를 보고 동료들도 미키를 다르게 대하기 시작했다. 관할서 안 어디에서나 미키는 꾸중을 들었다.

"쓰레기."

"느림보."

"뭐 하나 제대로 못하는 녀석."

"어쩌다 경찰이 됐어?"

"변명하지 마."

"왜 잠자코 있어?"

"할 일을 마친 뒤에 말해."

"왜 먼저 보고하지 않았지?"

"눈엣가시야."

"죽어."

일 년 뒤, 미키는 그만두었다. 그럭저럭 업무도 익히기 시작해, 어쩌면 잘 성장할지도 모른다고 생각한 순간이었다. 형사과는 말뿐인 덩치가 사라져 후련하다는 분위기였다. 하지만 나는 이렇게 될 줄 예상하고 처음부터 미키를 꾸짖기 시작했는데도 그리 달갑지 않았다.

미키를 다시 만난 것은 그로부터 석 달 뒤였다. 어느 아파트로 와달라는 지역과의 연락을 받았다. 이 바쁜 때에 무슨 수작이냐고 화를 내며 지정한 아파트로 향하자 말단 순경이 차가운 눈으로 나를 맞이했다.

"죄송합니다. 가족과 연락이 안 돼, 시신의 신원을 확인하지 못했습니다. 관할서에 연락했더니 야나오카 씨가 제일 잘 알 거라 해서."

낡은 아파트였다. 칠이 다 벗겨진 녹슨 계단을 올라갔다. 공용 통로에는 세탁기, 재활용 쓰레기, 날짜 지난 신문 다발, 굽은 빨래 건조대, 축이 휜 삼륜차가 있었다. 순경이 안내한 곳은 제일 안쪽 집이었다.

햇볕이 들지 않는 방 하나짜리 북향 아파트에서 미키는 목을 매단 채로 발견되었다. 걷어찬 받침대에 맞아 토벽이 움푹 파여 있었다. 키가 큰 남자라 천장 들보에 목을 매달아도 발은 바닥에서 십 센티미터도 떠 있지 않았다. 눈과 혀가 튀어나와 있었다. 분뇨 냄새가 났다. 시체는 익숙하다. 머릿속 어딘가에서 사후 1일이라는 판단을 내리고 있었다.

"야나오카 씨가 제일 잘 알고 계시죠?"

내가 제일 잘 알고 있었다. 내가, 미키를 죽였다.

미도리1파출소 발령은 사실상의 좌천이었다.

미키는 분명 경찰에 맞지 않았다. 나는 그 녀석을 제거하는 게 동료들을 위한 길이라 믿었다. 그리고 미키는 죽었다.

가와토도 경찰에 맞지 않는다. 그 녀석은 언젠가 반드시 문제를 일으킨다.

하지만 나는 더이상 부하를 죽이고 싶지 않았다.

## 3

가와토가 순직한 날은 아침부터 이상한 일이 연이었다.

당직일 아침은 오전 9시에 관할서로 먼저 출근한다. 일기예보에서는 비가 내린다고 했다. 날씨가 마음에 걸려 현관 앞에서 하늘을 올려다보니 말간 하늘에는 구름 한 점 없었다. 그런데도 공기가 눅눅해서 묘한 아침이라고 생각했던 게 기억난다.

관할서 탈의실에서 제복을 갈아입고 인수인계에 필요한 서류를 챙겼다. 그리고 가지이, 가와토와 함께 셋이서 권총 보관고로 향했다.

총과 탄환을 받고 장비과장 옆에 일렬로 서서 구령을 기다렸다.

“권총 준비.”

총을 빼서 회전식 권총 실린더를 잡아당겼다.

“탄환 장전.”

하필 그날따라 손이 어설펐다. 다섯 발이 들어가는 탄창에 한 발을 넣었을 때 손에서 총알이 후두두 떨어졌다. 폭발을 방지하지 위해 바닥에는 푹신한 카펫이 깔려 있다. 총알이 떨어져도 소리조차 나지 않는다. 신입이라면 불호령이 떨어지겠지만 장비과장과는 동기다. 그래도 웃어넘길 수는 없었는지 얄미운 소리를 했다.

“야나오카, 왜 그래. 벌써 늙었나?”

“미안.”

“한 발이라도 잃어버리면 쫓겨날 줄 알아.”

농담이라고는 할 수 없다. 총탄 관리는 대단히 엄격하다.

총알을 주워 탄창에 장전했다. 경관으로 살아온 이십 년 세월, 형사과와 지역과에 근무하면서 권총을 가지고 다닐 때도 있었다. 파출소에서 근무하기 시작한 뒤로는 당직 때마다 총을 받아왔다. 하지만 총알을 떨어뜨리기는 처음이었다.

가지이와 가와토는 이미 장전을 마쳤다. 과장은 꾸물거리는 내가 장전을 끝마치길 기다려 "권총 제자리에"라는 구령을 내렸다.

관할서에서 운영하는 수송 버스에 올라탔다. 네 군데의 파출소에 당직 경찰을 보내기 때문에 차 안에는 열두 명이 타고 있다. 평소에는 파친코나 경마 이야기, 이따금 밤의 유흥가 이야기로 소란스럽다. 그날의 대화는 왠지 자주 끊겼고, 내릴 때까지 시끄러운 디젤 엔진 소리가 자꾸 귀에 거슬렸다.

60번 국도는 보수 공사중이라 지금은 파출소 정면에서 아스팔트를 다시 깔고 있다. 파출소에 손님이 있었다.

"아아, 2번이네."

가지이가 드물게 지긋지긋하다는 목소리로 말했다.

"저 사람 또 왔네요."

가와토도 눈썹을 찌푸리고 있다.

파출소에 있는 사람은 십 년만 더 젊었으면 기세가 대단했을 미인이었다. 쌀쌀한 가을 날씨에 모피 코트를 두르고 있다. 밤에 보면 이십 대로도 통하겠지만 훤한 햇빛 아래서는 진한 화장이 다 드러나 제 나이인 사십 대 중반으로 보인다. 다바라 미요코라는 여자로, 국도에서 두 길 건너편에 있는 단독주택에 산다.

상담, 신고자 중에는 단골이 몇 명 있다. 대표 단골은 십 년도 넘게 서로 못 잡아먹어 안달인 두 민가의 주민인데 나뭇가지가 담을 넘어왔다느니 고양이가 지붕에서 울고 있다는 이유로 신고를 해서는 이웃집 주민을 체포해달라고 야단이다. 그들은 파출소 안에서만 통하는 암호로 '1번'이라 불리고 있다.

전직 경찰이라고 하는 노인도 자주 온다. 하루 종일 주변을 맴돌다 저쪽 공원에 공놀이를 하는 아이가 있더라, 맞은편 서점에서 이러이러한 발칙한 책을 팔더라고 고발한다. 그리고 꼭 "이렇게 해이해서는, 내가 현역이었다면 너희는 전부 해고야!"라는 말을 내뱉고 간다. 일단 확인해보았지만 적어도 관할서에는 노인을 아는 사람이 없었다. 그가 '3번'이다.

이런 사람들이 5번까지 있다. 다바라 미요코 같은 미인이 파출소에 오면 그것만으로도 사건이라 어쨌든 인상에 남는다. 오는 시간은 한밤중일 때가 많았다. 전에 직업을 물었을 때는 별로 주저하는 기색 없이 바에서 호스티스로 일한다고 했다. 상담 내용은 늘 똑같아서, 남편의 질투가 심해서 무섭다는 것이었다.

이것도 관할서에 확인했다. 미요코의 남편은 다바라 마사루라는 남자로, 상해로 두 번 검거된 바 있다. 그중 한 번은 살인미수 적용을 검토했다고 들었다. 거칠고 위험한 남자라 그저 거추장스럽기만 한 단골들과는 달리 요주의 리스트에 들어있다. 순찰하다가 몇 번 본 적이 있는데 겉모습은 볼품없고 궁상스러운 남자였다. 어째서 미요코 같은 미인이 그런 남자를 골랐는지 신기할 정도였는데, 그런 만큼 아내에 대한 집착이 강한지도 모른다.

"현관 앞에서 미요코와 이야기하던 택배 직원한테 식칼을 휘두른 적도 있습니다."

이 파출소에서는 나보다 고참인 남자가 전에 그렇게 말해준 적이 있다.

파출소 안은 옥신각신하고 있었다. 미요코가 경찰 멱살을 잡을 기세로 바락바락 악을 쓰고 있었다.

"공무집행방해죄 감인데요."

가와토가 웃으며 말했다. 미요코는 확실히 번거로운 여자지만 그렇다고 범죄자로 몰아야겠다는 생각은 해본 적도 없었다.

"어떻게 할까요. 이대로 순찰하러 갈까요?"

가지이까지 그런 농담을 했다.

"저 녀석들도 밤새 야근한 처지야. 빨리 교대해줘야지."

파출소에서 우리 모습을 본 세 경관이 나란히 안도한 표정을 지었다. 미요코는 지금까지의 경험으로 내가 파출소장이라는 것을 알고 있다. 발길을 돌려 똑바로 내게 다가왔다.

"잘됐네, 야나오카 씨, 이 사람들은 말이 안 통해요."

"진정하세요. 일단 앉으시고요. 가와토, 커피 좀 준비해 줘. 미요코 씨도 마시겠습니까?"

"필요 없어요."

미요코는 독살스럽게 말하며 팔짱을 끼고 몸을 흔들었다.

"자, 그래서 무슨 용건입니까?"

"저 사람들한테 말했어요."

"예, 하지만 다시 한번 말씀해주세요."

미요코는 과장스럽게 요란한 한숨을 쉬었다.

"그러죠. 저 사람들은 영……. 들어봐요. 나, 남편한테 살해당할지도 몰라요."

"그런 일이? 앉으시겠습니까."

"그러죠."

미요코는 그제야 작은 회전의자에 앉았다. 조금은 진정한 것이리라.

노트를 꺼내고 볼펜을 준비하는 사이, 가지이가 눈치 빠르게 전날 당직 팀과 서류 인수인계 작업을 했다. 가와토가 커피를 가지고 올 무렵 그들은 "그럼 소장님, 실례하겠습니다"

하고 돌아갔다. 그들은 관할서로 돌아가 교통 위반 딱지를 비롯한 서류를 인계하고 권총과 탄환을 반납한 뒤에야 집에 돌아갈 수 있다.

"이봐요, 재떨이 없어요?"

"아시잖습니까. 파출소는 금연입니다."

"시시해. 저기 열린 문 밖에서는 피워도 될 텐데. 추워요, 문 닫아요."

"규정상 열어둬야 합니다."

"그럼 문을 왜 달았어요? 편의점 셔터하고 똑같네……."

"미요코 씨, 그런 이야기라면 다른 곳에 가서 하시죠."

미요코는 잘못했다는 듯이 두 손을 살짝 들었다.

"막상 이야기하려니 어디서부터 시작해야 할지 몰라서. 하지만 알잖아요, 우리 남편."

나는 고개를 끄덕였다. 가지이와 가와토가 이쪽을 흘깃흘깃 쳐다보며 인수인계 서류를 훑어보고 있다.

"원래도 위험한 사람이었지만, 최근엔 이상해요. 내가 다른 남자랑 이야기하면 불쾌해하는데 요즘엔 아무것도 안 해도 '바람피웠지?' 하고 화를 내서 손을 쓸 수가 없어요."

"그렇군요."

"백수인 주제에 내 벌이로 먹고사니까 그 사람도 내가 무슨 일을 하는지 알 거 아니에요? 그런데 일하러 가면 '남자를 만나러 가는구나!' 하는 거예요. 그야 남자 손님이 많긴 하지. 그런데 어두운 눈빛으로 뭐라 중얼거리는 거예요. 전에는 그런 일이 없었는데."

"그렇군요. 그러면 아직 폭력을 휘두르거나 구체적인 문제는 없는 거군요."

"아까 그 사람들도 그렇게 말하던데 끝까지 제대로 들으란 말이에요!"

"뭐가 더 있습니까, 그럼?"

"그 사람, 최근에 칼을 샀어요. 뭐라고 하나, 왜, 캠핑 때 쓰는 것하고는 다른 큼직하고 위험한 칼."

나는 가지이를 슬쩍 보았다. 가지이도 표정이 조금 변했다.

"양날이던가요?"

미요코는 눈썹을 찌푸렸다.

"자세히 못 봤어요. 그게 중요해요?"

"뭐, 일단은."

미요코는 잠시 허공을 노려보다 고개를 가로저었다.

"모르겠어요. 놓고 간 게 있어 집에 돌아갔더니 그 사람이 멍한 눈으로 칼을 바라보고 있었어요. 날 보더니 금세 감추고 '바람피우면 안 돼' 이러니 우습죠. 어때요, 야나오카 씨, 제가 무서워할 만하죠?"

볼펜을 끼적이던 손을 멈추었다.

"알겠습니다. 순찰을 강화하겠습니다."

"집에 돌아가기가 무섭다니까요."

"최대한 조심하십시오. 관할서 생활안전과에 이런 상담을 접수했다고 전달하겠습니다. 부군께서 폭력을 휘두르면 당장 달려가십시오. 전화번호를 알려드리겠습니다."

미요코는 한숨을 쉬었다.

"죽은 뒤에 전화하라는 말이군요. 항상 그 소리지."

"집안에서 칼을 봤다는 것만으로 체포할 수는 없습니다. 일단 이 파출소 전화번호도 알려드리겠습니다. 미요코 씨 연락처는……."

"전에 알려줬잖아요."

상담하러 온 주민들의 주소, 성명, 전화번호는 본인이 거부하지 않는 한 파일로 보관한다.

"예. 전에 받았다고 말씀드리려던 차였습니다. 그럼, 몸조심하세요."

미요코는 벌떡 일어나더니 "속편한 일자리네"라고 내뱉고 파출소에서 나갔다.

가와토가 그 뒷모습을 노려보며 말했다.

"열 받는 여자네. 편하긴, 무슨."

가지이가 가와토의 어깨에 손을 올렸다.

"세금 도둑 소리를 들을 때마다 화를 내면 위가 못 버텨."

서류함에서 상담 기록을 꺼냈다. 다바라 미요코의 페이지에는 포스트잇이 붙어 있어 금방 찾을 수 있었다. 주소와 전화번호를 수첩에 메모하면서 가지이에게 물었다.

"어떻게 생각하나?"

"그런 남자하고 헤어지지도 않고 붙어 있으니 바퀴벌레 한 쌍 아니겠습니까? 손찌검도 하지 않는 남편에게 살해당할지도 모른다고 해도 어쩌란 말인지. 뭐, 결국 금슬 자랑 아닐까요?"

"그렇겠지. 다만 다바라에게는 전과가 있어. 여자가 얽히면 사나워지는 남자야."

"또 그럴까요?"

"글쎄. 다바라 미요코가 한 말도 과연 어디까지 사실인지."

"저도 파일 보여주십시오. 일단 메모해두겠습니다."

다바라의 집이 어디에 있는지는 매일 순찰을 하니 알고 있다. 정확한 주소는 무슨 일이 있을 경우 지원을 부를 때 도움이 된다. 혹은 구급차를 요청할 때. 메모를 하는 가지이 옆에서 가와토는 묘하게 실실거리며 서 있었다. 무언으로 '저런 여자는 신경쓸 필요 없다'고 주장하는 것이리라.

가지이가 파일을 정리하고 겨우 통상 업무가 시작되었다.

"그래서 인수인계는?"

"물건 파손 사고가 세 건. 자전거 도난이 두 건. 그리고 치매 환자 실종 상담이 있습니다. 실종 신고서는 내지 않은 것 같습니다만."

그때, 활짝 열린 문으로 커다란 소리가 들어왔다. 포장 공사가 시작되어 아스팔트를 굳히는 소형 기계를 작동시킨 것이다. 커다란 반죽기 같은 기계가 돌고 있다. 가지이가 일그러진 표정으로 말했다.

"이거, 휴식은 글렀네요."

오전 순찰에 가와토를 데리고 가지 않은 데 다른 이유는 없었다.

치매 노인 수색도 겸한 순찰이었다. 신중한 판단이 필요할지도 몰라 가지이가 적임이라고 생각했다. 경험을 쌓게 한다는 의미에서 가급적 순찰에는 가와토를 보냈지만 파출소를 지키는 업무 또한 경험이라는 생각도 있었다.

상담 기록에 따르면 사라진 노인은 84세. 오늘 아침 6시경, 집에 없는 것을 알았다. 치매와 동시에 심장 질환도 앓고 있다고 한다. 팔다리는 튼튼해서 어디까지 걸어갔을지 가족도 파악하지 못하고 있었다.

60번 국도는 한쪽이 이 차선 도로라 새벽에는 화물 트럭이 많이 다녀서 건너기 어렵다. 섣부른 추측은 금물이지만 국도는 건너지 않았을 가능성이 높다. 신고자의 자택이 국도 서쪽에 있어 그쪽을 중심으로 순찰했다.

실종 신고를 하지 않았으니 만약 거리를 어슬렁거리는 치매 노인을 발견해도 파출소에는 연락이 오지 않을 가능성도 있다. 그래도 일단 평소보다 꼼꼼히 시간을 들여 순찰했다. 두 시간을 들여 순찰하고 12시 반이 지나서야 파출소로 돌아왔다. 당시 기록에 따르면 12시 33분이었다.

포장 공사도 점심때라 그런지 기계가 멎어 있었다. 그래도 오가는 차량 소리 때문에 조용하다고 하기는 어려웠다. 늦었지만 점심을 주문하려 하는데 가와토가 흥분한 기색으로 말을 걸어왔다.

"소장님, 방금 전 공사 현장에서 사람이 쓰러졌습니다."

"사고인가?"

"아마도요. 저는 책상에 앉아 있었는데, 교통정리를 하던 인부가 갑자기 머리를 움켜쥐고 쓰러졌습니다. 살펴보러 가니 뭐에 머리를 맞았다고 했습니다."

"흐음."

의자에 앉아 순찰 보고서에 복귀 시간을 기입했다. 가지이에게 "닭고기계란덮밥, 곱빼기로" 하고 말하자 가지이가 수화기를 들었다. 가와토가 다급히 "죄송합니다, 저는 돈가스덮밥 곱빼기로 부탁드립니다" 하고 말했다.

"그래서?"

"예?"

"인부가 쓰러졌다면서. 어떻게 됐어?"

"예, 그래서 말입니다만……."

가와토는 입술을 축였다.

"어찌된 일인가 보러 갔더니 자동차가 지나갈 때 돌멩이가 튄 것 같다고 했습니다. 흔한 일인데 맞는 경우는 드물다고 하더군요. 헬멧이 움푹 파였더라고요. 돌멩이를 한참 찾았지만 결국 못 찾았습니다."

나는 보고서에서 고개를 들었다.

"그걸 묻는 게 아니야. 그 남자는 다쳤나?"

가와토의 얼굴에 문득 겁먹은 표정이 스쳐갔다.

"저……. 만일 다쳤다면 수사를 해야 합니까? 자동차에서 튄 돌인데."

"무슨 소리야? 교통정리 인부가 없고, 달리 대체할 방법이 없다면 교통과에 연락해야 한다는 뜻이다."

가와토는 안도의 한숨을 내쉬며 얌전히 말했다.

"그거라면 괜찮습니다. 인부는 충격으로 쓰러졌을 뿐 바로 일어났습니다. 오후부터 다시 일을 시작할 겁니다."

"그래. 그럼 됐어."

서류를 정리하고 파일에 끼웠다. 가와토는 여전히 중얼거리고 있었다.

"아무렴. 어느 차에서 튄 돌멩이인지 어떻게 찾겠어."

점심 식사를 마쳤을 즈음 공사도 재개되었다. 다시 소음과 진동이 시작되었다. 살펴보니 교통정리 인부는 멀쩡하게 유도등을 흔들고 있었다. 가와토의 말처럼 큰 부상은 아닌 듯했다.

그로부터 밤까지는 평소와 같았다.

오후 순찰을 나서기 직전에 교통사고 발생 연락이 들어왔다. 현장인 슈퍼마켓이 조금 멀어서 순찰차로 갔다. 경차 앞부분과 미니밴 뒷부분이 찌그러져 있었다. 피곤해 보이는 중년 남성이 울먹이는 얼굴로 브레이크와 액셀을 잘못 밟았다고 말했다. 부상자가 없어 당사자 합의로 마무리했다. 기록에 따르면 오후 2시 4분에 출발해 31분에는 복귀했다.

순찰을 마친 3시 58분, 행방불명된 치매 노인 문제로 신고자 집에 전화를 걸었다. 아니나 다를까 노인은 이미 발견되어 가족 곁에 돌아가 있었다. 전화 너머에서 "실종 신고는 하지 않았는데……" 하고 미안한 기색으로 말하던 게 기억난다.

공사 소음은 저녁 무렵에야 잦아들었다. 십일월의 낮은 짧다. 온통 깜깜한 6시 9분, 친구 집에 놀러왔다가 귀갓길을 못 찾겠다는 중학생이 와서 버스 정류장 위치를 묻고 갔다. 가와토가 "중학생이 이렇게 늦게까지 쏘다녀도 돼? 이름하고 주소 대"라고 말했지만 학생이 "학원 가는 날은 훨씬 늦게 다녀요"라고 말대답을 하자 "그런 걸 말하는 게 아니야!" 하고 고함을 질렀다.

오후 11시 10분, 이웃집 텔레비전 소리가 시끄럽다는 불만 신고. 이웃끼리 못 잡아먹어 안달인 단골 신고자 '1번' 중 한 명으로, 71세 남성이다. 현장에 가니 시끄럽다던 이웃집은 불빛 하나 없이 고요했다. "벌써 잠든 것 아닐까요?"라고 말하자 "경찰이 왔다고 허둥지둥 자는 척하는 거요. 상관없으니 혼쭐을 내주쇼"라며 팔을 휘둘렀다.

파출소로 돌아와 시각을 기록했다. 오후 11시 49분.

기록에 따르면 관할서에 110번 신고가 들어온 것도 똑같은 오후 11시 49분이었다.

## 4

경찰장이 끝나고 가와토의 유족을 찾아갔다.

주소록에 있던 주소는 시궁창 냄새가 나는 강 옆에 있는 낡은 아파트였다. 옛날에 미키의 시체를 확인하기 위해 찾아갔던 아파트가 떠올랐다.

초인종을 누르자 장례식 때 보았던 남자가 나왔다. 햇볕에 검게 그은 얼굴에 군데군데 희끗희끗한 수염이 덥수룩했다. 찾아간다는 말은 미리 전했기 때문에 이름을 밝히기도 전에 상대가 "야나오카 씨죠?"라고 먼저 물었다. 차분하고 굵은 목소리다. 호리호리한 몸집에 목소리가 높았던 가와토와는 정반대였지만 얼굴을 보니 한 핏줄이 틀림없었다. 눈만 사진으로 찍어보면 구별하기 어려울 것이다.

"히로시가 신세를 많이 졌습니다. 형 다카히로입니다."

"야나오카입니다. 오늘은 시간을 내주셔서 감사합니다……. 먼저 향을 올리게 해주십시오."

"안으로 들어오시죠. 남자들만 사는 집이라 너저분합니다만."

다다미 여섯 장짜리 방에는 담배 냄새가 배어 있었고 차탁과 텔레비전 말고는 가구라고 할 게 없었다. 누렇게 바랜 다다미 구석에 새 나무로 짠 선반이 있었는데, 위패는 그 위에 놓여 있었다. 향꽂이는 따로 없고 대신 빈 맥주 캔이 하나 놓여 있었다. 선향에 불을 붙여 빈 캔에 꽂았다. 두 손을 모았다.

방에는 방석이 없었다. 차탁을 사이에 두고 다다미 위에 바로 앉았다.

"상심이 크시겠습니다."

그렇게 말하자 가와토 다카히로는 감정 없는 얼굴로 대꾸했다.

"뭐, 본인이 정한 길이니까요."

내 부하였을 때 가와토는 신변 이야기를 한 적이 없었고 나도 묻지 않았다. 다만 경찰학교에서 사이가 좋았다는 교통과 남자가 조금 이야기해주었다.

"다카히로 씨께서 아버지 역할을 했다고 들었습니다."

다카히로는 고개도 까딱하지 않고 그저 차탁에 눈길을 떨어뜨리고 있었다.

"고향이 후쿠이라고 들었습니다."

"안 돌아간 지 오래됐습니다."

굵지만 조용한 목소리였다.

"아버지와 사이가 나빠 연락도 별로 안 합니다. 히로시 일도 편지로 알렸지만 답신은 돌아오지 않았어요. 텔레비전으로 봤는데 변한 게 없더군요."

가와토의 순직이 보도되는 가운데 가와토의 아버지도 텔레비전에 몇 번 나왔다. 어딘가 교활하게 생긴 남자로 "그 녀석은 옛날부터 정의감이 강한 아이였습니다" 하고 울고 있었다.

"히로시가 태어났을 때는 밖에 애인이 있었어요. 집에도 거의 돌아오지 않았죠. 어머니는 바지런했지만 일찍 돌아가셨습니다. 아버지 대신은 아니지만 뒷바라지는 꽤 했죠."

"훌륭한 경관이었습니다. 가와토가 인질을 살렸습니다."

미요코는 자상을 세 군데 입었지만 다운 코트를 입고 있었던 덕인지 깊은 상처는 없었다. 우리가 현장에 도착한 뒤에 머리를 맞고 기절했는데, 그때 입은 두개골의 균열 골절이 가장 심각한 부상이었다.

"그렇다고 들었습니다."

"흉포한 범인이었습니다. 저희도 가와토에게 도움을 받았습니다."

사실 나중에 한참 생각했다. 가와토가 권총을 뽑지 않았다면 단도를 든 다바라를 제압하기란 쉽지 않았을 것이다. 지원을 기다리지 않고 돌입하다니 섣부른 판단이었다고 상층부에 꽤나 잔소리를 들었다. 하지만 일 분만 더 늦었더라면 다바라 미요코는 죽었다.

다카히로가 똑같은 말을 되풀이했다.

"본인이 정한 길입니다."

어두운 방안에서 나와 다카히로는 한동안 침묵했다. 손목시계를 보고 "그럼 이만"이라고 말하려 했다. 하지만 그 목소리를 눌러 담듯 다카히로가 입을 열었다.

"다만 거짓말이라고 생각합니다."

"거짓말이라니."

다카히로는 내게 말하는 게 아니었다. 자기 마음을 정리하듯 더듬더듬 말을 이었다.

"전 그 녀석을 잘 알고 있습니다. 이런 말은 뭐하지만 경찰이 될 남자가 아니었어요. 핏줄 때문이라고 생각하긴 싫지만 아버지를 닮은 구석이 있었거든요. 머리는 나쁘지 않지만 담이 작아요. 그런 주제에 한번 마음을 먹으면 배짱은 두둑했지요……. 그 녀석은 총을 좋아했습니다. 총을 쏘고 싶어서 해외여행을 다녀와서는 얼마나 빨리 쐈는지 자랑만 늘어놓는 녀석이었습니다. 총을 휴대할 수 있다는 이유만으로 경찰이 된 게 아닐까요?

그러니 인질을 지키려고 발포했다는 말은 거짓말입니다. 제 동생이 그렇게 훌륭한 죽음을 맞이할 리 없어요."

그러더니 문득, 지금 깨달았다는 듯이 고개를 들고 말했다.

"야나오카 씨. 그 녀석이 죽은 현장에 당신도 있었죠?"

"있었습니다."

"경찰이라면 말 못 할 일도 많겠지요. 그건 잘 알고 있습니다. 말하지 말라고 하시면 아무에게도 말하지 않겠습니다. 그러니 그날 무슨 일이 있었는지 제게 전부 말씀해주실 수 없겠습니까?"

다카히로의 말이 맞다. 경찰은, 경찰에게는, 해서는 안 되는 말이 있다.

가령 경찰장 장례식장에서도, 지금 이 자리에서도, 나는 지휘관으로서 가와토의 죽음을 막지 못한 것을 사과해서는 안 된다. 이십 년 경찰 물을 먹은 경험이 사과를 허락하지 않는 것이다.

유족에게 당일 상황을 이야기하는 것은 절대 해서는 안 될 일이다. 말하면 할수록 경찰 대응이 미비했던 게 아닌가 파고들 여지를 주게 된다. 아무에게도 말하지 않겠다고 한 입으로 이튿날 텔레비전 인터뷰에서 경찰의 실수를 질타해도 이상할 것 없다…….

"야나오카 씨!"

나는 지쳐 있었다.

가와토는 미키처럼 죽지 않기를 바랐다. 그 녀석이 경찰에 맞지 않다는 건 나도 알고 있었다. 알고 있었는데, 그걸 탓하면 가와토도 죽어버릴 것 같아 입을 다물었다. 좌천당해 내려온 파출소에서 또 쫓겨나긴 싫었던 것이다.

그런데 가와토도 죽었다. 목 아래가 시뻘겋게 물들어 비참하게 죽었다. 만일 경찰의 기본 소양을 조금 더 가르쳤다면 어땠을까? 네 성격으로는 현장에 나갔을 때 위험하다고, 때려가면서라도 가르쳤더라면?

내 독선이 미키를 죽였다. 가와토를 죽인 것은 내 보신이 아니었던가?

그만두자. 나 역시 경찰에 맞지 않는 남자였던 것이다.

그렇게 생각하니 그날 있었던 일이 선명하게 되살아났다.

“그날은…… 아침부터 이상한 일이 연이었습니다.”

나는 털어놓았다.

다바라 미요코가 오전에 상담하러 왔던 것.

다바라 마사루의 상태가 이상하다는 사실을 사전에 알고 있었다는 것.

치매 노인을 찾으러 나섰던 것. 슈퍼마켓에서 발생한 사고. 길을 잃은 중학생. 단골 신고자의 그리 긴급하지 않은 신고.

나는 가와토의 점심 식사가 돈가스덮밥이었던 것까지 이야기했다.

눈을 감고 있는 다카히로는 마치 이야기를 듣고 있지 않는 것처럼 보였다. 그래도 상관없었다.

담뱃진이 누렇게 밴, 선향 연기에 섞여 시궁창 냄새가 풍길 듯한 다다미 여섯 장짜리 방이 내 고해실이었다.

이야기는 11월 5일 오후 11시 49분에 이르렀다.

## 5

비는 내리지 않았지만 싸늘한 밤이었다.

0시가 지나면 나와 가와토가 휴식을 취하고, 가지이가 첫 숙직 당번을 서기로 했다. 현장에서 돌아와 코트를 벗을 새도 없이 무전기에서 지시가 들렸다.

'본부에서 미도리1, 응답하라.'

"본부 확인. 여기는 미도리1, 본부 말씀하세요."

'미도리1 확인. 남편이 칼을 휘두르고 있다는 여성의 신고 접수. 성명은 다바라. 다리의 다, 바람의 바, 라디오의 라. 주소를 듣기 전에 신고가 끊겼다. 미도리1파출소가 상황을 파

악하고 있다고 들었다. 주소를 아는가? 오버.'

꽉 쥔 주먹에 힘이 들어갔다. 손짓으로 가지이를 부르자 그것만으로 눈치챘는지 수첩을 꺼내 다바라의 주소를 적은 페이지를 펼쳐주었다.

"본부 확인. 알고 있습니다. 미도리 정 1번가 2번지 7호, 다바라 마사루의 처, 미요코로 예상됩니다. 오버."

'미도리1 확인. 미도리 정 1번가 2번지 7호, 다바라 마사루, 확인. 담당 경관은 현장으로 속행해 확인 바람. 오버.'

"본부 확인. 속히 출동하겠습니다. 오버."

'미도리1 확인. 무전에 유의 바람. 이상.'

가지이는 교신하는 사이 벌써 코트를 벗고 있었다. 가와토는 긴장한 얼굴이었지만 돌아왔을 때 모습 그대로 서 있었다. 나도 코트 단추를 풀며 지시했다.

"보호 조끼를 입어. 빨리!"

긴급 시의 반응은 역시 신입이 한 박자 늦다. 나와 가지이가 조끼를 다 입었는데도 가와토는 소매를 끼우느라 애를 먹고 있었다. 소재가 단단해 입기 힘들긴 하지만 그사이 나와 가지이는 코트를 걸쳤다. 가지이가 물었다.

"경장警杖은 어떻게 할까요?"

파출소 벽에는 1.2미터짜리 봉이 세워져 있다. 너무 길어서 자전거로 갈 때는 들고 갈 수 없다. 순찰차에는 실을 수 있지만 하필 다바라의 집 부근은 일방통행로가 많아 차로는 크게 돌아가게 된다.

"두고 간다. 시간이 아까워."

"알겠습니다."

가와토가 보호 조끼를 겨우 다 입었다. 코트에도 손을 뻗는 것을 "간다!" 하고 막고 파출소를 출발했다.

이상하게도 평소에는 하늘을 올려다보는 취미가 없는데 그날 밤의 달만은 뚜렷이 기억한다. 비가 올 거라던 하늘은 옅은 구름에 뒤덮여 있었고 보름달이 어렴풋하게 보였다. 긴급하다고는 해도 앞뒤 구분 없이 비상식적인 속도로 달릴 수는 없다. 서두르면서도 허리춤의 경봉을 의식하는 마음의 여유는 있었다.

신고로부터 칠 분 뒤, 11월 5일 오후 11시 56분에 현장 도착. 이미 이웃 주민들이 도로에 나와 불안한 기색으로 한 채의 가옥을 바라보고 있었다. 잠옷에 덧옷을 걸친 노인이 우리 모습을 보자마자 "아아, 왔다, 경찰 양반, 여기요, 여기!" 하고 손짓을 했다.

"아까까지 비명이 엄청났어. 지금은 조용해졌는데……."

노인이 그렇게 말하는 순간, 돌연 찢어지는 비명이 울려

펴졌다.

"그만! 용서해줘요!"

남자 목소리는 들리지 않는다. 당장 무전기를 들었다.

"미도리1, 본부 응답하라."

'미도리1 확인. 말씀하세요.'

"본부 확인. 다바라 미요코의 자택에 도착. 사태가 절박합니다. 지원 요청합니다. 오버."

'미도리1 확인. 지원을 보내겠습니다. 이상.'

무전을 끊자 바로 가지이가 물었다.

"어떻게 할까요?"

지원을 기다릴 건지 묻는 것이다. 대답하기 전에 가와토가 말했다.

"가시죠. 경찰에 상담까지 했는데 바로 그날 죽으면 큰일입니다."

나는 가와토를 쏘아보았다. 죽음은 경솔하게 입에 담아서는 안 된다.

다만 다바라 마사루가 칼을 들고 날뛰고 있다면 한시를 다투는 상황이 분명했다.

"가자."

"알겠습니다."

다바라의 집은 이 층 주택으로, 콘크리트 담에 둘러싸여 있었다. 현관은 보였지만 가로등이 부족한 주택가라 다른 것은 보이지 않았다. 현관 자물쇠가 열려 있다는 보장은 없다. 테라스 창이 있으면 최악의 경우 그것을 깨고 침입하는 방법도 고려해야 한다.

"가지이, 선두 부탁한다."

"알겠습니다."

가지이, 가와토, 나, 이 순서로 현관에 달려갔다. 가지이가 살집 좋은 손가락으로 문손잡이를 잡았다. 뒤를 돌아보고 고개를 끄덕인다. 문은 열려 있는 모양이다. 가지이는 오른손으로 경봉을 뽑고 왼손으로 다시 손잡이를 붙잡았다.

"가라."

신호를 받고 가지이가 뛰어들었다. 마찬가지로 경봉을 쥔 가와토가 뒤를 따랐고, 나는 한순간 시선을 돌려 주위를 확인했다. 콘크리트 담 안쪽은 흙바닥이 그대로 드러나 있었는데 큼직한 플라스틱 쓰레기통이 놓여 있었다. 벽돌을 둘러놓은 한구석은 화단일지도 모르지만, 계절 때문인지 지금은 풀 한 포기 보이지 않는다.

두 사람의 뒤를 따라 나도 다바라가 안으로 들어갔다. 불은 켜져 있었다. 나무 복도에 피가 뚝뚝 떨어져 있었다. 왼쪽으로 뻗은 복도는 갈고랑이 모양으로 꺾여 있고, 오른쪽에는 계단이 있다. 당황한 가지이의 심정을 눈치채고 나는 큰 소리로 외쳤다.

"다바라! 거기까지다!"

여전히 남자의 목소리는 들리지 않았다. 대신 귀를 찌르는 날카로운 목소리가 돌아왔다.

"살려줘요, 여기야!"

"1층이다."

내 말이 끝나기도 전에 가지이는 구둣발 그대로 뛰어들었다. "빨리, 빨리, 빨리!" 울먹이는 목소리에 이끌려 넓지도 않은 집을 달렸다. 유리문으로 나뉜 거실에는 아무도 없었다.

목소리가 끊겼다. 뭔가를 때리는 듯한 둔탁한 소리가 들렸다. 그 소리에 잽싸게 반응한 것은 가와토였다. 복도로 돌아가 다시 집안 깊숙이 들어갔다. 장지문이 열린 채로 불이 꺼진 방이 있었다. 그곳으로 뛰어들었다.

다다미 여섯 장짜리 공간을 두 개 이은 방 안쪽, 장지문은 부서지고 테라스 창이 열려 있었다. 툇마루 끝, 땅만 휜히 드러나 있는 마당에 미요코가 있었다. 엉덩방아를 찧어 콘크리트 담에 기댄 채로 고개를 떨구고 있다. 귀가 때 차림 그대로인지 코트가 비스듬히 찢어져 오리털이 튀어나와 있는 게 달빛에 보였다.

미요코 옆에 남자가 서 있었다. 광대뼈가 툭 튀어나올 정도로 말랐고 키가 컸다. 전보다 홀쭉했지만 못 알아볼 정도는 아니었다. 다바라 마사루다.

우리는 실내를 지나 마당으로 내려갔다. 그대로 제압할 수 있을 줄 알았는데 다바라는 어디서 나오나 싶을 정도로 위협적인 목소리로 외쳤다. "꼼짝 마!" 우리가 멈춘 것은 목소리 때문이 아니었다. 다바라가 미요코의 목덜미에 칼을 들이댔기 때문이다. 달빛 속에서 칼은 이상하게 크게 보였다. 내가 우려한 양날은 아니었지만 날이 휘어 있었다. 단도였다.

다바라는 처음 일갈과는 영 딴판으로 아첨하듯 말했다.

"소란을 피워 죄송합니다. 경찰관님, 봐주세요. 가정 문제 아닙니까."

"헛소리 마라, 제정신이냐?"

"미요코의 바람기에는 이미 지쳤습니다."

"진정해. 일단 칼을 내려놔."

위치가 나빴다. 선두는 가와토. 가지이는 툇마루에서 내려선 자리에서 가와토의 바로 뒤에 서 있다. 뭘 하려고 해도 가와토가 거치적거려 재빨리 움직일 수 없다. 나는 마당에 내려가지 않았다. 툇마루에서 다바라의 위치까지는 약 오륙 미터. 경장을 두고 온 게 실수였다는 생각이 머리를 스쳤다.

"내 할 일이 끝나면 마음대로 하십쇼. 하지만 나는……."

간절하게 말하는 다바라의 말을 끊고 별안간 가와토가 외쳤다.

"포기해! 미도리1파출소다!"

처음 출동한 체포 현장에서 영문 모를 소리를 하는 사례는 많다. 지렛대를 휘두르는 피의자에게 "그만 마치십시오!"라고 외친 신입도 있었다. 그러니 가와토의 말도 이상하지는 않았다. 하지만 그 한마디에 다바라가 돌변했다.

"미도리1? 네놈이냐!"

다바라가 단도를 미요코의 목에서 뗐다. 심약해 보이기까지 하던 얼굴이 단숨에 변했다. 움푹 팬 눈구멍 속 흉포한 눈동자는 제정신으로 보이지 않았다.

"네놈이 미요코를!"

그대로 덤벼들었다.

나는 툇마루에서 뛰어내렸다. 가지이는 경봉을 움켜쥐고 한 걸음 물러섰다. 다바라가 가와토에게 단도를 휘둘렀을 때 나는 땅에 한쪽 발을 딛고 있었다.

가지이의 몸이 방해가 되어 그 너머가 제대로 보이지 않았다. 다만 이십 년 경찰 생활 동안 훈련장 밖에서는 들어본 적이 없는, 하지만 분명히 그것임을 알 수 있는 소리가 들렸다. 총성이다.

속사였다. 소리는 연달아 들렸다.

다바라는 멈추지 않았다. 단도가 뻗어왔다.

그 직후, 다바라의 몸이 휘청 기울었다. 돌진하던 기세 그대로 무릎부터 무너지듯 쓰러졌다.

"체포!"

그렇게 외치며 몸을 숙인 채로 미끄러지듯 쓰러진 다바라를 덮쳤다. 단도를 쥔 오른손을 붙들었다.

하지만 내 뒤를 따라줄 터인 부하는 꼼짝도 하지 않았다. 고개를 들고서야 나는 무슨 일이 벌어졌는지 깨달았다.

피다. 목에서 솟구친다. 가와토의 손은 제 목을 붙들려고 했지만 손가락 사이로 피가 물줄기처럼 뿜어 나와 콘크리트 담까지 튀었다.

"가와토!"

가지이가 목소리를 쥐어짜듯 외쳤다. 나는 다바라에게서 손을 떼지 않았다.

사이렌이 다가왔다. 구급차가 왔다, 가와토는 살았다. 그렇게 생각했다.

현직 경관으로서 사이렌 소리를 구분하지 못한 것은 부끄러운 일이다.

달려온 것은 당연히 지원으로 온 경찰차였고, 즉시 요청한 구급차가 도착할 때까지는 십사 분이 더 걸렸다.

구급차는 두 대가 왔다. 다바라는 남겨두고 가와토와 미요코를 싣고 갔다. 다바라는 즉사했고 가와토는 아직 살아 있었다는 게 표면상의 이유였다. 이 점은 나중에 비판을 받았다.

다만 개인적인 의견으로는, 그 시점에서 가와토의 목숨이 아직 붙어 있었다고 생각하지는 않는다.

## 6

이야기가 끝날 즈음 빈 캔에 꽂은 선향이 전부 재로 변했다.

입을 다물자 다다미 여섯 장짜리 방은 쥐죽은 듯 조용했다. 이웃 하나 없는 것처럼 고요했다. 자동차 소리도 들리지 않는다. 희미하게 개천 물소리만 들리는 것 같았다.

병원에서 의식을 되찾은 미요코는 착란을 일으켜 한동안 진술을 하지 못했다. 이틀간 상황을 지켜보다가 진정되었을 즈음 이야기를 들으러 갔지만 본인도 뭐가 뭔지 모르겠다고 했다.

그날, 미요코는 평소대로 일을 하러 나갔다. 바 호스티스라고 했는데 실제로는 카바레에 가까웠다. 오후 11시 반에 영업이 끝나 집으로 돌아가자마자 남편에게 공격을 당했다고 했다.

"역시 바람을 피웠지, 다 알고 있었어, 그런 소리뿐이고 얘기가 통하질 않았어요……. 이상한 남자라는 건 알았어. 언젠가 이렇게 될 줄 알았어. 하지만……."

불쑥, 타오르는 눈빛으로 미요코가 나를 노려보았다.

"죽일 필요는 없었잖아! 살인자!"

나중에야 알았지만 이 시점에 다바라 미요코는 가와토가 죽었다는 것을 몰랐다. 알았다 해도 미요코의 남편이 사살당했다는 사실은 변하지 않는다.

미도리1파출소의 이름을 들은 순간 다바라 마사루의 태도가 바뀐 것은 미요코의 외도 상대가 파출소 경관이라고 믿었기 때문이다. 실제로 미요코는 미도리1파출소를 자주 찾아왔다. 의심에 사로잡힌 다바라가 이상한 오해를 해도 이상하지 않다.

……미요코가 정말 경찰과 바람을 피우지는 않았는지 내사가 들어왔다. 만일 가와토와 미요코가 불륜을 저질렀다면 사건의 동기는 치정 문제가 된다. 그것을 공표할지는 차치하

고 사실 확인 작업은 거쳤다.

결과는 결백했다. 다바라 마사루가 죽은 뒤에도 미요코는 외도 사실을 계속 부인했고, 조사 결과에도 의심스러운 점은 없었다. 가와토가 미도리1파출소에 배속된 것은 겨우 사건 한 달 전이다.

눈을 감고 바위처럼 굳어 있던 다카히로가 천천히 눈을 떴다.

"야나오카 씨. 몇 가지 여쭤봐도 되겠습니까?"

"그러시지요."

"녀석은 즉사가 아니었습니다. 손으로 목을 누른 채 한동안 살아 있었던 거죠. 그렇지요?"

고개를 끄덕였다.

"……마지막으로 그 녀석이 남긴 말은 없습니까?"

기억해냈다. 지원 경찰의 고함. 이상하게도 감정 없는 목소리로 구급차를 요청하는 나의 목소리. 몇 번이고 가와토의 이름을 부르는 가지이. 백지장처럼 창백한 가와토의 얼굴에 튄, 붉은 피.

마지막까지 가와토는 별다른 말은 하지 않았다.

"'이럴 리 없어'라고."

"그게 답니까?"

"'완벽했는데'라고. 그 말만 되풀이했습니다. '완벽했는데.'"

완벽했는데. 다카히로는 그 말을 스스로도 몇 번 중얼거렸다.

"무슨 뜻일까요?"

"사격을 두고 한 말이겠지요. 가와토가 쏜 총알은 분명 다바라에게 명중했습니다. 가와토는 다바라를 제압했다고 확신했을 겁니다. 하지만 다바라는 멈추지 않았습니다. 명중했는데 자기가 죽을 줄은 몰랐다. 그런 뜻이겠지요."

수긍을 한 건지 안 한 건지 다카히로는 고개를 숙이고 꼼짝도 하지 않았다.

"그 녀석이 쏜 총알은 전부 범인에게 맞았습니까?"

그 점은 검증을 실시했다. 표면상으로는 권총 사용이 적정했다고 발표해도 발포는 역시 불상사로 취급된다. 현장검증은 철저했다.

"아닙니다. 범인은 네 발을 맞았습니다. 그중 한 발이 심장에 맞았습니다."

"신문에서는 다섯 발을 쐈다고 하던데요."

"그렇습니다."

"권총에는 몇 발이 들어갑니까?"

"다섯 발입니다."

"동생은 총알이 바닥날 때까지 쐈군요."

"그렇습니다."

짧은 침묵 뒤에 다카히로가 이렇게 말했다.

"빗나간 한 발은 어디에 있었습니까?"

그 점에 대해서는 어디에도 보도되지 않았다.

"마당에 떨어져 있었습니다."

"떨어져 있었다……. 하지만 방금 전에 흙바닥이었다고 하셨잖습니까."

하지만 사실이다.

빗나간 총알은 내가 발견했다. 가와토와 미요코가 이송되고 다바라의 시체만 남은 마당에서 흙에 박힌 금속을 발견했다. 감식반이 나온다고 해서 건드리지는 않았다. 하지만 그것은 틀림없이 가와토의 권총에서 발포된 실탄이었다.

"떨어져 있었습니다. 다만 가와토는 빗맞힌 게 아닙니다."

"그렇다면……."

"허공에 위협사격을 한 거겠지요. 그 탄환이 떨어진 겁니다."

"그 녀석이 위협사격을 했습니까?"

나는 바로 고개를 끄덕이지 못했다.

눈앞에 가지이가 있어 시야가 가렸다. 위협사격을 하는 가와토를 보았는지 묻는다면 보지 못했다. 그럴 여유는 없었다는 생각도 든다. 하지만…….

"그랬겠지요. 실제로 탄환이 땅에 떨어져 있었던 이상, 그렇게 생각할 수밖에 없습니다."

다카히로는 고개를 끄덕이지는 않았지만 되묻지도 않았다. 다만 사과하듯 "담배 좀 피워도 되겠습니까?"라고 물었다.

둘이서 담배를 피우는 사이, 서로 한마디도 하지 않았다. 다카히로의 얼굴에는 표정이라 부를 수 있는 게 없었다. 무엇을 하며 사는 남자일까.

……나 역시 한 가지 이해가 가지 않는 점이 있다.

다바라가에 돌입했을 때 가와토는 경봉을 들고 있었다. 가지이가 왼손으로 문손잡이를 쥐고 오른손으로 경봉을 들었을 때 가와토도 경봉을 들고 있었다. 그것은 기억한다. 다바라가 공격했을 때 가와토는 곧바로 발포했다. 언제 권총으로 바꿔 들었을까?

가와토에게 권총을 쓰고 싶어 하는 버릇이 있었다는 점은 분명했다. 술집 '사유리' 사건을 떠올리면 이해 못 할 것도 없다.

크게 연기를 뱉어내며 다카히로가 재떨이 대신 빈 캔에 담배를 쑤셔넣었다. 내가 다 피우기를 기다려 휴대전화를 내밀었다.

"야나오카 씨, 실은 그날, 동생이 문자를 보내왔습니다."

금시초문이다.

다카히로는 휴대전화를 조작해 문자를 내게 보여주었다.

'큰일났어.'

한 줄이 다였다. 수신 시각은 11월 5일, 오전 11시 28분.

"그 녀석이 문자를 보내는 걸 보셨습니까?"

"이 시간이라면 순찰을 나가 있었습니다. 가와토는 파출소에 혼자 있었습니다."

휴대전화를 차탁에 내려놓고 다카히로가 말했다.

"그 녀석이 제게 '큰일났다'고 할 때는 대개 형편없는 이유입니다. 늘 그랬죠."

굵고 차분한, 확신에 찬 목소리였다.

"녀석이 고등학생 때, 역시나 '큰일났다'고 한 적이 있었습니다. 사귀던 여자가 있었는데 상대가 임신을 했다는 겁니다. 소심한 녀석은 당황해서 제게 전화를 했죠. 어머니가 돌아가신 게 다행이었는지도 모릅니다. 살아 계셨다면 녀석은 아마 어머니께 울며 매달렸을 테니까."

"……."

"알아보니 돈을 노린 연극이었습니다. 질 나쁜 여자였죠. 야나오카 씨 앞에서 말하는 것도 그렇지만 무마하려고 조금 거친 흉내도 냈습니다.

대학 입시 때도 '큰일났다'고 그러더군요. 입학금을 전부 파친코에서 날린 겁니다. 제 저금으로는 부족해서 사방에 고개를 숙여 여기서 만 엔, 저기서 오천 엔, 이렇게 빌려서 겨우 채워 넣었습니다. 그때가 제일 아슬아슬했어요. 난생처음으로 동생을 진심으로 팼습니다."

다카히로가 불쑥 나를 똑바로 쳐다보았다.

"아시겠습니까, 야나오카 씨? 그 녀석이 '큰일났다'는 말을 하는 건 제게 뒤치다꺼리를 부탁할 때입니다."

"그날도, 당신이……."

다카히로는 고개를 저었다.

"아뇨, 그날은 아무 짓도 안 했습니다. 휴대전화를 집에 깜빡 두고 나갔거든요. 돌아와서 문자를 보고 무슨 일이 있었나 싶었는데, 밤이 되어서."

가와토 히로시는 순직했다.

"야나오카 씨, 어떻게 생각하십니까? 녀석이 보낸 '큰일'이라는 게 뭐였는지 짐작 가는 바가 없습니까?"

나는 침묵할 수밖에 없었다. 그날, 우리가 순찰하는 사이,

가와토에게 무슨 일이 있었나. 생각해본 적도 없었기 때문이다.

"어쨌든."

다카히로의 목소리에서 기운이 빠졌다. 그는 중얼거리듯 마지막에 이렇게 말했다.

"저는 그 녀석이 용감하게 죽었다고 생각하지 않아요. 그 녀석은 구제불능이었습니다……. 그게 제가 아는 히로시입니다."

역시, 나는 아무 말도 할 수 없었다.

하지만 다카히로의 말을 듣고 다섯 번째 총탄이 어째서 마당에 떨어져 있었는지, 어렴풋이 짐작이 갔다.

## 7

장례식 사진 안 보실 겁니까?

새로 온 부하가 그렇게 물었다.

"나중에 보지."

그 말로 쫓아냈다. 부하는 콧방귀를 뀌며 등을 돌렸다. 내가 그대로 경찰에 남을 줄 몰랐겠지. 가와토의 형은 약속대로 아무에게도 아무 말도 하지 않았다. 그래서 순직에 관한 경위를 민간인에게 털어놓은 점에 대해서는 책임을 지지 않았다. 하지만 무모하게 돌입해 부하를 죽게 만든 남자로 공공연하게 퇴직을 강요당하고 있다. 그 압력에 저항할 힘은 남아 있지 않다. 의미 없이 흘러가는 나날 속에서 나는 단지 가와토에게 일어난 '큰일'을 계속 생각하고 있다.

활짝 열린 유리문으로 60번 국도가 보였다. 포장 공사도 끝나 새까만 새 아스팔트 위를 자동차가 달려간다.

11월 5일, 공사 현장 교통정리 인부의 헬멧에 맞은 것은 무엇이었을까?

가와토는 자동차에서 튄 돌멩이라고 했다. 아니, 그렇게 강조했다. 마음에 걸릴 정도로 그 녀석은 '자동차에서 튄 돌멩이'라는 말을 계속했다.

지금의 나는 그게 무엇인지 알 수 있을 것 같다.

총알.

총을 쏘려고 해외여행을 갔다는 가와토. 술집의 작은 다툼에서도 총에 손을 뻗은 가와토. 그날, 혼자 파출소에 있던 가와토는 권총을 만졌던 게 아닐까? 심심풀이 장난이었는지, 아니면 먼지라도 발견하고 손질을 한 건지는 알 수 없다. 어쨌든 가와토는 권총을 쏘고 말았다.

파출소 유리문은 항상 열려 있다. 탄환은 밖으로 날아갔다.

도로 공사의 소음과 진동 덕에 총성은 묻혔다. 하지만 가와토는 인부가 쓰러지는 모습을 보았다. 격발된 탄환을 맞은 것이다. 파출소를 비우고 가와토는 인부에게 달려갔다. 다행히 상처는 없었다. 헬멧을 스쳤을 뿐이다. 인부는 자동차에서 튄 돌멩이라고 믿고 있다. 가와토는 가슴을 쓸어내렸다.

하지만 금방 자신이 파멸의 위기에 처했다는 것을 깨달았으리라.

경찰에게 총탄 관리는 몹시 중요한 사안이다. 한 발만 분실해도 출셋길이 막히고 자칫하면 퇴직을 종용당할지도 모른다. 게다가 가와토의 경우 총탄이 격발된데다가 하필 사람에게 맞았다. 명예퇴직으로 끝나기는커녕, 아마 기소당할 것이다.

가와토는 형에게 문자를 보냈다.

—큰일났어.

하지만 답은 없다. 어차피 다카히로가 문자를 보았더라도 이번만큼은 아무것도 해줄 수 없었을 것이다.

실수를 숨기기 위해서라면 엉뚱한 짓도 서슴지 않는다. 서류함 자물쇠를 깜빡했을 때 혼자 순찰을 가겠다고 주장했던 것처럼. 가와토는 생각했다. 어떻게 하면 총탄의 격발을 숨길 수 있을까? 공사 인부는 총에 맞은 줄 모르고 있다. 차에서 튄 돌멩이를 찾겠다고 주장하고 돌아다니다 아마도 운 좋게 탄환은 발견했으리라. 문제는 반납이다. 당직이 끝나면 총과 총탄을 반납해야 한다. 한 발이라도 부족하면 그 자리에서 발각된다…….

그리고 도달한 결론이 격발을 숨기려면 발포하면 된다는 것 아니었을까?

가와토는 다바라에게 전화를 했다. 연락처는 상담 기록에 실려 있다. 다바라는 무직이라 낮에도 집에 있었다. 그리고 이렇게 말한다.

'네 아내는 바람을 피우고 있다. 상대는 미도리1파출소 경관이다.'

다바라는 원래 정신 상태가 상당히 불안정했다. 정체 모를 전화를 웃어넘기지 못한다. 아니 땐 굴뚝에 연기 나겠느냐고 생각했으리라. 가와토는 다바라 마사루를 합법적으로 총탄을 쏴도 되는 과녁으로 고른 것이다.

일은 제대로 풀렸다. 다바라는 집에 돌아온 미요코를 공격했고, 미요코는 경찰에 신고했다. 파출소 전화번호를 가르쳐 주었는데 110번으로 신고한 것은 예상에서 어긋났을지도 모르지만, 어쨌든 출동 명령은 가장 가까운 미도리1파출소로 떨어졌다. 막상 현장에 도착했을 때 지원을 기다리자는 뜻을 내비친 가지이와 달리 돌입을 주장한 것은 가와토가 아니었던가?

다바라가에 들어갈 때는 경봉을 쥐고 있었다. 처음부터 권총을 뺐다면 내가 분명 막았을 것이다. 정신없이 수색하는 틈을 타서 권총으로 바꿔 들고 다바라를 찾는다.

하지만 경찰과 대치한 다바라는 예상외로 얌전했다. 이상한 소리를 하기는 했지만 덤벼들 기색은 없었다. 그때 가와토가 외친다. "포기해! 미도리1파출소다!" 그 한마디는 신호처럼 즉각 다바라의 화를 부추겼다…….

그때, 나는 몇 발의 총성을 들었나? 모르겠다. 소리는 연속으로 들렸다.

총성은 네 발이 아니었던가? 가와토는 총탄을 전부 명중시키고, 그리고 격발된 한 발의 탄피를 발밑에 떨어뜨렸다. 아마도 땅에 박히도록 위에서 짓밟기까지 했을 것이다. 모든 것은 한순간에 일어난 일이었다.

가와토는 한 가지 큰 실수를 저질렀다. 인간의 집념을 우습게 본 것이다.

단도에 경동맥이 찢겨 전신의 피를 잃어가는 가운데 가와토는 계속 중얼거렸다.

"이럴 리 없어. 완벽했는데. 완벽했는데……."

미요코에게 물었다. 다바라는 전부터 경찰을 외도 상대로 의심했는지. 미요코는 그런 기색은 없었다고 단언했다. 그날 밤까지는 가게 손님만 의심했다고.

비번일, 파출소 맞은편에 있는 가로수에서 흠집을 발견했다. 기둥 일부가 칼날에 패어 있었다. 깊이 박힌 무언가를 빼낸 듯한 흔적이 남아 있었다.

다카히로는 아마도 동생이 무슨 짓을 했는지 눈치챘을 것이다. 나는 경찰을 떠나게 되겠지.

무수히 많은 자동차가 60번 국도를 달려간다. 저마다의 인생을 싣고. 저들 중에는 분명 천성적으로 경찰에 맞는 남자도 있을 것이다.

하지만 이 파출소에 있었던 것은 경찰에 맞지 않는 남자들이었다.

이런 날은 파출소가 금연 구역이 된 게 괜히 원망스럽다.

# 사인숙

## 死人宿

# 1

사와코가 어디 있는지 알아냈다는 소식에 허겁지겁 집을 뛰쳐나온 게 늦더위의 기운이 길게 꼬리를 드리운 구월 말이었다. 누가 그러길, 도치기 야미조 산 첩첩산중에 세간에 알려지지 않은 온천 여관이 있는데 사와코가 그곳 종업원으로 들어갔다는 것이었다.

가깝다고 부를 만한 거리에 역도 없고, 대충 조사한 바로는 버스도 다니지 않는 듯했다. 최근에는 직접 운전한 적이 없지만 어떻게든 되겠지. 각오를 굳히고 차를 빌렸다. 처음에는 위태위태했지만 비틀비틀 시가지를 지나 초록이 우거진 산속으로 들어갈 즈음에는 제법 감을 되찾았다.

어느새 길에서 차선이 사라지고 앞뒤를 달리는 다른 차도 보이지 않았다. 급한 마음에 그만 액셀을 과하게 밟았다. 준비한 지도에 따르면 국도에서 한 번 꺾고 나서는 갈림길이 없어야 하는데 실제로 달려보니 샛길이 좌우로 뻗어 있다. 정말 이 길이 맞을까, 거기 가면 정말로 사와코가 있을까, 도저히 진정이 안 된다. 완만한 비탈을 따라 만들어진 전답은 황금색으로 물들어 있었다. 밭에 파릇파릇하게 난 것은 토란 싹이리라. 가옥들의 인공적인 지붕 색이 이따금 툭 불거져 보인다. 정신을 차리고 보니 길은 강 옆을 달리고 있었다. 언뜻 보기에도 물살이 세 보였다.

그래도 제법 상류까지 온 듯했다. 보아하니 강에는 어살을 질러놓았다. 구름 한 점 없는 하늘에서 쏟아지는 따가운 햇볕은 여름 그대로였지만 벌써 은어가 알을 낳으러 바다로 가는 철이다. 강 일부를 대나무로 만든 간이 댐으로 막아 강을 내려가는 은어를 기다린다. 강변 폭으로 보건대 원래 조금 더 너른 강이지만 최근 가뭄이 이어져 물이 마른 것이리라. 어살은 강 폭을 거의 다 차지하고 있었다. 강변에 오두막이 있다. 잡은 은어는 손님에게 대접하는 듯했다. 마침 점심때라 밧줄로 간단히 선을 그어놓은 주차장에는 몇 대의 차가 보였다.

나도 강변 쪽에 차를 댔다. 은어를 먹을 기분은 아니었지만 예상보다 먼 여정에 불안해졌다. 어살 주인은 갈색으로 그은 푸석한 얼굴의 오십 대 남자로 썩 살갑지는 않았지만 내가 손님이 아니라는 것을 알고도 싫은 내색은 보이지 않았다.

"아아, 그 여관이라면 이 길이 맞소."

살피듯 내 얼굴을 흘깃흘깃 쳐다보는 게 묘하게 마음에 걸렸다.

"한 시간 정도면 도착할 게요."

인사도 하는 둥 마는 둥 나는 차로 돌아갔다.

한 시간이라고 했지만 턱도 없었다. 길은 갈수록 험하고 포장되어 있는 게 이상할 정도로 좁아졌다. 촌락의 풍경은 어느덧 사라지고 길은 하염없이 계곡으로 파고들어갔다. 가드레일이 사라지고 점점 높은 곳으로 향했다. 핸들을 조금만 삐끗하면 계곡 밑으로 처박힌다. 긴장 때문에 몸이 굳어 거북이가 기어가는 속도로 커브를 하나씩 통과했다. 어살 주인이 한 시간이라고 말한 것은 길에 익숙한 사람의 시간 감각이었으리라. 해가 숲에 가려 주변이 어둡다. 아직 오후 이른 시간인데도 이러다가 밝을 때 도착하지 못하는 게 아닌가 초조해졌다.

그때 나무들 사이로 문득 붉은 페인트가 보이나 싶더니 건물 하나가 불쑥 튀어나왔다. 붉은색은 먼저 온 손님의 자동차 색이었다. 이곳이 내가 찾는 여관이 틀림없다. 겨우 도착했구나. 한숨을 내쉬자 험한 길에 어지간히 애를 먹었는지 단단히 굳어버린 어깨가 우두둑 소리를 냈다.

엔진 소리를 들었는지 여관에서 사람이 나왔다.

그렇게나 수소문해도 찾을 수 없었는데 재회는 허망했다. 작업복을 입은 사와코가 그곳에 있었다.

그나저나 아무리 생각해도 용케 이런 곳에 여관을 지었다.

차에서 내려서 보니 계곡은 생각보다 깊지 않았다. 눈 밑을 흐르는 강까지 낙차가 오 미터나 될까. 어쨌든 산속이니 자재를 옮기는 것만으로도 분명 고생깨나 했을 것이다. 당연히 평지도 충분히 확보하지 못해 여관은 산자락을 따라 비스듬하게 서 있었다. 주차장에 이르러서는 철골 구조로 바닥이 허공에 떠 있다.

이 년 만에 만난 사와코는 어딘가 모르게 사람이 변했다. 나를 보아도 그리 놀라지 않고 "어머, 오랜만이네" 하고 맞아주었다. 과거의 사와코였다면 직장에 찾아오는 사람은 아무리 연인이라도 한 명의 손님으로만 대했을 것이다.

저녁 식사 준비에는 이른 시간이라 여관을 돕는 일손이 비었던 모양이다. 나는 객실이 아니라 뒤쪽의 응접실로 안내받았다. 좌식 의자가 놓여 있는 다다미 여섯 장짜리 방에는 오래도록 손님이 없었는지, 휑하니 비어 있는 장식장에 먼지가 한 겹 쌓여 있었다.

차를 끓이는 사와코의 손놀림은 능숙해서 여관 종업원 일에 완전히 적응한 것처럼 보였다. 나는 계속 입을 다물고 있었다. 살아 있는 사와코를 보고 싶다는 일념으로 여기까지 왔지만 할말이 떠오르지 않았다.

차에 입을 대자 사와코가 미소를 지으며 말했다.

"언젠가 올 줄 알았어."

이곳 정보는 여행사에 일하는 친구에게 들었다. 그는 사와코도 만난 적이 있던 터라 온천마을 모임에 참석한 사와코를 한눈에 알아본 것이다. 그때부터 사와코는 내 방문을 예감했을 것이다.

하지만 그렇더라도 너무 태연했다. 마지막으로 보았던, 겁에 질린 모습과는 완전히 딴판이다. 역시 그 무렵의 사와코는 정상이 아니었던 것이다.

결심을 하고 입을 뗐다.

"돌아오지 않겠어? 복직은 어려워도 내가 어떻게든 할게."

어머, 하는 속삭임.

"당신이 날 도와주겠다고?"

별 뜻 없는 한마디가 가슴에 박혔다.

나와 사와코는 유라쿠 정에서 열린 피아노 콘서트에서 만났다. 둘 다 친구와 갈 예정이었는데 당일에 친구가 못 가게 되었다. 가볍게 나눈 몇 마디에서 교제가 시작되었다.

사와코는 사립대학 사무직원이었다. 나는 증권회사에 막 들어가서 무슨 일에나 의욕이 넘쳤다. 우리는 젊었고, 둘만의 시간을 기꺼이 즐겼다. 결혼을 구체적으로 의식한 적은 없었지만 별일 없으면 언젠가 짝을 이루었을 것이다.

하지만 사귄 지 일 년쯤 되었을 때 사와코의 상태가 이상해지기 시작했다.

—회사 생활이 어려워.

사와코는 자조하듯 입가를 일그러뜨리며 그렇게 말했다. 상사와 성격이 맞지 않는다고. 그 말에 나는 설교하듯 말했다.

—어딜 가나 싫은 사람은 있어. 일일이 신경쓰면 당신이 지는 거야. 그것도 일이라고 생각하고 참는 수밖에 없어.

사와코는 그 후로도 내게 똑같은 소리를 몇 번이나 했다. 나 역시 똑같이 설교를 반복했다. 상사와 성격이 맞지 않는 것은 나도 마찬가지다. 사와코는 응석을 부리는 것이다. 그렇게만 생각했다.

도움을 청하는 목소리를 알아차리지 못했던 것이다.

사와코는 일을 그만두었다. 친구들과의 교류를 끊고 아파트도 내놓았다. 나를 포함해 아무도 그녀를 도와주지 않았다. 사와코는 자신을 도와주지 않은 사람들 앞에서 모습을 감추었다.

실종 후 반년쯤 지나 사와코가 일하던 대학에서 불상사가 있었다. 심술과 협박을 일삼는 상사의 횡포를 참다못해 사무직원들이 똘똘 뭉쳐 소송을 한 것이다. 잡지와 텔레비전에서 명문 대학의 사건을 자극적으로 보도했지만 내게는 보도 하나하나가 후회의 씨앗이었다. 사와코의 말은 과장도 어리광도 아니었다. 그녀는 분명히 도를 넘은 모진 처사를 당했던 것이다.

그런데 나는 설교나 하고 있었다. 그것을 사과하기 위해서 여기까지 온 게 아니었던가?

"반드시 힘이 되어줄게."

이번에야말로, 라는 의미를 말속에 담았다. 사와코는 은근하게 웃을 뿐 말이 없었다. 나는 힘을 주어 말했다.

"아직 앞날이 창창하잖아. 이런 산속에 틀어박혀 있으면 미래가 없어."

"그래?"

사와코가 살짝 고개를 갸웃거리며 말했다.

"이런 산속이라니 말본새하곤. 여긴 내가 태어난 곳이야."

아차.

"후후, 거짓말이야. 작은아버지 댁이야. 미래가 없다고 했지만 꽤 장사가 잘돼. 뭐니 뭐니 해도 소문난 온천인걸."

이 여관이 유명하든 말든 내게는 아무래도 상관없는 일이었다. 하지만 사와코는 내 표정을 잘못 읽은 듯했다.

"정말이야. 못 들어봤어? 뉴스에도 몇 번 나왔을 텐데."

"글쎄."

"그래. 당신은 바쁜 사람이지. 사회면까지 볼 시간은 없나 봐."

사와코는 어딘가 장난스러운 미소를 짓고 있었다. 내가 모르는 표정이었다.

"이 여관은, 아니, 이 온천은 말이야. 불행한 사고가 자주 일어나."

두 손으로 살며시 찻잔을 감싸며 사와코는 즐거이 이야기했다.

"여기에서 강변으로 내려가면 화산가스가 잘 쌓이는 움푹한 땅이 있어. 거기서 해마다 한두 명은 죽어."

나는 숨을 삼켰다.

"어째서 그런 위험한 곳에."

"그래서 좋은 거야. 소문난 온천이라고 했잖아."

사와코는 내 지혜를 시험하듯 이쪽을 쳐다보았다. 나는 아무 말도 할 수 없었다. 사람 죽는 여관도 무서운 이야기지만, 그것을 태연히 입에 담는 사와코의 변모에 할말을 잃었던 것이다.

사와코는 길게 애를 태우지는 않았다.

"죽고 싶어 하는 사람들 사이에서 꽤 유명하대. 편하고 깔끔하게 죽을 수 있거든. 덕분에 행락철이 지나도 손님이 끊이질 않아. 그래도 실제로 가스를 마시러 가는 건 일 년에 몇 명 안 되니까, 그 몇 명이 죽어서 돈을 못 내도 수지는 맞아. 게다가 최후의 만찬이라고 생각하는지 씀씀이가 넉넉한 손님도 많거든."

"……."

"작은아버지께는 아이가 없어. 만약 무슨 일이 생기면 이 여관은 내게 물려주신댔어. 온천 여관 한 채라면 나쁘지 않은 재산이잖아. 미래가 없다고 생각하진 않아. 비록 그 여관이 '사인숙死人宿'이라도 말이야."

슬슬 일하러 돌아갈 시간인지 사와코는 조용히 일어서서 어깨 너머로 말했다.

“지금 이야기를 듣고도 여기 묵고 싶어? 그렇다면 싸게 해 줄게.”

## 2

안내받은 방에는 '용담'이라는 표찰이 걸려 있었다. 들어가보니 장식단이 있는 다다미 열 장짜리 방으로, 장식장에 놓인 가느다란 꽃병에는 협죽도 꽃이 꽂혀 있었다. 조화인가 싶었는데 만져보니 촉촉했다. 아무래도 방금 전에 가지째 꺾어 온 모양이다. 다른 종업원이 있을지도 모르지만, 그 꽃은 사와코의 마음씀씀이로 느껴졌다.

어쨌든 서둘러 오느라 행장이라고 부를 만한 짐은 하나도 챙기지 못했다. 자고 갈 생각은 없었지만 낮에는 사와코도 일이 있으니 찬찬히 얘기하려면 밤까지 기다리는 수밖에 없다.

문득 장지 밖에서 쏴아아 하는 소리가 들려왔다. 뭔가 싶어 장지를 열자 창문 바로 밖에서 활엽수가 흔들려 잎사귀들이 부딪히며 내는 소리였다. 발밑의 계곡이 바람길인 듯했다.

바닥에 벌러덩 드러누웠다. 아침에 집을 나설 때는 예상도 못 했지만 오늘 하루는 오랜만에 휴가를 온 기분이다. 긴장이 풀리니 운전의 피로가 몰려왔다. 그런 주제에 마음은 들떠서 잠이 올 기미가 없었다.

모처럼 온천 여관에 왔으니 목욕이나 할 요량으로 일어났다.

여관은 계곡에 딱 붙어 있어 관내에 계단이 많았다. 현관이 가장 높은 곳에 있고 나머지는 계속 내려가는 구조다. 지형을 따라 난 복도가 좌우로 완만하게 굽어 있어, 앞도 내다볼 수 없이 밑으로 뻗어 있는 하얀 회벽은 마치 이 세상의 광경이 아닌 것 같았다. 벽에 양철 간판이 붙어 있다. 실내탕과 노천탕으로 가는 방법이 적힌 페인트는 다 벗겨져 있었다. 날씨는 좋다. 노천을 택했다.

비좁은 복도 끝에서 검은 머리카락이 불쑥 튀어나왔다. 감색 바탕에 물결무늬가 놓인 유카타■를 입은 여성이 맞은편에서 걸어왔다. 젖은 머리카락으로 보건대 탕에서 나오는 길인

■ **유카타** _ 목욕 후나 여름에 간편하게 입는 기모노의 일종.

듯했다. 앞에 있는 나를 보더니 고개를 숙이고 슬리퍼를 신고 있는데도 발소리도 없이 스쳐지나갔다. 아름답지만 어딘가 음울한 분위기의 여자였다. 사와코에게 들은 불길한 이야기가 뇌리에 남아 선입견이 생겼는지도 모르지만.

내려가는 복도가 생각보다 길어서 계곡 바닥의 강가에 노천탕이 있나 싶었는데, 그보다는 높은 곳에 온천이라고 적힌 포렴이 보였다. 안으로 들어가자 바닥에 등나무 돗자리가 깔린 탈의실이 나왔다. 슬리퍼는 보이지 않으니 먼저 온 손님은 없는 모양이다. 느긋하게 옷을 벗어 바구니에 넣고 욕탕으로 들어갔다.

언제까지고 더울 것 같았는데 역시 가을인지, 아니면 깊은 산속에 들어와서 그런지 바깥은 바람이 불면 쌀쌀할 정도였다. 욕실 바닥은 콘크리트로 굳힌 인조석이었지만 욕조는 자연석을 그대로 썼는지 운치가 있다. 물은 제법 투명했지만 검은 기가 돌았다. 대충 몸에 물을 끼얹고 그대로 탕에 들어갔다. 땅이 꺼져라 한숨을 쉬었다. 묘한 상황이다. 몇 년 만에 들어와보는 온천인지.

나뭇잎 소리는 그칠 기미가 없었다. 새가 지저귀는 소리도 들려왔다. 계류에서 조금 떨어졌을 뿐인데 시냇물 소리도 들렸다. 허겁지겁 집을 뛰쳐나온 게 오늘 아침이었다니 믿기지가 않았다.

아무 말 없이 모습을 감춘 사와코. 선부른 짓은 하지 말기를 바랐다. 가능하다면 어디선가 행복해지기를 원했다. 그것만으로 충분했다.

그런데 얼굴을 보고 목소리를 들으니 욕심이 났다. 어떻게든 데리고 돌아가고 싶었다. 과연 가능할지는 모르겠다. 이 여관에서 사와코는 분명 밝은 표정을, 기력을 되찾았다. 그렇게 온화하고 즐거운 표정을 짓는 사와코는 본 적이 없었다. 새로운 생활에 적응해 삶의 보람을 찾아냈다면 본인에게는 지금 이대로가 가장 좋을지도 모른다.

즉, 사와코를 데리고 가고 싶은 마음은 그녀를 염려해서 그런 게 아니라 다시 출발하고 싶다는 내 바람에 지나지 않는 것이다.

그나저나.

이 여관의 음울한 사연을 말하는 사와코는 구김살이 하나도 없었다. 그 이야기가 정말일까? 자살 희망자가 모이는, 편하게 죽을 수 있는 여관……. 처음 들었을 때는 오싹했지만 가만히 생각해보니 아무래도 거짓말 같았다. 사와코 나름의 농담이 아니었을까? 무슨 뜻으로 한 말인지는 모르겠지만 어쩌면 나를 쫓아버리고 싶었는지도 모른다. 그 정도 심술은 각오하고 있었다.

온천물은 욕조 구석에 설치된 죽통에서 흘러나왔다. 낙엽이 한 장, 빙글빙글 돌면서 흘러왔다. 아직 낙엽이 질 계절은 아니니 작년 이전에 떨어진 잎이 채 썩지 않고 바람에 날아온 것이리라. 멍하니 보고 있자니 이윽고 낙엽은 한쪽으로 흘러가서 계곡 쪽으로 난 욕조 가장자리로 떠내려갔다. 어깨까지 물에 담그고 다가가보니 가장자리에는 잔가지와 낙엽, 하얀 종잇조각이 걸려 있었다. 흘러넘친 물은 그대로 계곡 바닥으로 흘러드는 모양이다. 물이 흐르는 경로를 알고 나니 아무리 탕 밖이라도 비누칠을 하기가 거북했다. 나중에 다시 실내탕에 들어가기로 하고 얼굴만 벅벅 씻은 뒤 노천탕에서는 그만 나가기로 했다.

탕에서 나가려는데 때마침 한 남자가 노천탕으로 들어왔다. 학생일까, 젊고 비쩍 말랐다. 남의 알몸을 훔쳐볼 생각은 없었지만 앙상한 갈비뼈가 눈에 들어왔다.

상대가 고개를 숙이기에 나도 목례로 답했다. 상대는 고개를 들지 않았다. 아무래도 인사가 아니라 그냥 고개를 숙였던 모양이다.

목욕을 하는 사이에 여관에서 이부자리를 깔아주었다.

저녁 식사까지는 아직 여유가 있는 어중간한 시간이었다. 밖은 황혼녘이라 창밖으로 내다보는 나뭇가지 사이로 이미 어둠이 깔려 있었다. 평상복이 답답하게 느껴져 방에 있던 감색 유카타로 갈아입었다.

사와코가 무사하다는 사실을 알고 나니 이번에는 회사일이 걱정되었다. 실은 오늘도 휴일이지만 출근해야 했다. 아버지가 입원했다고 거짓말을 한데다 그것도 모자라 어영부영 온천 여관에서 쉬고 있으려니 뒤가 켕겼다.

하릴없이 창가에 앉아 저물어가는 산의 경치를 보고 있었다. 하는 일 없이 멍하니 한 시간쯤 지났을까.

불쑥 노크 소리가 들렸다. 찾아올 사람은 사와코밖에 없다. 아직 일할 시간인데, 하며 이상하게 여기면서도 종종걸음으로 문 앞까지 달려가 자물쇠를 열었다. 예상대로 그곳에는 사와코가 있었다. 작업복 차림 그대로다. 아까와는 달리 표정에 부드러운 미소가 없다.

"잠깐 괜찮아?"

일은 괜찮은지 물으려던 말을 삼켰다. 이야기를 나눌 수 있는 기회를 스스로 망칠 필요는 없다.

"물론이지. 들어와."

사와코는 고개를 끄덕이고 방으로 들어왔다. 다다미 위를 걷는 기품 있는 동작에서 일 때문에 걸음걸이까지 고쳤다는 것을 알 수 있었다. 작은 테이블을 사이에 두고 마주앉았다. 뭔지는 몰라도 사와코에게는 당연히 용건이 있을 것이다. 하지만 그보다 먼저 전할 말이 있었다.

"저기, 어쨌든……."

이렇게 입을 열었다.

"무사해서 다행이야. 건강해 보여서 마음이 놓여."

"뭐야, 갑자기."

딱딱했던 사와코의 표정이 쑥스러운 미소로 조금 풀렸다. 나는 웃지 않았다.

"그럴 만도 하지. 바로 그저께까지 행방은커녕 생사도 몰랐어. 방금 전에는 놀라서 말을 못 했어. 정말 다행이야."

사와코는 고개를 살짝 숙였다.

"고마워. 기뻐. 아무 말 없이 뛰쳐나왔으니까 그렇게 걱정하는 게 당연하지. 하지만 난 처음부터 섣부른 짓을 할 마음은 없었어. 일자리는 잃었지만 어떻게든 될 줄 알았어. 나, 의외로 낙천가거든."

이 년 전에는 도저히 그렇게 보이지 않았다. 사와코는 완전히 위축되어 있었다. 그리고 그런 상태의 그녀에게 나는 계속 노력이 부족하다는 말만 했다. 그래서야 무슨 짓을 저지를

지 모른다는 사실을 깨닫고 핏기가 가신 것은 그녀가 실종된 후였다.

"그때는 아무것도 못했어. 내 이기적인 잣대로 어차피 별 문제 아닐 거라고 결론을 내리고, 당신을 돕기는커녕 더 괴롭혔어. 어리석었어. ……용서해줘."

늘 말하고 싶었다. 사와코가 과연 용서해줄지 모르겠다. 하지만 가장 괴로운 시기에 버팀목이 되어주지 못했으니 사과하지 않으면 마음이 개운하지 않았다.

사와코가 조금 차가운 목소리로 말했다.

"딱히, 그때도 그리 기대하진 않았어. 당연하잖아, 어차피 남인걸."

"사와코, 난 그런 식으로 생각하지 않았어."

"뭐, 지난 일은 됐어. 지금 생각을 묻고 싶어. 당신은 옛날에 날 도와주지 못했다고 했지?"

고개를 끄덕였다.

"하지만 지금은 다르다고 말하고 싶은 거지?"

고개를 끄덕였다.

"그건 나한테만 그런 거야? 아니면 이제 남을 도울 수 있는 사람이 되었어?"

그 질문에는 선뜻 고개를 끄덕일 수 없었다. 사와코에게 속죄하고, 그런 다음 가능하다면 새 출발을 위해 사와코를 기꺼이 도울 것이다. 하지만 그렇다고 내가 누군지도 모르는 남을 도울 자비로운 사람이 되었다고 말할 수 있을까?

그럴 것 같지는 않았다. 도시에서는 인정사정 봐주지 않는 경쟁으로 남들을 계속 제쳐온 내가 군자가 될 수 있을 턱이 없다.

"아무나, 한없이 도와줄 수는 없어. 다만 당신이 사라지고 나서……."

단어를 골라가며 말했다.

"합리성보다 온정이 중요할 때도 있다는 걸 배웠어."

사와코가 눈을 가늘게 떴다. 내 말을 기뻐하는 것 같았지만 동시에 의심하는 것처럼 보이기도 했다.

"……그거면 충분해."

그렇게 말하며 그녀는 품에 손을 넣어 한 장의 봉투를 꺼냈다. 수신자도 발신자도 없이 새하얬다. 나는 뭐라 말할 수 없는 불길한 예감을 느끼고 사와코가 말한 사인숙의 사연을 떠올렸다.

"당신은 똑똑한 사람이니까, 좀 도와줘."

사와코는 봉투를 테이블 위에 내려놓았다. 우리 사이에 놓인 봉투에 손을 뻗기가 망설여졌다. 그것이 뭔지 눈치는 챘지만 말로 하기 꺼림칙했기 때문이다.

"이건."

"4시에 노천탕을 청소하러 갔어. 그랬더니 탈의실 바구니에 이게 떨어져 있었어. 아아, 또 왔구나 싶었지. 이런 하얀 봉투, 전에도 본 적이 있거든. 하지만 탈의실에서 발견하기는 처음이야. 그래서 손님들을 살펴봤는데, 아직은 모두 무사해."

"그렇다면?"

사와코는 얕은 한숨을 쉬고 말했다.

"유서를 떨어뜨린 거야. 앞으로 누가 죽으려 들 거야."

사와코는 하얀 봉투를 내 쪽으로 밀며 읽어보라고 했다. 나는 망설이면서도 봉투를 손에 들었다.

활자처럼 빈틈없는 글씨가 괘선 사이에 얌전히, 편지지에 여백 없이 들어차 있었다.

> 은혜를 원수로 갚게 되어 모두를 뵐 면목이 없습니다.
>
> 뻔뻔스럽게 창피한 줄도 모르고 살아왔지만, 오늘로 이 년째가 되니 겨우 결심이 섭니다.
>
> 상환 문제는 사토 씨에게 맡기겠습니다.

여관 분들께 폐를 끼치게 됐습니다. 마지막으로 기분 좋은 서비스 고마웠습니다. 지난 몇 년을 통틀어 유일하게 편안한 시간을 보낼 수 있었습니다. 가방 속 노란 봉투는 숙박비로 받아주세요.

훗날, 혹시 누가 기일을 물을지도 모릅니다. 그때는 부디 오늘 죽었다고 증언해주시면 여한이 없겠습니다.

고요하군요.

드디어 이 생지옥에서 벗어날 수 있다고 생각하니, 지금 참으로 마음이 가볍습니다.

그래, 진짜 유서구나.

## 3

증권회사 같은 곳에서 일하다 보면 자살은 그리 먼 이야기도 아니다. 시세 때문에 손해를 보고 죽은 사람을 몇이나 알고 있다. 다만 유서를 직접 보기는 처음이었다.

문장에 시선을 떨어뜨린 채로 물었다.

"오늘 숙박객은?"

사와코는 바로 대답했다.

"세 명. 젊은 남자하고 머리가 길고 마른 여자. 보라색으로 염색한 짧은 머리 여자."

"두 명은 봤어."

노천탕에 갈 때 머리가 긴 여자와 마주쳤다. 목욕을 마치고 돌아오는 길에 엇갈린 게 젊은 남자였다.

"방금 어떤지 확인했다고 했는데, 모두 방에 있는 거지?"

"방에 있었던 건 두 사람. 보라색으로 염색한 여자는 자기 차 안에서 음악을 듣고 있었어. 현관 앞에 있는 빨간 차야."

"아아. 기억나."

유서에는 숙박비로 쓸 돈에 대해 적혀 있었다. 그러니 여관 종업원 중 누군가가 자살을 꾀하는 것은 아니리라. 나를 제외한 세 손님 중에 유서를 떨어뜨린 당사자가 있다.

나는 고개를 들었다.

"경찰에 신고하는 게 낫지 않을까?"

사와코는 나를 지긋이 쳐다보았다. 지독하게도 차가운 눈이 내 본성을 꿰뚫어보는 듯했다.

흠칫 놀랐다. 만일 내가 단순히 귀찮은 일을 경찰에 떠넘길 요량으로 신고하는 게 좋다고 말했다면 사와코는 아마 두 번 다시 내 곁으로 돌아오지 않을 것이다. 불현듯 깨달았다. 사와코는 유서의 주인을 돕고 싶은 건지도 모른다. 하지만 동시에 나까지 시험하고 있다.

"사람 목숨이 걸린 일이고, 여차할 때 힘으로 말릴 사람이 있는 게 좋잖아."

"안 와."

사와코는 한숨 섞인 목소리로 말했다.

"늘 있는 일인걸. 죽은 사람이 나오면 와주긴 하지. 하지만 그러기 전에는 범죄도 의문사도 아니란 말이야."

말투에서 과거에 비슷한 일이 있었다는 것을 알아차릴 수 있었다. 듣고 보니 확실히 아직은 편지 한 통 발견한 것에 지나지 않는다.

경찰이 미덥지 못하다면 어쩌면 좋을까? 세 손님에게 직접 "이 유서를 떨어뜨린 게 당신입니까?" 하고 물을 수도 없다. 아무 상관 없는 두 사람에게는 괜히 불길하기만 한 이야기다. 사인숙이라는 별명이 붙은 게 사실이라 해도, 서비스업에서 대놓고 물을 수 없다는 것은 나도 잘 안다. 하지만 잠자코 있을 수도 없다.

"가스가 쌓인다는 계곡 바닥을 감시할 수는 없을까?"

사와코는 고개를 가로저었다.

"안전거리를 지키다 보면 숲에 가려서 누가 다가가도 몰라."

"필적은 어때? 숙박부가 있을 것 아니야."

"숙박부에는 세 사람 다 휘갈겨 썼어. 단정한 글씨하고는 비교가 안 돼."

"그럼 하다못해 어떻게든, 자연스럽게 세 사람 얼굴이라도 볼 수 없을까?"

그렇게 묻자 사와코는 고개를 끄덕이며 냉큼 일어섰다.

"그건 가능할 거야. 잠깐 기다려."

십여 분 후. 나는 작업복을 입고 사와코 뒤를 따라 여관 복도를 걷고 있었다. 여관 종업원인 척, 태연한 얼굴로 세 사람을 살펴보려는 것이다. 빠르면서도 부산스러워 보이지 않는 사와코의 걸음걸이를 보고 따라 하려 했지만 뒤뚱뒤뚱 이상한 자세만 나온다. 바로 체념하고 익숙하지 않은 신입 직원으로 가장하기로 했다. '진달래'라는 표찰이 걸린 객실 앞에서 사와코가 뒤를 돌아보았다.

"절대 쓸데없는 말은 하지 마. 대놓고 쳐다봐서도 안 돼."

"알아."

사와코는 고개를 끄덕이며 문을 두드렸다.

"실례합니다, 손님."

한참 대답이 없었다. 방에 없나 싶을 즈음, 그제야 낮은 목소리가 들렸다.

"……예."

대답을 듣고 사와코는 품에서 열쇠를 꺼내 문을 열었다.

슬리퍼를 벗는 마루방 앞 장지문이 닫혀 있다. 사와코는 문지방 앞에서 무릎을 꿇고 장지문을 열었다.

방에 있는 손님은 비쩍 마른 여자였다. 입가에는 미소까지 띠고 있었지만, 음울하니 탁한 눈가에서 그늘을 지울 수는 없었다. 아까 지나쳤을 때에는 머리가 젖어 있었는데 지금은 다 마른 것처럼 보였다.

사와코는 나를 대할 때와는 영 딴판으로 밝게 물었다.

"쉬시는데 죄송합니다. 저녁 식사로 모처럼 먹음직한 곤들매기가 들어왔는데 주방장이 튀김과 소금구이, 어느 쪽을 좋아하시는지 여쭤보고 싶다고 해서요."

"아아, 그래요. 글쎄요."

나는 사와코 뒤에 무릎을 꿇고 앉아 최대한 얌전히, 하지만 재빨리 방안을 훑어보았다. 내가 사용하는 용담실과 가까운지, 방에서 들리던 나뭇잎 소리가 여기에서도 들렸다.

그렇게 대답한 여자는 어딘가 안도한 것처럼 보였다. 우리가 다른 용건으로 온 건 아닌지 의심하는 것처럼 보인 것은 지나친 지레짐작일까?

"그럼, 소금구이로 해주세요."

"알겠습니다. 곧 준비할 테니 잠시만 기다려주세요."

사와코는 생글거리며 그리 말하고는 정중하게, 미련 없이 장지문을 닫아버렸다. 내가 진달래실을 볼 수 있었던 건 겨우 십여 초였다.

복도로 나오자 사와코가 작은 목소리로 물었다.

"어땠어?"

짧은 시간이었지만 나름대로 알아낸 사실은 있었다. 닫힌 문을 보면서 나는 중얼거렸다.

"테이블 위에 편지지가 있었어. 하지만 펜은 보이지 않았어."

편지지는 하얀색 같았지만 유서와 똑같은 종이인지는 모르겠다.

두 번째 방에는 '목련'이라는 표찰이 걸려 있었다.

진달래실과 마찬가지로 사와코는 문을 두드리고, 대답을 기다렸다가 방에 들어갔다. 목소리로 알았지만 이 방 손님은 남자였다. 노천탕에서 보았을 때는 앙상한 갈비뼈가 눈에 들어왔는데, 새삼 이렇게 보니 뺨도 골격이 느껴질 정도로 홀쭉했다. 안색도 나쁘고, 병자로밖에 느껴지지 않을 만큼 건강이 나빠 보였다. 사와코는 진달래실에서 한 것과 똑같은 인사를 했다. 그리고 역시 방금 전과 똑같은 질문을 했다.

"주방장이 튀김과 소금구이, 어느 쪽을 좋아하시는지 여쭤보고 싶다고 해서요."

그는 고민하는 기색도 없이 대답했다.

"소금구이로 부탁합니다."

목소리에는 감출 수 없는 불쾌함이 배어 있었다. 방안에는 물결무늬 유카타가 널브러져 있고, 어울리지 않는 스포츠 백이 거꾸로 뒤집힌 상태로 방구석에 널브러져 있었다. 그는 사와코와 시선조차 맞추려 하지 않았다.

"알겠습니다."

고개를 숙인 사와코에게 남자가 말했다.

"아, 저기. 앞으로 볼일이 있으면 직접 오지 말고 전화로 연락해주세요. 전화기가 있으니까."

분명 객실에는 전화기가 설치되어 있다. 사와코는 손으로 입가를 가렸다.

"실례했습니다. 앞으로는 그러겠습니다. 다른 종업원에게도 그리 전할 테니 편히 쉬세요."

"부탁합니다."

방에서 나오자 사와코는 호기심 어린 눈으로 나를 쳐다보았다. 나는 고개를 가로저었다. 유서에 사용된 것은 편지지와 봉투, 그리고 필기구였을 것이다. 어느 것 하나 찾아볼 수 없었다.

다만 사와코에게는 말하지 않았지만, 나는 남자에게서 받은 인상을 한 가지 수정했다.

목욕탕에서 보았을 때는 학생인 줄 알았는데, 이렇게 방에서 차분히 있는 모습을 보니 조금 더 나이가 들어 보였다. 이십 대 중반이 넘었거나 어쩌면 서른이 넘었을지도 모른다.

세 번째 방의 이름은 '호두'였다.

이 방은 문을 몇 번 두드려도 반응이 없었다. 사와코가 고개를 갸웃거리며 "아직 차에 있나?" 하고 등을 돌린 순간, "예에" 하고 늘어진 대답이 돌아왔다.

긴 머리 여자나 젊은 남자에 비하면 호두실 손님은 살집도 적당하니 건강해 보였다. 생기는 없었지만 그것은 단순히 나른하니 무료해서 그런 것처럼 보였다. 사와코의 말대로 보라색으로 염색한 머리카락이 가장 먼저 눈에 들어왔지만 자세히 보니 그녀는 이런 산속 여관에서도 빈틈없이 화장을 하고 있었다. 아이섀도 색도 진하고 속눈썹도 위로 말려 있다. 목에는 이어폰을 걸치고 있었다.

"주방장이 튀김과 소금구이, 어느 쪽을 좋아하시는지 여쭤보고 싶다고 합니다."

그런 질문에 그녀는 고개를 갸웃거렸다.

"어라? 메뉴는 '곤들매기 소금구이'였던 것 같은데."

"예. 하지만 모처럼 들어온 대어에 주방장이 의욕이 넘쳐서요."

"흐음."

손님은 그렇게 중얼거렸지만 이해하지 못하겠다는 눈치가 역력했다. 사와코가 전혀 동요하지 않는 게 든든했다.

"뭐, 됐어. 이미 돈을 냈으니까 갑자기 바꾸지 마."

"그럼 소금구이지요? 알겠습니다."

손님은 우리를 의심하고 있다. 그만큼 몰래 방을 둘러보기란 어려웠다. 그래도 하얀 벚꽃무늬 유카타가 중인방에 걸려 있는 것과, 다다미 위에 커다란 여행 가방이 누워 있는 것이 보였다.

그리고 테이블 위에 놓여 있는 한 권의 책도 보았다. 두꺼운 책이다. 책등이 내 쪽을 향하고 있지만 거리가 있어 제목은 잘 보이지 않았다. '……방법'인 것 같았다.

복도로 나가서 어땠느냐고 묻는 사와코에게 나는 솔직하게 대답했다.

"수상해."

"뭐?"

"아니, 잘 모르겠어. 저 손님 손목 봤어?"

"아아, 그거 말이지."

역시 사와코도 눈치챈 모양이다. 보라색 머리의 여자 손님은 손목에 흉터가 잔뜩 남아 있었다.

## 4

용담실로 돌아가 다시 마주보고 앉았다.

첫인상만으로 사람을 판단하는 기술은 일에 쫓기는 나날 속에서 필수불가결한 요소다. 동시에 첫인상만으로 사람을 판단하는 것은 큰 실수이기도 하다. 나는 한동안 입을 다물고 있었다.

침묵을 깬 것은 사와코였다.

"세 명 중 두 명은 먼저 봤다고 했지. 어디에 있었어?"

"아아, 참."

그 생각을 미처 못 했다니 역시 나도 동요했던 것이다.

"진달래실 여자는 노천탕으로 가는 복도에서 마주쳤어. 탕에 들어갔다가 나오는 길에 목련실 남자하고 엇갈렸고. …… 유서는 노천탕에서 발견했다고 했지?"

탈의실 바구니 속에 떨어져 있었다고 했다.

"내가 들어갔을 때는 봉투를 못 봤어. 하지만 그리 주의깊게 본 건 아니야."

그렇게 말하다가 문득 어떤 사실을 깨달았다.

"노천탕은 하나뿐이야?"

"응."

"남녀 구분은 어떻게 해? 만일 오늘은 남자만 사용하는 날이라면……."

유서를 떨어뜨린 게 오늘이라면 노천탕에 온 사람은 필연적으로 목련실 남자가 된다. 사와코는 고개를 저었다.

"보통은 처음에 설명하는데, 노천탕은 혼욕이야. 손님이 많은 날은 탈의실만 칸막이로 나눠. ……오래된 여관이니까."

그렇다면 머리가 젖어 있던 진달래실 여자는 내가 가기 직전까지 노천탕에 있었을지도 모른다. 실내탕을 썼을지도 모르지만.

"그 봉투는 언제부터 있었을까?"

유서라고 부르기가 왠지 꺼려져 그렇게 묻고 말았다.

"세 사람 다 어제부터 묵는 손님이야. 노천탕 청소는 4시부터 해. 어제는 없었어."

"어제 4시 이후부터 오늘 4시 사이라."

시간대가 너무 넓어 찾아낼 수 없다. 세 사람은 누구든지, 언제든지 유서를 깜빡 떨어뜨릴 수 있었다. 봉투에는 우편번호를 적는 붉은 칸조차 없다. 흔한 물건은 아니지만 봉투를 파는 가게를 찾기란 벅차다. 가만히 바라보는 사이에 봉투의 흰색도, 유서의 글도, 유난히 연극적으로 보이기 시작했다.

"이거 정말로 떨어뜨린 걸까?"

그렇게 중얼거렸다.

사와코의 대답이 없어 계속 말을 이었다.

"이렇게 중요한 걸 노천탕에 가져가는 것도 이상하고, 상식적으로는 깜빡 잊었다고 생각할 수도 없어. 어쩌면 누구 눈에 띄도록 일부러 두고 간 게 아닐까?"

말하다 보니 점점 그게 진실인 것처럼 느껴졌다.

"처음부터 자살할 마음은 없었던 거야. 누구든 좋으니 유서를 발견하고 동정해주길 바란 건지도 몰라. 노천탕이라면 그사이 누군가 들어올 테고, 이 봉투도 금방 찾을 수 있도록 새하얀 걸 쓴 것 같아."

만일 이 유서가 연극, 심하게 말해 질 나쁜 장난이라면 그것은 누구 소행일까?

"전부 거짓말이랄까, 허위라면 숙박비를 내겠다는 글도 거짓말일지도 몰라. 이걸 두고 간 사람은 숙박비를 낼 마음이 없거나, 처음부터 내지 않아도 되는 사람일 수도 있어. ……즉 이 여관 종업원일 수도."

사와코는 아닐 것이다. 사와코의 글씨는 안다. 동글동글하고 말랑한 글씨였다. 유서의 글씨는 활자로 착각할 정도로 단정하고 한 글자도 흐트러지지 않아 인간미가 희박했다. 이 년 전 실종 이후로 사와코의 성격이 아무리 변했다 해도 글씨마저 이 정도로 변할 리는 없다.

"그게 아니라면, 아마도 목련실 남자가 아닐까?"

"흐음, 왜?"

사와코의 채근에 입을 열었다.

"처음에는 호두실 여자인 줄 알았어. 폐를 끼치든 말든 개의치 않을 성격으로 보였고, 손목 흉터도 자기를 해치면서까지 남들 눈길을 끌고 싶어서 그런 걸 테니까. 다만 그런 것치고는 유서 내용이 얌전해. 비극적이지 않아. 표현에 별로 감정이 들어 있지 않은 게 어딘가 남성적인 느낌이야."

봉투에 손을 뻗어 유서를 꺼냈다. 필적을 보니 지나치게 단정한 글씨는 확실히 그 신경질적인 남자에게 어울린다는 생각이 들었다.

"다만 연극이라고 해도 물러날 때를 놓쳐서 사고로 정말 죽어버릴 수도 있어. 혹시 모르니 유심히 지켜보는 게 나을지도 몰라."

그러기 위해서라면 얼마든지 힘을 빌려줄 생각이다. 그렇게 말하려고 고개를 든 나는 말문이 막혔다.

사와코는 잠깐 사이에 십 년은 더 늙은 것처럼 보였다. 어깨를 축 늘어뜨리고 간절한 눈으로 나를 바라보고 있다. 그것은 처음 보는 얼굴이 아니었다. 이 년 전, 사와코가 실종되기 전 한없이 지쳐 있던 모습이 거기에 있었다.

그녀는 말했다.

"그게 당신 답이야?"

"……."

"당신은 자기가 변했다고 했어. 하지만 그건 착각이었나 봐."

당연히 그 말에는 반론했다.

"아니. 이 년 전의 나였다면 남의 유서 때문에 열심히 고민하지 않았을 거야."

그러나 사와코는 내 반론을 비웃었다. 차갑고 메마른 웃음이었다.

"그랬을지도 모르지. 하지만 결론은 변함없잖아?"

"그렇지 않아."

"하지만 지금 그랬잖아. 상식적으로는 생각할 수 없다고. 상식적으로 생각할 때 이 유서는 연극이라고 말하고 싶은 거잖아."

그렇다.

나는 그제야 깨달았다. 사와코의 말대로 내가 이 년 전과 똑같은 소리를 하고 있다는 사실을.

"얼굴을 보고 그만 그리운 마음에 의지한 게 잘못이었어. 당신이 옳겠지. 이 서류는 단순한 장난일 거야. ……나도 그러길 바라."

사와코는 자리에서 일어났다. "일이 남아 있으니 그만." 그런 말을 남기고 유서와 나를 남겨두고 방에서 나갔다.

강한 바람이 한차례 불어와 나뭇잎이 수런거리는 소리가 용담실을 가득채웠다.

나는 이 년 전, 상사와 맞지 않아 괴로워하는 사와코를 보면서도 상식적으로 생각해서 참아야 한다고 말했다. 상식적으로 생각할 때 그렇게 지독하게 심술을 부리는 사회인이 있을 리 없으니, 사와코가 고통을 호소해도 어리광이라고 내쳤다.

나중에야 그게 잘못이었다는 것을 뼈저리게 깨달았다. 그런 줄 알았다.

나는 지금 사와코에게 "상식적으로 생각할 때 이 사람은 정말로 괴로워하는 게 아니야"라고 말한 것이나 마찬가지다. 내 판단이 억지스럽고 비논리적인 추측이라고 생각하지는 않는다. 유서를 탈의실 바구니에 깜빡 잊고 가다니 일반적으로는 생각할 수 없는 일이다.

하지만 나는 '일반적이지 않은 일'이 '일어날 리 없는 일'은 아니라는 것을 배우지 않았던가?

어떤 일이든 가능성은 존재한다. 그런 모든 가능성을 고려하다 보면 기우에 빠진다. 합리적으로 생각해서 거의 있을 리 없는 일은 무시해야지 그러지 않으면 길도 다닐 수 없다. 하지만 나는 사와코에게 아까 이렇게 말하고 말았다. ……합리성보다 온정이 중요할 때도 있어.

눈앞의 유서를 바라보았다. 이것은 거짓된 글일지도 모른다. 하지만 진실된 글일지도 모른다. 이곳은 편하게 자살할 수 있는 것으로 유명한 '사인숙'이라고 한다. 사와코는 지난 이 년 동안 실제로 목숨을 끊은 사람을 몇 명이나 보아온 것이리라.

나는 실수했다. 다른 누군가를 위한다는 말은 현실감이 없다. 다른 누가 아닌 사와코를 위해, 하다못해 오늘밤만이라도 좀더 이야기를 진지하게 받아들였어야 했다.

유서를 노려보았다. 글을 보았다. 이 글을 쓴 인물은 지금 당장이라도 죽으려 한다고 억지로 믿었다.

그러자 비로소 보이는 점이 있었다.

예를 들어 마지막 부분. 편지지 마지막 부분에 적힌 '고요하군요'라는 말이 정말 글쓴이가 실제로 느낀 감각이라면 짐작 가는 바가 있었다.

이따금 의식할 뿐이지만 이 용담실에는 늘 나뭇잎 스치는 소리가 가득하다. 적어도 완전히 '고요'하지는 않다. 아까 세 손님의 방을 찾아갔을 때, 방에서 나뭇잎 소리가 들린다고 생각한 것은 진달래실뿐이었다. 만일 글쓴이가 하고자 하는 말이 완전히 '고요'하다는 의미라면 진달래실 손님은 유서 주인이 아니지 않을까?

그것 말고도 또 있다.

여관 종업원에게 폐를 끼치게 되어 미안하다면서 숙박비는 가방 속 노란 봉투에 들어 있다고 했다. 즉 글쓴이의 방에는 돈이 든 노란 봉투와, 그것을 넣은 가방이 있어야 한다. 목련실에는 안색 나쁜 남자에게 어울리지 않은 스포츠 백이 있었다. 호두실에는 여행 가방이 있었다. 하지만 진달래실에서는 가방을 보지 못했다.

돈이라고 하니 말인데, 호두실 여자는 곤들매기를 어떻게 요리할지 물었을 때 이상한 소리를 했다. 메뉴는 원래 곤들매기 소금구이였다. 돈을 미리 냈으니 바꾸지 말라고. 유서 주인은 후불로 계산할 예정이라 노란 봉투에 돈을 넣은 게 아닐까?

이런 점들을 대조해보면 어떻게 될까?

나는 한참 묵묵히 고민했다.

이 여관에 온 뒤로 보고 들은 정보. 그 정보와 유서를 대조해 어떤 의미를 찾아낼 수 없을지 묵묵히 고민했다.

그리고 결론을 내렸다. 알아낸 모든 사실에 의미가 없다.

진달래실에 끊임없이 나뭇잎 소리가 차 있어도, 거기에 있는 여자가 '고요'하다고 쓰지 말란 법은 없다. 이 유서를 쓸 때 마침 바람이 멎어 정말로 고요했는지도 모른다. 또 북적거리는 도시에 비해 '고요'하다는 것이지, 약간의 자연음은 귀에 들어오지 않을지도 모른다. 애초에 '번잡한 인간관계에서 벗어나 마음이 고요'하다는 심리 상태에 지나지 않을지도 모른다.

가방 문제는 더 불확실하다. 나는 문지방 앞에 무릎을 꿇은 사와코 뒤에서 각각의 방을 겨우 십여 초 보았을 뿐이다. 진달래실에서 가방을 보지 못했다고 그 방 손님이 가방을 가지고 오지 않았다고 할 수 있을까? 가방은 사각에 가렸을지도 모른다. 옷장에 넣어두었을지도 모른다. 전부 불확실한 이야기다.

돈도 그렇다. 호두실 손님은 전액을 미리 낸 게 아니라 일부만 냈을지도 모른다. 전액 냈지만 시체 처리를 부탁하는 미안한 마음에 조금 더 남겨놓으려 했는지도 모른다. 만일 그렇다면 '숙박비'가 아니라 '사례비'라고 써야겠지만 적어도 지금은 '일반적으로는 그러니까'라는 사고방식은 버리기로 했다.

아마도 그럴 거라는 추측은 금물이다. 이것이 진짜 유서라면 주인은 분명 이 사람이라고 꿰뚫어 봐야만 한다.

하지만 그게 가능할까?

어느덧 밖은 어스름에 잠겼다. 낮 동안의 더위는 여름과 다름없었지만 일몰 속도는 이미 가을이었다. 전깃불 밑에서 유서를 바라보았다.

글에는 '오늘로 이 년째'라고 적혀 있다.

그것을 보고 있으려니 역시 이건 사와코의 유서가 아닐까 하는 생각이 들었다. 사와코가 직장에서 모진 꼴을 당하고 모습을 감춘 게 이 년 전 일이기 때문이다.

다만 그때는 겨울이었다. 공기가 바짝 메말라 감기에 걸렸지만 산더미처럼 쌓인 일에 매일 매달려 있을 때, 사와코의 친구가 전화로 그녀의 행방을 물었다. 그날로부터 며칠간의 광란은 추위와 함께 뚜렷이 기억한다. 그러니까 정확히 오늘로 이 년째는 아니다. ……아니, 그렇지만 사와코에게는 이 구월 모임이 중요한 날일 수도 있다.

조금 생각하다가 역시 그건 아니다 싶어 배제했다. 유서의 주인이 사와코이고 진심으로 쓴 글이라고 믿을 경우, 사와코가 유서를 주웠다며 내게 의논한 까닭이 뭘까? 모든 가능성을 상정한다 해도, 사와코가 그렇게까지 번거로운 짓을 한다면 아마도 내가 해줄 수 있는 일은 없을 것이다.

그게 아니라 역시 세 손님 중에 유서 주인이 있다고 한다면, 이 년 전에 무슨 일이 있었을 것이다. 엄밀한 판단에서 벗어나 추측을 시작했다.

돈을 빌렸겠지. '은혜를 원수로 갚게 되어'라는 글로 보아 남을 보증인으로 세우고 돈을 떼어먹은 게 아닐까? 직업상 그렇게 달아난 사람을 몇이나 봤다. 그걸 고통스럽게 여기면서도 하루하루 살다가 겨우 이 년이 지나서…….

거기까지 생각하다가 추측을 멈추었다.

이 년이 지났으니 뭐가 어떻단 말인가? 어째서 이 년이 지났다고 '결심'할 수 있는가?

게다가 애초에 한 가지 잘못 읽었다. 글쓴이가 괴로워한 기간은 이 년이 아니다. 여관에서 서비스를 받고 '지난 몇 년을 통틀어 유일하게' 편안한 시간을 보냈다고 했다. 편안한 시간이 전혀 없는 '생지옥'이 몇 년에 걸쳐 계속되었다면 이 년이란 무슨 뜻일까? 어째서 지금까지는 죽지 못하고, 이 년이 지나서야 죽을 수 있는 걸까?

보아하니 글쓴이는 죽을 날을 몹시 신경쓰고 있었다. '오늘로 이 년'. '기일을 물을지도'. 전부터 죽고 싶었다, 하지만 이 년이 지나지 않아 죽고 싶어도 못 죽었다.

그 이유는?

"……아아, 그런가."

적절한 답은 적절한 질문에 의해 찾아왔다. 이 년이라는 시간과 자살이 무슨 상관인지 생각했을 때 안개가 싹 걷히는 기분이었다.

이제 이유는 너무나도 명백하다. 나는 중얼거렸다.

"보험이다."

생명보험은 가입자가 사망했을 때 지정인이 돈을 받는다. 하지만 가입하고 바로 자살할 경우에까지 보험금을 주다간 장사가 안 된다. 가입 후 일정 기간은 면책 기간으로 자살할 경우 보험금을 지급하지 않는 게 일반적이다.

면책 기간은 계약마다 다르다. 일 년인 경우도 있고, 삼 년인 경우도 있다. 물론 이 년도.

글쓴이는 자살 면책 기간인 이 년이 지나기를 기다려, 드디어 오늘 그날이 왔으니 보험금으로 빚을 갚기 위해 자살하고 몇 년간의 생지옥을 마감하려는 것이다.

자살할 경우 보험금이 나오지 않을 가능성도 있다. 제날짜에 시체를 발견해도, 훨씬 전에 사망한 것으로 판정되면 면책 기간에 해당되고 만다. 글쓴이는 그것만은 반드시 피해야 했다. 그래서 증인이 필요했다. 이 사람은 몇 월 며칠까지는 살아 있었습니다. 그렇기 때문에 '오늘 죽었다고 증언해주시면 여한이 없겠습니다'라고…….

추측이라고 하면 이 역시 추측이다. 특정일로부터 이 년 동안은 자살을 금하는 특별한 종교가 있을지도 모른다. 기일에 연연하는 것도 단순히 그런 가정에서 자랐기 때문인지도 모른다. 하지만 이 추측은 소리나 가방이나 돈에 관한 짐작과는 달리 엄밀한 결론에 도달할 수 있다.

나는 몸을 내밀어 유서를 들여다보았다.

그렇다. 이 유서에는 결정적으로 부족한 정보가 있다.

이름과 날짜.

이 글만 보고는 누가 죽었는지, 기일이 언제인지 알 수 없다. 주인에게 면책 기간이 중요하다면 사망일인 '오늘'이 며칠인지도 대단히 중요할 터였다. 어째서 그게 빠져 있을까?

당연하다. 유서는 이 한 장만이 아니기 때문이다.

앞이나 뒤, 혹은 양쪽으로 이어지는 글이 있다. 편지의 경우 날짜와 받는 이, 자기 이름은 마지막에 쓴다. 그리고 이 편지는 마지막 행까지 꽉 차 있었다. 그러므로 아마도 뒤에 이어지는 글이 있을 터였다.

몇 장의 유서 중 한 장이 발견된 것이라면 나머지는 어떻게 되었을까?

"망친 건가."

미리 자택에서 써 온 유서가 아니다. 여관에서 쓴 것이다. 그렇지 않으면 여관의 응대에 대한 감사 인사를 쓸 리가 없다.

이 유서의 글씨는 지나치게 단정했다. 글쓴이가 글씨 모양에 집착했다고 생각해도 크게 빗나가지 않을 것이다. 인생의 마지막에 망친 글을 남기고 싶지 않은 것은 당연지사다.

여관 객실에서 유서를 쓴다. 한 장은 완벽하게 썼다. 하지만 다른 한 장, 또는 몇 장에는 마음에 들지 않는 구석이 있었다. 그렇다면 당연히 새로 써야 한다. 실패한 편지지는 버린다.

자기 방이라면 망친 글은 구겨서 휴지통에 버리면 그만이다. 하지만 이곳은 여관이다. 휴지통에 버리면 이튿날에는 종업원이 치우러 온다. 만일 망친 유서를 아무에게도 들키기 싫다면 불에 태우면 완벽하다. 불이 아니라면, 물인가?

나는 자리에서 일어났다. 슬리퍼도 신지 않고 복도로 뛰쳐나갔다.

다행히 사와코는 바로 근처에 있었다. 향기로운 곤들매기 소금구이를 비롯해 산채를 소복이 담은 상을 옮기고 있던 사와코를 붙잡았다. 나를 봐도 반기는 기색은 없었다. 하지만 지금 그런 건 아무래도 좋았다.

세 사람 가운데 누가 유서의 주인일까? 추측이 아니라, 얄팍한 상식으로 판단하는 게 아니라, 확실하게 알 수 있는 방법은 서명을 보는 것이다. 어디에 버렸는지만 알 수 있다면 그것을 손에 넣을 가능성도 제로가 아니다. 나는 사와코를 향해 고함치듯 말했다.

"어살이야! 강에 버린 망친 유서에 서명이 있을지도 몰라."

사와코는 눈을 휘둥그레 뜰 뿐 아무 대답도 하지 않았다.

## 5

나중에 생각해봐도 어디서 그런 힘이 솟았는지 모르겠다.

해가 중천에 떠 있던 낮에도 조심조심 지났던 산길을 어둠 속에서 내달렸다. 갈 때는 끝없는 여정이라고 생각했던 여관에서 어살까지의 거리가 코앞이라고 해도 될 정도로 가깝게 느껴졌다.

어살 주인에게는 사와코가 미리 연락을 해두었다.

"하아, 사람 구하는 일이라고? 물살에 떠내려가지 않게 조심하쇼."

어이없어하는 목소리를 뒤로하고 나는 어살이 둘러쳐진

강에 발을 담갔다. 산에서 나오니 달밤이라, 어살 주인이 관광용 투광기도 비춰주었다. 물건은 허탈할 정도로 금방 찾았다. 하얀 편지지 조각이 산란기 은어를 잡는 어살에 걸려 있었다. 가뭄 때문인지 어살은 현재의 강폭을 대부분 막고 있었다. 떠내려오는 물건이 있으면 높은 확률로 걸러줄 것이라는 짐작이 맞았다.

유서의 주인은 망친 글을 잘게 찢어 강에 흘려보낸 것이다. 굳이 강변까지 내려가지 않아도 노천탕에서 흘려보내면 강으로 떠내려간다. 노천탕에 들어갔을 때, 욕조 가장자리에 걸려 있던 종잇조각을 보았다. 그때는 쓰레기인 줄로만 알았는데 망친 유서를 버렸을 거라고 생각하자 그게 바로 유서였을 거라는 직감이 들었다. 욕조에 아직 다른 조각이 남아있다고 생각하기는 어려웠다. 만일 그런 게 있다면 청소하러 들어간 사와코가 알아차렸을 것이다. 망친 유서는 대부분 제대로 떠내려갔다. 그리고 강에 흘려보낸 물건이 어떻게 되었을지 생각하다 보니 거의 반사적으로 어살이 생각났다.

종잇조각 하나에 이름이 적혀 있었다. 물에 번졌지만 못 읽을 정도는 아니다. '마루타'라는 성을 본 나는 그 자리에서 사와코에게 전화했다.

"마루타라는 손님이 있어?"

전화 너머에서 사와코가 숨을 삼키는 기색이 느껴졌다.

"목련실 손님이 마루타 씨야."

"그 사람이야. 오늘밤에 저지를 작정이야. 지금 돌아갈 테니까 눈을 떼지 마."

목련실 손님, 마루타 유지는 방을 비운 사이 누군가에게 들킬까 봐 가지고 나온 유서를 어딘가에 떨어뜨렸다는 사실을 깨달았다. 그는 죽어야만 한다는 강박관념과 떨어뜨린 유서가 어떻게 되었는지 몰라 불안에 시달리고 있었다. 나와 사와코가 하얀 봉투를 들고 목련실을 찾아가니 그는 움푹 꺼진 눈에 눈물을 가득 담고 어째서인지 우리에게 사과했다.

"죄송합니다, 죄송합니다……."

그가 정말로 사과하고 싶었던 상대가 누구인지는 모른다. 다만 우리가 유서를 내밀었을 때 분명 안도한 표정을 지었다. 누가 말리러 와주길 기다린 게 아닐까. 하지만 이 또한 상식적인 추측에 지나지 않는다.

이튿날 아침. 사와코가 유카타 차림으로 방에서 조식을 먹는 나를 찾아왔다. 그녀는 식사중에 방해를 했다며 미안해했지만 식사는 거의 다 마치고 차만 남아 있는 상태였다.

그 후에 어찌되었는지 궁금해 내가 먼저 물었다.

"마루타 씨는 어때?"

"돌아갔어. 고맙다고 전해달래."

나는 그에게 고맙다는 말을 들을 만한 일을 했을까? 그를 구하고 싶었던 건 아니었다. 처음에는 사와코에게 내가 변했다는 걸 증명하려고 했을 뿐이다. 마지막에는 충동적이었다. 나도 모르겠다. 오늘 아침 기분이 상쾌하다는 것만은 확실하다.

"기뻤어."

"응?"

"기뻤어. 그 말을 하고 싶어서 온 거야. 어젯밤에 못 했으니까."

사와코가 작업복 차림으로 무릎을 꿇고 살짝 고개를 숙인 채 말했다.

"그래. 막아내서 다행이야."

"아니. 그게 아니야."

사와코는 고개를 들고 나를 바라보았다. 그 눈은 촉촉이 젖어 있었다.

"당신이 아무것도 묻지 않아서."

"아무것도? 이것저것 물었는데."

"아니야. 미안해, 묻지 않은 게 있었다고 말하는 게 맞겠네. ……당신은 묻지 않았어. 어째서 당신이 죽으려는 사람을 말려야 하는지."

아아. 소리가 새어 나왔다.

분명 그런 질문은 하지 않았다. 듣고 보니 맞는 말이다. 나는 마루타의 인생을 구하려 했던 게 아니다. 그가 돈에 궁하다 해도, 지갑에서 천 엔 한 장 꺼내진 않았을 것이다. 어제는 막을 수 있었지만, 그에게 원인이 남아 있는 한 또 언제 죽으려 들지 모른다. 그것까지 막으러 갈 마음은 없다.

하지만 어젯밤은, 그 유서가 진짜라면 자살을 막고 싶었다. 그게 진짜라도 나와 상관없다는 생각은 눈곱만치도 하지 않았다.

"이상하지."

그러자 사와코가 말했다.

"역시 당신도 이 년 동안 조금 변했어."

"그럴지도 몰라."

창밖에서 무슨 소리가 들렸다. 오늘 아침은 나뭇잎 소리가 아니다. 아무래도 사람 목소리 같았다. 무슨 말을 하고 있는지 모르겠지만 소리가 컸다. 목소리가 나는 쪽으로 고개를 돌렸다.

"아침부터 기운이 넘치네."

사와코는 대답하지 않았다.

의식을 집중하니 목소리가 조금씩 귀에 들어왔다. 아무래도 한 명이 아닌 듯했다. 남자 목소리만 몇 명은 될까. 새 손님이 도착한 걸까?

그런 생각을 하고 있는데 한층 높은 고함소리가 귀에 닿았다.

"멍청아! 일단 끌어올려! 또 가스가 나오면 우리도 위험해!"

그 목소리에 나는 흠칫 놀라 사와코를 돌아보았다.

사와코는 천천히 입을 열었다.

"어쩔 도리가 없었어. 대개는, 그래."

"……."

"호두실 손님이 죽었어. 유서에는 연인 뒤를 따라가겠다고."

이제 밖에서 들리는 목소리는 전부 고함으로 바뀌었다.

"조심스럽게, 조심조심 해!"

"살아 있어? 어이, 아직 숨이 붙어 있어?"

"알 게 뭐야. 구급차는 아직이야?"

사와코가 말했다.

"살아나긴 어려울 거야. 하룻밤 내내 질식 상태였을 테니까."

"그럴 수가."

할말을 잃고 창으로 달려갔다. 장지를 열고 창을 붙잡았다. 초가을 맑은 산 공기가 방으로 들어왔다.

마침 바로 밑에서 들것이 올라오고 있었다. 보라색 머리, 그리고…….

"아아!"

비명이 목구멍을 찌른다. 꼼짝하지 않는 그녀는, 유카타를 입고 있었다. 하얀 바탕에, 벚꽃이 점점이 흩뿌려진 유카타를.

이 여관에 비치된 유카타는 감색 바탕에 물결무늬다. 그런데 어째서 그녀의 방에만 다른 유카타가 있었나?

알아차리지 못했다. 알아차릴 만도 했는데.

"저건 수의였던 거야. 마지막으로 저걸 입으려고, 그녀는……."

사와코가 내 등에 손을 얹었다. 따스하고, 보드라운 손을.

"아니야. 누구도, 어쩔 도리가 없었어."

가을바람이 분다.

한 남자가 중얼거린 독설이 유난히 또렷이 들렸다.

"젠장, 사람 죽는 여관 아니랄까 봐. 이걸로 또 장사는 잘 되겠네."

# 석류

## I

### 1. 사오리

부모님은 두 분 다 남들 시선을 끌 만한 인물이 아니었지만 외할머니가 젊을 때 신문에 실릴 만큼 미인이었다고 한다. 어린 나를 보며 여러 친척들이 외할머니를 닮았다고 했다. 그리고 나는 아름답게 성장했다. 사람들은 내 외모를 칭찬해주었고 나 역시 그것을 자랑스럽게 여겨 스스로를 가꾸기를 게을리하지 않았다.

중학생이 되면 누구나 빼어난 외모가 가진 힘을 알아차린다. 나는 주목을 끌었다. 내가 뭐라고 말하기 전부터 내 속을 헤아리려는 여학생이 늘 서너 명은 있었다. 남학생들이 때로 뜨겁게, 때로 끈적거리는 시선을 던지는 것도 자각하고 있었다. 처음에는 허영심을 채워주는 그 시선을 충분히 즐겼지만, 위험성을 깨달을 수 있었으니 다행이다. 나를 따르는 사람들까지 교만하게 구는 것을 보고 나는 조심하기 시작했다. 그래서 고등학교에서는 미인이지만 잘난 척하지 않는 아이라는 평판을 얻을 수 있었다.

사하라 나루미와는 대학교 논문 수업에서 만났다. 그는 미남도 아니고 입는 옷도 훌륭하지 않았다. 하지만 이야기를 나누어보면 감미로운 음색의 목소리나 마음을 움켜쥐는 말재주가 묘하게 이성을 사로잡았다. 모두가 그를 좋아하지 않고는 배길 수 없었다. 나 역시 그의 신비한 억양에 사로잡혔다.

논문 수업에서는 그를 둘러싸고 암투가 벌어졌다. 소문과 험담이 적을 무찌르는 수단이었고, 모두들 선제공격과 유혹의 기회를 노리고 있었다. 패자 중에는 멸시를 당하다 마음의 병을 얻어 대학을 떠난 아이도 있었다. 연구실 분위기가 살얼음판이라 상관없는 남학생들은 불쌍할 정도였다.

나는 자신이 있었다. 다른 여자와 남자를 두고 다툰 게 처음도 아니었고, 그런 경쟁에서 한 번도 진 적이 없었기 때문이다. 나는 경쟁자들보다 현저히 아름다웠다. 조심스럽게 덫을 피해 반대로 내 쪽에서 공격하는 지혜도 있었다. 대학에서 동성에게 미움을 받는 것은 고등학교나 중학교에서 그런 것보다 훨씬 상처가 얕다. 나 이외의 다른 선택지를 전부 없애고 재학중에 나루미와 약혼했다.

어머니는 결혼에 찬성했다. 원래 내가 하는 일에 별로 반대하지 않는 사람이었지만, 나루미를 데려가자 어머니 또한 신봉자가 된 것이다.

"좋은 사람이구나."

어머니는 그렇게 말했다.

"넌 분명 좋은 남자를 잡아서 행복해질 줄 알았어. 졸업까지 기다리지 말고 당장이라도 혼인신고를 하렴."

아버지의 반응은 정반대였다. 평소에는 별로 길게 이야기하지도 않는데, 그때는 뜨덤뜨덤 몇 시간이고 나를 설득했다.

"그 남자는 못써. 마음을 바꿔라."

나는 아버지의 반대를, 이게 딸의 결혼을 반대하는 아버지라는 거구나, 하는 정도로만 생각했다. 나루미를 좋게 보지 않는 남자는 아버지가 처음이 아니었다. 모든 남자가 나루미를 싫어했다고 해도 과언이 아니다. 사실을 알았지만, 당연히 질투라고 생각했다. 어떤 남자도 나루미만큼 매력적일 수 없다는 방증이다. 아버지 역시 예외가 아니었을 뿐이라고 믿었다.

사하라 나루미는 내 트로피다. 이 몸이 그만한 경쟁 끝에 손에 넣은 영예니 당연히 최고의 남자다. 아버지가 반대할 줄은 몰랐다. 열의가 한껏 담긴 충고는 전부 나를 피해 흘러갔다. 내 뱃속에 아이가 있다는 것을 알기까지 아버지는 포기하려 들지 않았다.

결혼식은 무사히 끝났다. 아버지도 굳이 경사스러운 자리에서 불만을 내비치지는 않았고, 결혼식에 찬물을 뿌릴 만한 친구에게는 처음부터 초대장을 보내지 않았다. 나는 임신 육개월에 접어들었지만 결혼식 준비부터 신혼여행까지 건강에 특별한 문제는 없었다.

첫 딸을 낳고, 병실에서 본 저녁노을의 선명한 붉은색이 기억난다. 남편은 의외로 고풍스러운 면도 있었다. 유행에 따라 이름을 지으려는 나를 달콤한 목소리로 타일렀다.

"이렇게 아름다운 하늘을 어떻게 첫 번째 추억으로 삼지 않을 수 있어?"

그래서 딸의 이름은 유코夕子가 되었다.

이 년 후에 둘째가 태어났다. 한밤중에 산기가 왔는데 집에는 두 살 된 유코와 나밖에 없었다. 간신히 병원에 도착했지만 난산이라, 몸을 풀었을 때는 날이 밝아오고 있었다. 병실에서 본 하늘은 환했지만, 밝은 보름달이 그때까지 떠 있었다. 둘째도 딸이라, 쓰키코月子라고 이름을 붙였다.

홀로 겪는 출산은 불안했다. 집에 두고 온 유코도 너무나 걱정되었다. 하지만 나루미는 나타나지 않았다.

나루미와 사는 인생에 의문을 느낀 것은, 그날 아침이 처음이었다.

나는 두 딸을 얻고 내 또 다른 얼굴을 깨달았다.

용모를 무기로 모든 사람들을 농락하며 인기 많은 여자인 체하던 과거가 믿기지 않을 정도로 나는 딸들을 사랑했다. 수문이 열려 봇물이 터져나오듯 사랑하는 마음은 멈추지 않았다.

몇 안 되는 친구들은 그 변모에 웃었다.

"솔직히 말해서 너한테 애정이 있을 줄은 몰랐어."

그런 말도 웃어넘길 수 있었다. 나도 똑같은 생각이었기 때문이다.

물론 딸들을 애완동물처럼 다루었던 건 아니다. 혼낼 때는 엄하게 꾸짖었고 매를 때린 적도 한두 번이 아니다. 나도 사람인지라 심신에 리듬이 있다. 육아와 생활을 양립하느라 지쳐서 그만 딸들에게 화풀이를 한 적도 있다.

두 아이 다 어린이집을 다닐 때였다. 메뉴는 잊었지만 저녁 식사로 당근을 내놓았다. 유코는 어떤 음식을 좋아하고 싫어하는지 말한 적은 없었지만 먹는 모습을 보면 당근을 싫어한다는 게 분명히 보였다.

당시 나는 부동산 관리 회사 사무원으로 일하고 있었다. 회사는 몇 군데 다녔지만 그렇게 불편했던 곳은 또 없었다. 파운데이션을 보란 듯이 덕지덕지 바른 계약직 여사원이 사사건건 시비를 걸었다. 그날 나는 하이힐이 조금 높다는 이유로 "애 엄마가 발랑 까져서는. 어차피 애도 내버려두고 밤에도 싸돌아다니겠지"라는 말을 들었다. 너무 분해서 집에 돌아온 후에도 손이 덜덜 떨릴 정도였다.

유코는 잘못이 없었다. 싫은 음식을 싫어하는 건 어쩔 수 없다. 나도 달리 먹을 게 있다면 굳이 당근을 먹지는 않는다. 하지만 유코는 얼굴을 찌푸렸을 뿐 불평도 없이 먹었다. 나는 그만 화를 내고 말았다.

"표정이 왜 그래? 마음에 안 들면 다시는 먹지 마!"

그릇이 튀어오를 정도로 테이블을 쾅 내려치고 그렇게 악을 쓰며 방에 들어가버렸다.

가족 셋이 쓰는 이불이 깔려 있는 방에서 불도 켜지 않고 울었다. 회사에서 들은 말은 머릿속에서 이미 사라졌다. 다만 사소한 일을 참지 못한 내가 한심했다. 형편없는 엄마라고 생각했다. 아이처럼 무릎을 끌어안고 있으려니 어두운 방에 한줄기 빛이 쏟아졌다. 등뒤에서 장지문이 열린 것이다.

"엄마."

유코의 목소리였다.

"엄마."

쓰키코의 혀짤배기소리도 들렸다.

나는 고개를 돌릴 수 없었다. 그렇게 억울한 소리를 듣고 딸은 뭐라고 생각할까? 기가 막혀 엄마를 미워하지는 않을까? 고개도 들 수 없었다. 그렇게 내 생각만 하느라 딸들이 우는 소리도 듣지 못했다. 대답을 하지 않자 작은 몸 어디에서 나왔는지 모를 큰 소리로 유코가 외쳤다.

"맛있어요!"

깜짝 놀라 뒤를 돌아보니 눈물콧물로 범벅이 된 얼굴로 유코가 장승처럼 빳빳하게 서 있었다. 장지문을 열었지만 문지방을 넘어 들어오려 하지는 않고, 그저 큰 소리로 외쳤다.

"맛있어요! 엄마가 해준 밥, 맛있어요! 또 먹고 싶어요!"

잘못이 없는 딸들에게 그렇게 겁을 준 일이 몇 년이 지나도 잊히지 않는다. 지금도 가슴이 옥죄어든다.

하지만 이런 추억 하나하나에도 반드시 교훈이 있다.

그렇다, 나는 딸들과 함께 성장했다.

내 결혼을 두고 부모님의 의견은 갈렸다. 결과적으로 아버지가 옳았고 어머니가 틀렸다고 말할 수밖에 없다.

물론 남편이 없었다면 유코도 쓰키코도 얻지 못했을 것이다. 그러므로 결혼 자체를 후회하지는 않는다. 하지만 사하라 나루미는 가족으로 좋은 사람이라고는 할 수 없었다.

남편은 대학 졸업 후 이렇다 할 직업이 없었다. 그 점에 대해 그가 자기 정당화 같은 변명을 한 적은 없다. 허황된 꿈을 말한 적도 없다. 그는 "능력이 없어서 당신한테는 걱정만 끼치네"라고 했다. "하지만 생활비는 걱정 마"라는 말도. 곁에 앉은 남편이 신비한 억양으로 미래를 약속할 때, 나는 학창 시절로 돌아가 우리의 사랑을 떠올렸다. 그와 함께 있는 것만으로도 행복했다.

그가 수상한 사람들과 어울려도, 그걸로 어떻게 돈을 버는지 모를 '부업'에 손을 대도, 삼 주마다 아르바이트를 그만두어도, 그가 괜찮다면 괜찮을 것 같았다. 그가 이따금 주는 생활비조차 그가 번 게 아니라 내가 모르는 여자들에게 받아낸 돈이라는 사실을 알았을 때도 나는 나루미를 탓하지는 않았다.

일주일에 하루, 이틀, 집에 돌아오지 않는 날이 늘다가 급기야 한 달에 며칠 얼굴을 내밀까 말까 하는 지경에 이르러서도 그 몇 번의 "나 왔어"라는 말을 들으면 괜찮았다.

하지만 영원한 마법은 없다.

마법을 풀어준 것은 두 딸이었다. 유코와 쓰키코는 탈없이 자랐다. 유코는 현명하고 아름답게. 쓰키코는 상냥하고 귀엽게. 둘 다 건강했다.

하지만 앞으로도 그렇다는 보장은 없다. 만일 크게 다친다면? 만일 중한 병에 걸린다면? 다행히 그런 일이 전혀 없다 하더라도 대학에 가고 싶다면 보내주고 싶고, 유학을 가고 싶다면 보내주고 싶다. 수입은 내 월급밖에 없다. 나루미는 이따금 변덕처럼 몇만 엔을 두고 가지만 반대로 용돈을 조를 때가 훨씬 많았다. 아버지는 나루미를 '그 남자는 못써'라고 평가했다. 그렇다, 나루미는 몹쓸 남자였다.

미래를 생각한다면 나루미와 함께 있어서는 안 된다. 그는 딸들을 키우기 위한 돈과 시간을 먹어치운다. 내가 세 사람을 부양할 수는 없다. 아이들이 중학교에 들어가기 전부터 나는 슬슬 현실을 깨닫고 있었다.

그에게 악의는 없다. 나를 싫어하는 것도, 딸들을 싫어하는 것도 아니다. 오히려 사랑한다. 그것이 생활이라는 말과 연결되지 않는 것뿐이다. 그걸 알기 때문에 결단이 늦었다. 남편의 부재가 길어져 이번에야말로, 하고 결심을 굳히려 할 때마다 나루미는 훌쩍 돌아와 좋은 아버지를 연기한다.

유코가 6학년 때 여름이었다.

칠월 초, 조시가야 귀자모신 사당에 작은 장이 섰다. 말은 장이지만 조금 이른 여름 축제 같은 것이었다. 작은 경내에 다코야키나 오코노미야키 가게, 사격장이 들어섰다. 아이들 놀이는 내가 어렸을 때와 별 차이 없었지만, 북적거리는 야간 노점에 마음이 설레기는 요즘 아이들도 마찬가지인지 딸들도 해마다 손꼽아 기다렸다.

중학생이 되면 유카타를 사주겠노라 약속했는데 여름이 다가오자 유코가 떼를 부리기 시작했다. 올해부터 입고 놀러가고 싶다는 것이었다.

"다른 친구들은 작년부터 입었는데."

친구까지 들먹이며 고집을 부렸다. 하지만 중학교에 들어가면 사주겠다는 약속을 깨면 쓰키코가 왜 언니만 사주느냐고 싫어하겠지. 두 딸에게 한꺼번에 사줄 여유는 없었고 둘 다 아직 앞으로 더 자랄 테니 사실은 조금 더 미루고 싶었다.

유코가 유독 떼를 부렸다. 평소에는 손이 가지 않는 아이인 만큼 어떻게든 해주고 싶긴 했다. 넌지시 쓰키코를 떠보니 속마음이야 어쨌든 아직 괜찮다고 했다. 열심히 공부한다는 조건으로 사주기로 했다.

우리집 살림에 여유가 있었던 적은 없다. 값싼 폴리에스테르 유카타밖에 사주지 못하는 게 속상했지만 그래도 유코는 기뻐했다. 어디서 백화점 카탈로그를 가져와 이것저것 비교하며 물었다.

"엄마, 어느 게 어울릴까?"

다다미 여섯 장짜리 방에 카탈로그를 펼쳐놓고 쓰키코와 셋이서 둘러앉아 시간 가는 줄도 모르고 골랐다.

그렇게 산 유카타는 연보랏빛 꽃무늬 유카타로, 본인은 몹시 만족했지만 나는 너무 어른스러운 것 같아 걱정했다. 그랬는데 막상 입혀보니 생각보다 잘 어울렸다. 내가 모르는 사이에 이런 색이 어울릴 만큼 자랐구나, 자기에게 어울리는 옷을 스스로 고를 수 있는 나이가 되었구나. 그런 자그마한 일이 기뻤다.

장이 서는 날은 비는 내리지 않았지만 여름이라 아침부터 후덥지근하니 무더웠다. 해마다 밤늦게까지 북적거려서 시원해진 다음에 가려고 옷도 천천히 입었다. 그것이 다행이었는지 불행이었는지. 슬슬 나가려는 차에 남편이 돌아왔다. 며칠이나 집을 비워놓고선, 담배를 사 오는 길인 것처럼 미안한 기색도 없이. 풀이 잘 먹은 하얀 셔츠를 입고 있었다. 어디서 누가 다림질을 해줬는지 생각하기도 싫어 나는 눈을 돌렸다.

"이야, 뭔지 몰라도 떠들썩하네?"

그 무렵 두 딸은 아직 아버지를 따랐다. 오랜만에 집에 돌아온 아버지를 해맑게 반기며 유코가 유카타 소매를 흔들었다.

"이것 봐, 아빠. 엄마가 새 옷 사줬어."

"잘됐네. 잘 어울려. 유코는 다 컸네."

그렇게 말한 남편은 유코의 머리를 쓰다듬었다. 머리카락을 넘겨주듯 평소와 다름없는 손길로. 그리고 내게 미소를 짓는다.

"축제에 가는 거야?"

남편은 웃으면 눈빛이 다정해서 순수한 아이처럼 변한다. 그래서 그만 마음이 풀리는 것이다.

"마침 좋을 때 돌아왔네. 나도 함께 가지."

나는 가지 않을 작정이었다. 초등학생 6학년쯤 되면 동네 축제 정도는 아이들끼리만 즐기게 해주고 싶었다. 연이은 일 때문에 지쳐 있기도 했다. 그런데 쓰키코가 드물게 기쁜 목소리로 말했다.

"그럼 다 함께 가는 거네?"

그렇게 기대에 찬 눈으로 올려다보니 거절하기 힘들었다. 생각해보면 쓰키코는 아이 특유의 감으로 그 무렵부터 뭔가를 느꼈는지도 모른다.

귀자모신 사당까지는 걸어서 갔다.

마침 눈앞 가로등에 불이 들어왔다. 주택가 거리에는 딸과 마찬가지로 유카타를 입은 모습이 드문드문 보였다. 평소 같으면 해가 저문 뒤에는 고요한 길인데 축제라 그런지 사람 그림자가 많았다. 기다린 보람이 있어 바람이 조금 시원했다. 벽돌담 사이로 난 길은 좁았지만 쓰키코가 잠자코 손을 내밀자 남편이 작은 손을 움켜쥐었다.

"자, 이리 오렴."

남편은 유코에게도 손을 내밀었지만 유코는 고개를 홱 돌렸다.

"싫어, 부끄럽단 말이야."

그리고 동생에게 똑 부러지는 목소리로 예상치 못한 소리를 했다.

"쓰키코도 언제까지고 응석만 부리면 안 돼. 4학년이잖아?"

"어, 응."

웅얼거리면서도 쓰키코는 맞잡은 손을 풀려고 하지 않았다. 네 가족 맨 뒤에서 걸어가던 내게는 똑똑히 보였다.

행복한 저녁이었다.

하지만 우리는 계속 손을 잡고 있을 수 없었다. 유코가 고등학교 입시를 앞둔 해에 나는 겨우 결심했다.

이혼에는 남편도 동의했다.

## 2. 유코

부모님이 이혼을 준비하고 있다는 것은 알고 있었다. 그래서 부모님이 상황을 털어놓았을 때도 충격은 받지 않았다.

별수없는 일이다. 어머니는 거의 혼자 힘으로 우리 자매를 키우셨다. 마흔이 다 되어가는데도 전혀 늙지 않은 싱그러운 미모에는 우리 어머니지만 괴물 같다는 생각이 들었는데 최근에는 역시나 얼굴에 피로가 묻어났다. 이혼만 하면, 어머니라면 좋은 남자를 얼마든지 붙잡을 수 있을 것이다. 아니, 사실은 이혼하지 않아도 남자쯤이야 만들 수 있겠지만 어머니는 도리를 지켰다. 분명 우리 때문일 것이다.

아버지는 이혼에 동의했다고 한다. 그러니 이혼 자체는 곧 성립하거나 어쩌면 벌써 수속이 끝났을지도 모른다. 하지만 그걸로 전부 끝난 건 아니었다.

"친권을 원한대."

어머니는 한숨을 쉬며 말했다.

아버지. 아빠. 철이 들 무렵부터 집에는 거의 없었다. 어머니는 "아버지는 일 때문에 바쁘단다"라고 했고, 우리도 한동안은 그 말을 믿었다. 아마 산타클로스를 믿는 동안에는 믿었던 것 같다. 언제쯤일까, 나는 진실을 깨달았다. 아버지는 제대로 된 일을 하지 않았다. 저 사람은 자신을 다스릴 줄 모르는, 몹쓸 어른이다.

친권이란 말을 들어도 잘 이해가 되지 않았다. 둘 다 우리 부모님이고, 그 사실은 이혼을 해도 변하지 않는다. 바로 그렇게 마음을 정리할 자신은 없지만 언젠가 안정될 거라 생각했다. 쓰키코도 그럴 것이다. 그래서 어느 한쪽이 친권자가 된다는 게 무슨 뜻인지 감이 오지 않았다.

"누가 함께 살면서 밥을 차려주고 학교에 보낼지 정하는 거야."

설명을 듣고서야 생각보다 큰일이라는 걸 깨달았다. 학교에서 돌아오는 길에 서점에 들러 가정 법률 코너에서 이혼에 관한 책을 찾았다. 사고 싶었지만 생각보다 비싸서 서서 읽는 수밖에 없었다. 서점 주인의 시선도 신경쓰였지만, 그보다 그런 책을 읽는 모습을 학교 친구들에게 들키는 것이 더 큰일이다. 쓰키코에게 망을 보라고 하고 재빨리 읽어 대충 이해했다.

아버지와 어머니는 둘 다 친권을 양보할 마음이 없는 듯했다. 그리되면 법원이 정하게 된다. 법원이라고 해서 재판만 하는 곳인 줄 알았는데, 먼저 조정이라는 절차로 합의를 거치고 그래도 결론이 나지 않으면 심판을 하는 방법도 있다고 적혀 있었다. 어느 쪽을 친권자로 지정해야 아이에게 도움이 될지 조사관이 조사한다. 그런 건 어떻게 조사하나 싶었는데 기본적으로는 법원으로 불러서 신문을 한다고 했다.

심판까지 가게 되자 어머니는 적잖이 놀란 눈치였다. 아버지가 그렇게까지 해가며 우리를 돌보려 들 줄은 꿈에도 몰랐던 모양이다.

"시간만 잡아먹네."

시간도 들고, 어쩌면 돈도 들지 모른다. 하지만 어머니는 결과 자체는 걱정하지 않았던 것 같다.

그럴 만도 했다. 서점에서 읽은 책에 따르면 친권 다툼은 돈이 있는 쪽이 유리하다고 했다. 그리고 실제로 아이와 사는 쪽이 유리하다. 이리되면 아버지에게 승산은 없다. 아버지는 어머니에게 돈을 뜯어가기만 했고 집에는 거의 돌아오지 않았다.

이것만으로도 승부는 이미 난 것이나 다름없는데 그것 말고도 결정적인 이유가 있었다. 아버지와 어머니가 친권을 다툴 경우, 어머니 쪽에 어지간한 문제가 없다면 대개 어머니가 이긴다고 했다. 정확한 문장은 잊어버렸지만, 서점에서 읽은 책에는 '부친도 포기만 하지 않는다면 가능성이 꼭 없는 것은 아니니 힘내세요'라는 말이 적혀 있었다.

그 외에 형제자매가 떨어지지 않도록 배려해준다는 글도 있었다. 어쨌든 쓰키코와는 함께 있을 수 있다는 뜻이다.

방과후 교실에 남아 있는 학생은 이제 나 하나뿐.

문득 정신을 차리니 창밖이 새빨갛게 물들어 있었다. 두려울 정도로 진한 노을이었다. 유코라는 내 이름은 태어난 날 노을이 아름다워서 아버지가 붙여준 이름이라고 한다. 분명 이런 날이었을 것이다.

다음주, 나와 쓰키코는 법원에 가야 한다. 아이들 생각은 어떤지 묻는다고 했다. 법률에는 열다섯 살 이상의 아이에게는 반드시 의견을 물어야 한다고 정해져 있지만, 그렇다고 열네 살 이하의 아이에게는 묻지 않아도 된다는 법은 없는 모양이다. 나는 어머니가 좋았고, 아버지도 좋았다. 어느 한쪽을 고를 수는 없다. 두 분 다, 각기 다른 의미로 좋아했다. 법원에서 제대로 설명하려면 준비가 필요했다.

그러기 위해서 쓰키코와 의논할 문제가 있다. 그럴 생각으로 교실로 불렀는데 아직 올 기미가 없다. 기다리다 지쳐서 책상 위에 올려둔 책에 손을 뻗었다.

독서는 좋다. 뭐니뭐니 해도 영화나 음악보다 저렴하다. 아무래도 반에서는 "유코는 예쁘니까 집도 부자일 거야"라는, 아무 맥락도 없는 추측이 나도는 듯했다. 어처구니없는 착각이다. 도서관 책을 빌리는 것도, 독서가라서 그렇다기보다 돈이 없다는 이유가 더 크다. 하지만 책상 위의 이 책은 내 책이다. 벌써 몇 번이나 읽어서 단면이 낡았다.

그렇지만 나는 책을 펼치지 않았다. 지금은 붉은빛이 너무 강해 눈이 따갑다. 가장 읽고 싶었던 에피소드는 다 외워버려서 언제든 떠올릴 수 있다. 석류 이야기다.

석류. 나는 그 나무를 본 적이 있다.

초등학교 6학년 때 여름이었다. 드물게 아버지가 집에 돌아와서 가족 넷이 다 함께 귀자모신 사당 축제에 갔다. 졸라서 선물받은 유카타가 자랑스러웠지만 조금 미안하기도 했다. 어머니가 무리했다는 것도 알았고 쓰키코도 평상복이었으니까.

평소에는 조용한 경내에 야간 노점이 가득 들어서서 다코야키와 볶음국수, 닭꼬치를 팔고 있었다. 전부 그리 맛있지는 않다는 걸 안다. 더 맛있고, 더 싸게 먹을 수 있는 가게가 상점가에 얼마든지 있다. 하지만 나는 노점에서 파는 상품은 음식이 아니라 축제의 분위기라는 것을 이해하고 있었다. 날이 저물자 둥근 전구가 여기저기에서 빛났다. 느긋한 환성이 끊이지 않았다.

쓰키코가 베이비 카스텔라를 먹고 싶다고 했다. 어머니가 카스텔라를 사는 사이 아버지와 나는 귀자모신 사당에 참배를 갔다. 노점마다 사람들이 줄을 서 있었는데 사당에 들어가는 사람은 적어서, 양초 모양을 본뜬 어스름한 불빛에 비친 불상을 가까이서 볼 수 있었다. 새전은 던지지 않았지만 두 손을 모으고 속으로 소원을 빌었다. 제발 아버지하고 살 수 있도록. 문득 고개를 돌리니 아버지는 적당히 손만 모으고 늘 그렇듯 멍한 표정을 짓고 있었다.

본당 구석에서 뭔가를 팔고 있었다.

"잠깐 보고 가자."

아버지가 그렇게 말하기에 따라가자 에마■에 부적, 제비점, 토령土鈴이 놓여 있었다. 하얀 초벌구이 토령으로 꼭지에 새끼

줄이 묶여 있었다. 살짝 짓이긴 것처럼 일그러진 모양이다. 나무주걱으로 반듯하게 선을 그어놓았다.

아버지는 토령 하나를 손에 들고 재미있다는 듯이 실눈을 떴다.

"보렴, 유코. 이 방울, 석류 모양이야."

"석류?"

그때 나는 석류 이야기를 아직 몰랐다.

"케이크에 쓰는 나무열매잖아. 왜 절에 있어?"

"그건 말이지."

아버지는 토령을 내려놓고 이야기를 들려주었다. 귀자모신 이야기.

귀자모신은 밤이 되면 거리로 나가 아이들을 납치해 잡아먹는 나쁜 귀신. 귀자모신을 혼쭐내주려고 부처님이 귀자모신의 아이를 감춰버린다. 슬퍼하는 귀자모신에게 부처님은 설파했다.

'부모가 아이를 어여삐 여기는 마음은 누구나 마찬가지. 아이를 잃은 고통을 알았을 테니 앞으로는 사람의 아이를 먹어서는 아니 된다.'

■ **에마** _ 절이나 신사에 소원을 적어 봉납하는 말 그림이 그려진 목판.

나는 이해할 수 없었다.

"그치만 귀신은 원래 그런 거잖아. 먹으면 안 된다니, 그럼 죽으란 말이나 마찬가지잖아?"

아버지는 쓴웃음을 지었다.

"유코는 똑똑하구나. 네 말이 맞아. 그래도 귀자모신은 잘못을 뉘우치고 인간의 아이를 잡아먹는 짓을 그만두었어. 그만두는 것이 가능했으니까, 좋아서 먹었을 뿐이겠지."

"뭐야."

"그 후로 귀자모신은 육아와 출산의 신이 되었고, 석류를 든 모습으로 그려지게 되었어. 석류는 씨가 많아서 다산을 의미한단다."

"씨가 많아?"

"그래. 유코는 석류를 본 적이 없지?"

고개를 끄덕이자 아버지는 내 키에 맞추어 몸을 숙이더니 비밀스럽게 달콤한 목소리로 말했다.

"그럼 가을이 되면 둘이서 소풍 갈까? 석류나무에 열매가 맺힌 모습을 함께 보자꾸나. 잘 익었으면 따서 먹는 거야."

"정말?"

"그럼. 약속하자. 유코가 잊지 않는다면."

나는 입을 비죽였다.

“아니야. 아빠가 잊지 않아야지.”

아버지는 내 머리에 다정하게 손을 얹었다.

“괜찮아. 유코에게는 가을이 먼 미래일지도 모르지만 어른에게는 내일이나 다름없거든.”

나는 아버지의 이야기가 좋았다. 아버지 말대로 내게 가을은 머나먼 미래였지만, 아버지와 나눈 약속이 기뻐서 견딜 수 없었다. 가을이란 언제를 말하는 걸까, 구월이 되면 가을일까? 시월까지 기다려야 할까? 기다리는 시간은 길었다. 그해 여름은 언제까지고 끝나지 않을 것 같았다.

그리고 가을, 나는 석류를 먹었다.

아버지와 단둘이, 아무도 오지 않는 산속에서.

“언니.”

조심스러운 목소리가 추억에 잠겨 있던 나를 불렀다.

어느새 쓰키코가 미닫이문을 열고 문가에 서 있었다.

불안에 물든 표정은 어두웠고, 어깨는 겁먹은 듯 움츠리고 있었다. 고개를 푹 떨구고 눈길만 들어 나를 보고 있다. 세일러복의 하얀 넥타이가 붉은 저녁노을에 물들어 있었다. 역시 쓰키코는 귀엽다. 나는 어머니의 아름다움을 물려받았다. 쓰키코는 거기에 더해 때로 힘껏 끌어안고 싶어지는 연약함을 갖고 있다.

"미안, 기다렸지?"

나는 미소를 지었다.

"너무 빨리 와도 안 되니까."

학교에 사람이 많이 남아 있으면 중요한 이야기를 할 수 없다. 어머니는 저녁 식사 준비 시간에 맞춰 돌아오기 때문에 집에서도 이야기를 나눌 수 없다. 둘만 있을 수 있는 시간은 방과후밖에 없었다.

천천히 자리에서 일어났다. 우리는 서로를 향해 다가갔다. 가까이에서 쓰키코의 얼굴을 보며 나는 물었다.

"그래서 마음은 정했어?"

방황하는 시선에, 깍지 낀 손가락에, 망설임이 뚜렷이 드러나 있다. 마음을 정하지 못한 것이다. 그래도 쓰키코는 대답했다.

"응."

"알았어. 그럼 나도 각오를 다질게."

쓰키코가 화들짝 고개를 들어 상처 입은 눈으로 나를 바라보았다. 주저하는 마음을 알아주길 바랐는지도 모른다. 하지만 지금은 내가 결정하고 쓰키코를 이끌어야만 한다. 주머니에서 알약을 꺼냈다.

"그게 뭐야?"

쓰키코가 물었다.

"엄마 약. 잠 안 올 때 먹는 약이야."

"아아……."

쓰키코는 본 적이 있는지 고개를 끄덕였지만 곧 미심쩍다는 듯 눈살을 찌푸렸다.

"그걸 어쩌려고?"

"졸리면 통증도 별로 못 느끼지 않을까 싶어서. 만약에 무서우면 먹어."

좋은 아이디어라고 생각했는데 쓰키코는 고개를 가로저었다.

"필요 없어. 난 됐어."

"그래?"

가능하면 먹어주길 바랐는데. 본인이 필요 없다면 어쩔 수 없다. 나는 교실을 둘러보았다.

"여기도 아무도 안 올 텐데."

폐문 시간이 가깝다. 만일 지금 이 교실에 오는 사람이 있다면 순찰을 도는 선생님일 것이다. 그런데 쓰키코는 예상과 달리 단호하게 거절했다.

"싫어. 여긴 싫어."

"……그래. 괜찮아, 빈 교실을 찾아뒀어."

그렇게 말하고 나는 가방을 들었다.

우리는 복도로 나가 말없이 걸었다. 내가 앞장섰다. 한 번도 쓰키코를 돌아보지 않았다. 눈을 마주치면 쓰키코의 마음이 바뀔지도 모른다. 그전에 내 마음이 꺾일지도 모른다. 표정은 태연했지만 발걸음은 휘청거리는 게 불안했다.

점 찍어둔 교실은 건물 구석에 있어 인기척도 없었다. 3학년 때 처음 발견한 교실이다. 학교도 집도 아닌, 어딘지 모를 장소가 있다면 가장 좋을 텐데. 하지만 그건 불가능한 일이다. 문에 자물쇠가 달려 있었지만 잠겨 있지 않았다.

소리를 죽이고 문을 열어 먼저 들어갔다. 텅 비어 있다. 책상이 없는 것이다. 먼지를 뒤집어쓴 낡은 교탁만 버려져 있다. 저녁 시간이 지나 창밖은 어두워지고 있었다. 곧 한 치 앞도 보이지 않을 것이다. 그게 더 나을지도 모른다. 전등 스위치로 다가가는 쓰키코를 말렸다.

"그냥 어둡게 둬."

교탁에 가방을 내려놓았다. 쓰키코에게 등을 돌리고 말했다.

"내가 먼저 맞을게."

"언니."

작은 목소리로 부르는 것을 못 들은 척했다. 가방에 넣어둔 물건을 꺼내 손에 들고 몸을 돌렸다.

"자."

구둣주걱이다. 탁한 금색의 놋쇠 주걱. 옛날부터 집 현관에 있었지만 누가 쓰는 모습은 본 적이 없다. 나도 설마 이런 식으로 쓰게 될 줄은 몰랐다.

쓰키코는 그게 뜨거운 몽둥이라도 되는 것처럼 주뼛주뼛 손을 뻗었다. 눈을 돌리고 기어드는 목소리로 중얼거린다.

"정말 할 거야……?"

상냥한 아이다. 내 여동생은 어떻게 이렇게 상냥한 아이로 자랐나 생각하면 이따금 자신을 저주하고 싶어진다. 하지만 지금은 결심한 일을 강행할 뿐. 쓰키코를 똑바로 쳐다보며 감정 없는 목소리로 말했다.

"아빠를 생각해. 이젠 이 방법밖에 없어."

그것이 쓰키코를 죽이는 주문이라는 것을 나는 알고 있다.

"아빠."

작은 목소리였지만, 구둣주걱을 쥔 손에 힘이 들어가는 게 보였다. 괜찮다. 이제 쓰키코는 움직일 것이다.

"준비할게."

나는 그렇게 말하고 쓰키코에게 등을 돌려 세일러복에 손을 뻗었다. 손가락이 떨린다. 한심하다. 눈을 꾹 감았다. 쓰키코가 그렇듯, 나도 아버지를 위해서라면 뭐든지 할 수 있다. 게다가 상대는 쓰키코가 아닌가?

옷을 벗고 브래지어도 벗었다. 치마를 벗을 필요는 없다. 상반신만으로 충분하다. 세일러복은 교탁에 올려놓으려 했지만 보기에도 먼지가 쌓여 있어 불쾌했다. 어쩔 수 없이 위태롭지만 가방 위에 올려놓았다.

어깨 너머로 뒤를 돌아보며 억지로 웃었다.

"자, 어서 해."

쓰키코는 고개를 끄덕였다. 구둣주걱을 치켜든다.

나는 창밖을 보고 있었다. 창밖에 어스름한 보름달이 떠 있다. 쓰키코가 태어났을 때 이런 밤이었을까? 첫 한 대가 벌거벗은 내 몸에 떨어지면서 짤막하게 메마른 소리를 냈다.

## 3. 사오리

가정법원 복도에서 명랑한 두 아이를 데리고 가는 어머니와 마주쳤다. 즐거운 대화의 단편이 절로 귀에 들어왔다.

"우리집 석류도 꽃이 피어서."

그 말을 듣고 깨달았다. 아아, 여름이 오는구나.

이혼은 벌써 성립됐는데 친권 다툼에 몇 달이나 걸려, 급기야 석류꽃이 피는 계절이 되고 말았다. 아이들에게도 큰 부담을 주고 있다. 가족과 아이에 대한 문제를 결정하는데 가정법원은 평일 낮에만 열린다. 부모 없이 이야기를 들어봐야 한다고 해서 아이들은 학교를 조퇴해야만 했다. 나도 그런 기억이 있는데, 가정에 문제가 있을 때 학교 친구들에게 들키는 건 괴로운 일이다. 유코와 쓰키코는 무슨 핑계를 대고 학교에서 빠져나왔을까?

아이들 앞에서 나약한 모습은 보이기 싫었다. 하지만 나 역시 요즘은 조금 힘들었다. 새벽까지 잠 못 드는 날이 이어지거나 반대로 어느새 기절한 듯이 잠드는 날도 있었다. 신문을 받을 때마다 회사를 쉬면 직장에서도 평판이 나빠진다. 그것도 이제 끝이다. 오늘, 판결이 나온다.

찾아간 법정은 평소와 같은 곳이었다. 파이프 의자와 접이식 테이블. 법원은 조금 더 권위적인 곳인 줄 알았는데, 마지막날까지 쌀쌀맞을 정도로 간소했다. 세 사람이 나란히 앉아 있다. 양옆에 앉아 있는 초로의 남녀가 조사관인데 그들은 조정 절차 때부터 내 사건을 담당해주고 있다. 지난 경위를 보면 역시 여성 조사관이 내게 동정적이었던 것 같다.

중앙에는 양복을 단정하게 입은 젊은 남자가 앉아 있었다. 이 사람이 판사겠지. 그의 엄숙한 분위기 때문인지 실내 분위기가 평소보다 날카로웠다. 기분 탓인지 두 조사관도 표정이 험악했다.

"앉으시지요."

판사의 목소리에 따라 그들을 마주보는 자리에 앉았다. 내 옆에는 빈 의자가 하나 더 있다. 남편이었던 나루미의 자리다. 그와는 이제 더 마주치기 싫었지만 이번만큼은 어쩔 수 없다.

"미나가와 사오리 씨 맞습니까?"

서류 다발에서 고개도 들지 않고 지나치리만큼 사무적인 목소리로 묻는다. "예" 하고 대답하자 판사가 손목시계를 보았다.

"이 분 남았습니다. 기다리십시오."

시간에는 여유를 두고 왔는데 아슬아슬했던 모양이다. 아마 내 시계가 늦었나 보다. 늦지 않아 다행이라고 생각하는 한편, 이 시간까지 나루미가 오지 않는다는 게 불안했다.

지금 무슨 질문을 받아도 그것 때문에 심판 내용이 바뀔 리는 없다. 이미 결과는 나왔고 오늘은 그것을 전할 뿐이다. 나루미도 그렇게 생각하고 오지 않은 게 틀림없다. 어쨌든 결론은 뻔했다.

친권은 틀림없이 내 차지다. 유복하다고는 할 수 없지만 정규직이고, 아이들도 소중히 키워왔다. 나루미는 조정과 심판 과정에서 자기도 나름대로 딸들을 사랑했다고 호소했다. 그게 거짓말이라고 하지는 않겠다. 원망도 않는다. 하지만 행동으로 보여주지 않은 이상, 역시 그는 아버지로는 부족하다. 그것은 법원도 알아줄 터. ……그렇게 스스로를 다독였지만 역시 이 분이란 시간은 숨이 막혔다.

“시간 됐습니다.”

판사가 차갑게 말하며 고개를 들었다.

“그럼 사하라 나루미 씨는 결석 처리로.”

판사는 나와 눈을 마주치려 하지 않고 시선을 피하듯 서류를 바라보았다.

“판결을 전하겠습니다.”

“부탁드립니다.”

“유코, 쓰키코, 두 사람의 친권은 사하라 나루미에게 속합니다.”

엇, 하는 소리가 튀어나오다가 목구멍 속에서 얼어붙었다.

나는 법률을 잘 모른다. 심판도 처음 겪는 일이다. 그래서 그다음에 뭔가 다른 말이 나올 줄 알고 입을 다물었다. 예상대로 판사는 뒷말을 이었다. 하지만 그 내용은 단순했다.

“또한 미나가와 사오리의 면접교섭권은 보장합니다.”

즉 내가 딸들을 만나는 것을 법원이 금지하지는 않는다는 뜻이다.

그것은 원래 나루미에게 선고되어야 할 결론이었다. 친권은 내게. 나루미가 아이들과 만날 기회는 최대한 만들어준다. 그렇게 될 터였는데.

"어……."

말이 제대로 나오지 않았다.

"어째서입니까? 조사관 여러분께도 말씀드렸습니다. 사하라는 지난 몇 년 동안 집에도……."

지금까지의 조사가 제대로 전달되지 않았던 걸까? 아니면 뭔가 믿을 수 없는 착오가 있었나? 판사는 지금까지 한 번도 조사에 입회하지 않았다. 뭔가 착각한 것이다. 그렇게 생각하고 매달리듯 좌우의 조사관들을 바라보았다.

하지만 그들은 그때까지 종종 보였던 인간적인 표정을 싹 지우고 냉정한 얼굴로 나를 쳐다보고 있다. 그 표정만 보아도 심판은 예정대로 진행되었음을 똑똑히 알 수 있었다.

어째서!

"뭘 잘못했나요? 어째서 제가 딸들을 빼앗겨야 하나요?"

떨리는 목소리로 간신히 그 말만 했다. 짐작 가는 바가 없었다. 누가 어처구니없는 거짓 소문을 퍼뜨렸나? 아니면 속을 알 수 없는 사하라 나루미가 뒤에서 손을 썼나? 그런 황당무계한 생각밖에 들지 않았다.

한순간이었지만 판사가 한숨을 쉬는 것을 나는 놓치지 않았다. 그는 눈만 내게 돌리고 물었다.

"이의를 제기하는 겁니까?"

"그건 아닙니다, 하지만 이유를 가르쳐주세요. 사하라는 생활 능력이 없는 남자입니다. 그 사람에게 맡겨두면 아이들은……."

뒷말을 이을 수 없었다. 애초에 나루미에게 제대로 된 주소가 있는지조차 의심스러웠다. 그 무서운 매력으로 여자들 집에 얹혀사는 건 아닐까? 그럼 아이들은 어떻게 되지?

"미나가와 씨, 분명히."

남성 조사관이 끼어들었다. 위로하는 것도 아니고 설득하는 것도 아니다. 손에 벅찬 진상 고객을 내치는 듯한 말투였다.

"확실히 사하라 씨에게는 생활력이 없습니다. 그건 저희도 인정합니다. 이건 따님들 뜻입니다."

"잠깐!"

여성 조사관이 다급히 날카로운 목소리로 타박했다. 그 목소리를 듣고 이 내용은 내게 말해주지 않을 셈이었다는 것을 알았다.

"괜찮아요. 이걸 알려주지 않으면 끝이 안 날 것 아닙니까."

귀찮다는 기색으로 남자가 대꾸했다. 나는 다그쳤다.

"아이들이 그렇게 말했단 말인가요?"

"예, 뭐, 그렇습니다."

아이들에게 한쪽을 고르라고 할 때 반드시 나를 고른다는 보장은 없다. 아무리 몹쓸 남자라도 나루미는 아이들의 아버지다. 하지만 그게 아이들에게 도움이 될까? 필사적으로 호소했다.

"다정한 아이들입니다. 아버지가 피폐하게 산다고 생각하고 동정한 거겠지요. 도와주고 싶은 마음에 일시적인 감정으로 하는 말일 수도 있습니다. 생각해보세요. 그 아이들은 아직 중학생입니다. 일도 하지 않는 부모 밑에서 뒷바라지를 시키다니, 너무하다고 생각하지 않으십니까?"

"보세요, 미나가와 씨."

이번에는 판사가 말을 끊었다.

"조사관, 이유 설명은 내가."

"하아."

남성 조사관은 통명스럽게 입을 다물었다. 판사는 그때까지 보고 있던 서류를 한 장 들추었다. 지긋지긋하다는 기색을 감추려고도 하지 않는다.

"조사 보고서에 따르면 유코와 쓰키코 두 사람이 아버지와 동거하기를 희망하는 이유는 당신이 말씀하신 바와 같습니다. 생활력은 없지만 아버지니까 도와드리고 싶다고 했습니다. 다만 법원은 아이들의 복지를 최우선으로 고려해야 하므로 이것은 참고 사항일 뿐입니다."

"그렇다면……."

"두 사람은 또 다른 주장도 했습니다."

판사가 고개를 숙인 채로 눈길만 들어 날카롭게 나를 쏘아보았다.

"두 사람은 당신이 폭력을 휘둘렀다고 주장하고 있습니다."

폭력.

분명 아이들에게 손찌검을 한 적은 있었다. 남의 물건을 훔치려 했을 때. 거짓말로 실수를 남의 탓으로 돌리려 했을 때. 부모로서 넘어갈 수 없을 때 맨손으로 때리는 것 외에는 방법이 떠오르지 않을 때가 있었다.

"그 아이들, 그렇게……."

그렇게 상처를 입었단 말인가.

"아주 어렸을 때뿐이었습니다. 철도 들기 전에."

"보고서에는."

내 변명에는 귀도 기울이지 않고 판사가 말을 이었다.

"당신이 최근 정서 불안으로 술이나 의사가 처방해준 약을 남용하고 있다고 적혀 있습니다. 그리고 신경쇠약 상태로…… 즉 술이나 약에 취해 몽롱할 때 폭력을 휘두른다는 주장이 기록되어 있단 말입니다."

나는 술을 마시지 않는다. 분위기를 맞추려고 겨우 마시는 정도다. 집에는 요리용 술밖에 없다. 그러니까 그건 착각이다.

약은 먹는다. 이혼에 얽힌 조정 때문에 마음이 지쳐서 수면 시간이 불규칙해지자 의사가 신경안정제를 처방해주었다. 아무래도 흥분이 가라앉지 않아 잠 못 드는 밤에 한 알만 먹으면 대개 아침까지 눈을 뜨지 않는다. 그게 남용일까?

아니, 애초에 폭력을 휘두른 기억이 없다.

"그런 기억이 없습니다."

"심신 쇠약이라고 적혀 있습니다."

"아이들이 그런 단어를 사용했습니까?"

"아니, 이건 저희가 정리한 겁니다."

판사가 이번에는 노골적으로 한숨을 쉬었다.

"유코 양과 쓰키코 양은 폭력의 흔적을 보여주기 위해 여성 조사관에게 몸을 보여주었습니다. 조사서에 그 상황이 기록되어 있는데 본인에게 듣는 게 낫겠지요."

그리고 여성 조사관 쪽을 흘깃 보았다. 그녀는 판사를 잡아먹을 듯한 눈초리로 노려보았다.

"저는 아이들에게 비밀을 엄수하겠다고 약속했습니다."

"그렇습니까? 그런 말은 적혀 있지 않았습니다만."

"구두로 전했을 텐데요!"

판사는 눈썹 하나 찌푸리지 않고 그대로 그녀를 무시했다. 조사서로 시선을 돌리더니 조사 내용을 읽어내려갔다.

"두 사람 다 등에 현저한 내출혈 흔적이 보인다. 쓰키코에게는 그 밖에도 어깨 밑에 십오 센티미터 길이의 외상이 있다. 주장에 따르면 당신은 놋쇠 구둣주걱으로 딸들을 때렸다고 하더군요."

아무 말도 할 수 없었다. 조사관이 보았다고 하니 상처는 분명 있었을 것이다.

내 침묵을 죄를 시인한 증거로 받아들인 듯했다. 판사의 목소리가 심술스럽게 변했다.

"따님들은 말입니다, 이혼 스트레스로 일시적으로 그렇게 된 거지 평소에는 다정한 어머니라면서 당신을 감쌌습니다. 이렇게 부모를 옹호하는 경우는 드물지 않습니다. 다만 이번에는 아이들 영양 상태나 정신 상태, 학교 출석 상황, 그리고 의견을 종합해 긴급성이 낮다고 판단했습니다. 원래는 아동상담소에 신고할 의무가 있지만 교화로 끝내도록 합시다. 다만 심신이 불안정하다는 이유로 금속 막대기로 아이들을 때렸다면 법원에서는 중하게 받아들일 수밖에 없습니다."

판사는 서류를 그러모아 테이블 위에서 툭툭 두드려 모서리를 맞추었다.

"심판에 이의가 있을 경우 이 주 내에 수속을 밟으십시오. 수고하셨습니다."

그는 끝까지 내 얼굴을 똑바로 쳐다보지 않았다.

결국 나는 딸들의 마음을 헤아리지 못했던 것이다.

물론 나는 아이들을 때리지 않았다. 손으로 때렸을 때도 끔찍했는데 놋쇠 구둣주걱이라니 말도 안 된다. 애초에 그 구둣주걱이 아직 집에 있었다는 사실조차 잊고 있었다. 그것은 나루미가 가죽구두를 신을 때 사용했던 물건인데 그가 집에 거의 돌아오지 않게 된 후로는 벌써 몇 년째 현관에서 먼지를 뒤집어쓰고 있었을 터였다.

즉 딸들의 상처는 자작극일 수밖에 없다.

약으로 인사불성이 되어 잠든 사이에 그랬다고 하면 내가 저지른 짓이라고 믿을 줄 알았을까? 내 약은 신경안정제지 흥분제가 아니다. 몽롱한 정신으로 구둣주걱을 휘둘렀다니, 똑똑한 유코답지 않은 생각이다. 술이라는 키워드를 넣지 않았다면 아무리 가정법원이 바쁘다고 해도 아이들의 말을 믿지는 않았을 것이다.

하지만 그러지 않으면…… 즉 나를 폭력을 휘두르는 어머니로 꾸미지 않으면 아버지에게 승산이 없다고 생각한 판단은 옳았다. 분명 조정이나 심판에 대해 공부했겠지. 내 아이가 중학생 때부터 법률을 공부할 기회를 얻은 것은 섭섭한 반면 조금 기쁘기도 했다. 역시 법률은 알아둬야 한다.

아이들의 책략은 제대로 맞아떨어져, 친권은 나루미에게 넘어가고 말았다. 이의 신청은 하지 않을 생각이다.

내가 착각한 것이다. 딸들의 행복을 위해 나루미와 헤어지는 게 가장 좋다고 생각했다. 하지만 좀더 아이들의 의견을 들었어야 했다. 그 아이들이 그렇게나, 제 몸에 상처를 내가며 거짓말을 할 정도로 아버지를 걱정할 줄은 꿈에도 몰랐다.

생각해보면 나 혼자 두 딸과 남편을 뒷바라지할 수는 없다는 게 애초의 이혼 사유였다. 하지만 나와 나루미를 떨어뜨려 놓으면 어떻게 될까? '어머니는 괜찮아. 하지만 아버지는 혼자 살아갈 수 있을까?' 딸들이 그렇게 생각한 것은 오히려 당연한 결과일지도 모른다.

남편은 처음부터 남이다. 결혼으로 엮여 있을 뿐이다. 아버지는 처음부터 불가피한 육친이다. 내가 나루미를 보는 눈과 딸이 나루미를 보는 눈은 다르다. 그것을 알아차리지 못한 게 내 잘못이다.

불안하기는 했다. 그 아이들이 언제까지 아버지를 버리지 않을 수 있을까? 생활력 없는 무뢰한의 생활에 휩쓸리는 건 아닐까? 그렇게 그 아이들은 제 행복을 깎아먹는 게 아닐까? 그런 생각을 하기 시작하니 끝이 없다.

하지만 지금은 그 아이들의 선택을 인정해주고 싶다. 면접 교섭권은 인정받았다. 외부에서도 아이들을 돌볼 방법은 있을 것이다.

가정법원에서 나오자 초여름 햇살이 눈에 따가웠다. 무심코 손바닥으로 눈 위를 가렸다. 집에 돌아가면 분명 냉장고는 비어 있을 것이다. 가는 길에 장을 봐야지. 여자아이라고는 해도 성장기라 요즘 식재료가 빨리 떨어진다.

"아아, 하지만!"

혼잣말이 흘러나왔다.

이제 곧 장도 1인분만 보면 되는 걸까?

허세는 금세 무너졌다. 햇빛을 가리던 오른손으로 오열이 치밀어 오르는 입가를 가렸다. 언젠가 아이들이 연심을 품고 사랑을 아는 나이가 되면, 헤어질 날이 올 줄은 알고 있었다. 그게 어머니의 역할이라고 각오하고 있었다.

하지만 그날이 너무나 일찍 찾아와서, 미처 마음의 준비를 할 새가 없었다.

## 4. 유코

방과후 도서실에서 책을 읽고 있었다.

도서실 장서가 아니다. 내 책이다. 그러니 도서실에 올 필요도 없었지만, 친구를 통해 편지를 한 통 받았기 때문이다. '오늘 방과후, 교실에서 기다려줘.' 같은 반 남학생 이름이 적혀 있었다. 용건은 뻔했다. 축구부에서 그럭저럭 유명한 아이였는데, 같은 학년 남학생들은 다들 미숙한 어린애 같아서 보기만 해도 짜증스럽다. 둘이 만나 이야기를 나눌 마음은 처음부터 없었다.

책배가 닳은 책에서 내가 좋아하는 에피소드를 펼쳤다. 페이지에 자국이 나서 굳이 찾지 않아도 금방 펼칠 수 있다. 석류 이야기.

농경의 여신 데메테르에게는 페르세포네라는 아름다운 딸이 있었다. 어느 날, 페르세포네는 지옥의 왕 하데스에게 납치되고 만다. 페르세포네는 그곳에서 석류 열매를 받는다. 그녀는 그 열매를 먹고 만다. 지옥에서 음식을 먹은 자는 다시는 이 세상으로 돌아오지 못한다. 여신인 어머니가 딸을 찾으러 왔지만 규칙을 어길 수는 없었다.

페르세포네가 먹은 것은 석류 열매의 3분의 1뿐이었다. 그래서 그녀는 일 년 중 3분의 2는 이 세상으로 돌아올 수 있었다.

나는 다르다.

가을이 되면 둘이서 소풍 갈까? 석류나무에 열매가 맺힌 모습을 함께 보자꾸나. 잘 익었으면 따서 먹는 거야. 귀자모신 사당에서 나눈 약속을 나는 잊지 않았다. 가을이 되면 어머니의 눈을 피해 나는 아버지와 만났다.

"유코는 정말 많이 컸구나. 그럼 갈까?"

약속은 이루어졌다. 아버지는 나를 차에 태워 나무들이 색색으로 물든 산속으로 데려갔다.

석류는 아직 무르익지는 않았지만, 너무 이르지도 않았다.

나와 아버지는 하루 종일, 실컷 그 열매를 먹었다. 아버지의 촉촉한 입술이 더럽혀진 내 입술을 닦아주었다.

페르세포네와는 다르다. 나는 다시는 돌아가지 못한다.

……나는 아직 더 자랄 것이다. 더욱 아름다워질 것이다. 그러니 사하라 나루미에게는 나만 있으면 된다.

어머니가 이혼을 생각한 이유는 알고 있다. 거의 혼자 힘으로 나와 쓰키코를 키워준 어머니에게는 어떻게 감사해야 할지 모르겠다. 하지만 그 사람은 너무 아름답다. 과거에 아버지를 사로잡은 미모는 생활에 찌든 지금도 여전히 수그러들 줄을 모른다. 그런 사람이 제 발로 나루미에게서 떠나주다니 기적에 가까운 기회였다.

다행히 이혼 자체는 금방 성립했다. 이제 내가 나루미 곁으로 가면 끝이다. 하지만 나루미는 생활 파탄자라 법원이 올바른 판결을 내리면 친권은 어머니가 갖게 된다. 그러면 섭섭하다. 나는 필사적으로 생각했다.

물론 어머니를 모함하는 건 내키지 않았다. 아버지에 대한 감정과는 다르지만 나는 어머니를 사랑했다. 그래서 가정법원의 생각보다 좁은 방에서, 만사가 귀찮다는 듯이 일하는 늙은 조사관이 나간 뒤에 여성 조사관에게 등을 보일 때는 집요할 정도로 강조했다.

"어머니는 다정한 사람이에요. 평소에는 절대 이런 짓은 안 해요. 요즘 이혼이니 친권이니 해서 지쳤을 뿐이에요. 부탁이에요, 어머니를 나쁜 사람으로 몰지 말아주세요."

전부 사실이다. 평소에는 그런 짓을 하지 않는다. 보다 정확히 말하면 한 번도 그런 적이 없다. 아무리 나루미를 손에 넣기 위해서라지만 어머니가 경찰에 체포되기라도 하면 아무래도 꺼림칙하다. 지나치게 강조해서 조금 부자연스러울까봐 식은땀이 났지만 제대로 먹혔다.

그리고 지금, 나는 나루미 곁에 있다. 마음 밑바닥을 뒤흔드는, 저 신비하고 부드러운 목소리는 매일 나를 향한다.

사하라 나루미는 내 트로피다.

진짜로 책을 읽는 사람은 손에 꼽을 정도지만 도서실에는 의외로 학생들이 많다. 그래서 쓰키코는 한참 당황스러운 듯 주위를 두리번거리고 있었다. 내가 오히려 먼저 발견하고 가볍게 손을 들 때까지 몰랐던 모양이다.

쓰키코가 가슴 앞에 살짝 두 손을 모으고 도서실에 걸맞은 느린 걸음으로 다가왔다. 내 옆자리가 비어 있어 의자에 살짝 걸터앉았다.

"역시 여기 있었네."

"용케 알았네."

쓰키코는 미소를 지었다.

"교실에 갔더니 하염없이 기다리는 남자애가 있길래. 분명 그거구나 싶었지."

남자가 보내는 의미심장한 편지는 한 달에 두세 통은 받는다. 일찌감치 돌아갈 때도 있지만 대개는 이곳에서 시간을 보낸다. 쓰키코는 그걸 기억한 모양이다.

그나저나 그 남자도 참, 한심한 꼴을 들켰구나 싶다. 조금 관심이 생겨 물어보았다.

"인기 있는 애 같던데, 쓰키코가 볼 때는 어땠어?"

"으음, 이런 말을 하면 미안하지만……."

쓰키코는 고개를 갸웃거리며 단서를 달고 말했다.

"너무 어려."

"그렇지?"

둘이서 키득키득 웃었다. 나는 책을 덮었다.

"그래서 무슨 볼일 있어?"

"응. 같이 돌아가려고."

"같이 다니는 친구들은 괜찮아?"

"집에 가는 길이 달라졌으니까."

친권자가 되자 아버지는 집을 새로 빌렸다. 우리 세 사람이 살 수 있는 집이다. 다행히 원래 살던 집에서 그리 멀지 않은 곳에 좋은 집을 찾았다. 덕분에 전학 갈 필요는 없었지만 약간의 영향은 별수없다.

책을 가방에 넣고 자리에서 일어섰다.

"그래서 방 커튼은 정했니?"

그렇게 물어보았다. 쓰키코는 쑥스러운 기색으로 고개를 살래살래 저었다.

"아직……."

"그런 건 얼른 정해버리면 될 텐데."

"그럴 순 없어."

새 방에 달 커튼은 쓰키코가 고르기로 했다. 쓰키코는 이것저것 고민만 하고 좀처럼 정하지 못했다. 지금은 원래 방에 있던 얇은 커튼으로 버티고 있지만 매일 아침 햇살이 눈부셔서 큰일이다.

고민하는 쓰키코를 보고 아버지가 웃었다. "흐음. 쓰키코도 다 컸구나"라며.

"돌아가는 길에 백화점에 들르자. 실물을 보면 그림이 떠오를지도 모르잖니."

쓰키코의 얼굴이 환하게 빛났다.

"그래줄래? 고마워, 언니! 그럼 교문에서 기다릴게!"

쓰키코가 빙글 걸음을 돌렸다. 샴푸 향기가 살포시 풍겨 왔다.

그 뒷모습을 보며 생각했다.

어머니는 물러났다. 그러니 지금 나 말고 나루미 곁에 있는 아름다운 사람은 쓰키코뿐.

"아버지하고 함께 살려면 어머니를 모함해야 돼."

그렇게 말했을 때 쓰키코는 주저하면서도 고개를 끄덕였다. 천진하게 아버지를 따르는 딸이라는 이유만으로는 받아들일 수 없는 제안이었을 텐데. 덕분에 쓰키코 안에 깃든 욕망이 훤히 보였다. 결국 한 자매라는 뜻이다.

쓰키코는 어리다. 아직 내 상대는 되지 못한다. ……아직은.

나는 어머니의 미모를 물려받았다. 쓰키코는 거기에 귀여움과 연약함까지 있다. 둘 다 타고난 매력이 될 수 있다. 즉 인정하기는 싫지만 동생은 내게 없는 매력을 가질지도 모르는 것이다.

그날 밤, 우리는 학교 한구석의 아무도 사용하지 않는 교실에 숨어들어 서로의 알몸을 매질했다. 구둣주걱을 먼저 휘두른 것은 쓰키코. 처음에는 손에 힘이 실려 있었지만 역시 쓰키코에게는 너무 모진 요구였다.

매섭던 놋쇠 구둣주걱에서 차츰 힘이 빠지더니 흐느끼는 소리가 들려왔다. 내가 시킨 일인데 마지막에는 구둣주걱을 떨어뜨리고 내 등에 매달렸다.

"미안해. 언니, 이런 짓 해서 미안해."

나는 물론 쓰키코를 용서했다. 화끈거리는 고통을 느끼며 뒤를 돌아 동생을 품에 안았다.

"괜찮아. 고마워."

그리고 놋쇠 구둣주걱을 주워 들고 가만히 웃었다.

"그럼 다음은 쓰키코 차례야."

두려워도 달아나지 못한다. 왜냐하면, 쓰키코가 먼저 나를 때렸으니까.

석류 이야기에는 뒷이야기가 있다.

페르세포네는 석류를 먹고 일 년 중 3분의 1은 하데스의 아내가 되었다. 하지만 하데스는 어느 날 아름다운 요정에게 반하고 만다.

자신을 약탈한 하데스가 다른 여자에게 마음을 주는 꼴을 페르세포네는 용서하지 않았다. 요정을 능멸하고, 저주하고, 잡초로 바꾸어버렸다고 한다.

아버지에게 친권을 넘기기만 하는 거라면 다른 방법도 있었을 것이다. 법률 책에는 아이의 희망을 비교적 받아들여준다고 적혀 있었다. 그런데도 그 방법을 선택한 이유는 하나뿐이다.

―아름다워지기 전에 상처를. 나보다 아름다워질지 모를 등에, 비록 자그마하더라도, 평생 남을 상처를.

내가 내리친 일격은 쓰키코의 피부를 흉측하게 찢어발겼다.

그날 밤 보았던 하얀 나신은 말간 달처럼 아름다웠다. 누구든 분명 입술을 가져가고 싶을 정도로.

하지만 지금은, 그 정도는 아니다.

# 夜警

## 만등 萬燈

# 1

나는 심판받고 있다.

지금까지, 아무리 어려운 정세 속에서도 최선을 다했다. 신속한 결단이 모든 것을 지배한다고 확신하며 몇 번이나 적의 기선을 제압했다. 필요한 조치를 강구하기를 주저하지 않았으며 불필요한 조치에 언제까지고 매달리지도 않았다. 정확한 리스크 분석과, 여차할 때 서슴없이 리스크를 떠안는 용기는 언제나 내 결단을 굳건히 뒷받침해주었다. 졸속주의자라고 뒤에서 떠드는 놈들의 입을 틀어막고, 신중한 검토를 요한다는 말만 되풀이한 상사를 벽지로 쫓아냈다. 나는 큰 성과를 거두었다. 그 성과는 회사의 이익이 될 뿐만 아니라 많은 사람들의 생활을 풍요롭게 할 터였다.

알람을 죽인 것도, 모리시타를 죽인 것도, 전부 필요한 일이었다.

들킬 리가 없다. 불쾌한 일을 마무리짓고 원래의 유익한 업무로 당당하게 돌아갈 수 있을 터였다.

하지만 지금, 나는 심판을 받고 있다. 생각도 못 한 존재에게.

## 2

내가 이게타 상사에 입사한 것은 십오 년 전, 1966년이었다.

지바 다테야마 시에서 나고 자라 도쿄에서 대학을 다녔고, 이게타 상사에 들어가고 싶다는 간절한 희망이 이루어졌다.

동기들이 대부분 국내 근무를 희망할 때 나는 처음부터 해외 근무를 희망했다. 집에서는 셋째였고, 형은 둘 다 공무원이라 수입이 안정적이었다. 국내에 남아 부모를 모셔야 한다는 부담이 없기는 했다. 하지만 그 이상으로 내게는 사회에 첫발을 내디딘 청년으로서 사명감이 있었다. 일본 국내 시장이 정체될 것은 자명한 사실이었다. 활로는 해외밖에 없다. 신규 시장을 위한 첨병은 아직 충분치 않다. 그렇게 믿었던 것이다.

입사 삼 년차 봄, 나는 인도네시아 지사로 파견되었다. 당시 우리 회사는 동남아시아에서 거대 프로젝트에 착수했다. 자원 개발이다.

우리 회사의 목적은 천연가스였다. 천연가스 매장량이 칠십조 제곱피트가 넘는다는 인도네시아는 대단히 유망한 시장이었다. 에너지 자원 확보에 한몫할 수 있다. 그렇게 생각하자 온몸이 떨릴 정도로 자랑스러웠던 기억이 난다.

수하르토 정권하, 인도네시아 정부 관료들의 허가를 받는 가장 확실한 방법은 뇌물이었다. 다소 진출이 늦은 이게타 상사가 개발권을 따내려면 그야말로 뒷돈을 콸콸 퍼부어야만 했다. 선배들 뒤를 따라다니며, 선배가 고개를 숙이면 나도 숙이고 선배가 웃으면 나도 웃으며 교섭 기술을 배웠다. 누구에게 돈을 쥐여줘야 할지 항상 고민해야만 했다. 어제까지 우리 회사에 유리한 결정이 나올 전망이었는데 라이벌 회사가 고작 고관 한 사람과 하룻밤 접촉한 것만으로 전부 뒤집히는 억울한 꼴을 몇 번이나 당했다.

위험한 일도 몇 번이나 당했다. 개발에 반대하는 주민들은 종종 몽둥이나 칼, 운이 나쁠 경우 총까지 꺼냈다. 나는 아는 사람을 통해 방탄조끼를 샀고, 도시를 떠날 때는 항상 그것을 입었다.

이권이나 부패로 울퉁불퉁 일그러진 길을 연줄과 돈으로 평평하게 갈고, 타사의 방해와 현지의 반발이라는 장애물을 꼼꼼히 배제하며, 총과 기름으로 가스전까지 길을 뚫는다. 그것이 내 일이었다. 입만 살았지 재주 하나 넘을 줄 몰랐던 애송이도 십 년이 지나자 가스전 개발 팀의 차석이 되었다. 그동안 일본에는 거의 돌아가지 않았다. 돌아간다 하더라도 공항과 본사가 있는 오테마치 이외의 장소에 가는 일은 드물었다. 고향집에 돌아간 것도 아버지 장례식 때 한 번뿐. 그런 생활이 힘들지 않았다.

새로 발령을 받았을 때 본사 직원이 몹시 안됐다는 표정을 짓는 게 이상했을 정도였다. 그는 이렇게 말했다.

"자네는 가스의 전문가로 방글라데시에 가주었으면 하네. 직함은 개발실장이지만 부장 대우야. 개발이 궤도에 들어서면 이번에야말로 국내 복귀를 약속하지."

나는 기꺼이 따랐다. 인도네시아 개발은 대강 궤도를 타서 프로젝트가 축소될 전망이었다. 한편 방글라데시는 남아시아 굴지의 가스 매장량을 보유하고 있다는 평이었지만 현지 조사조차 아직 충분하지 않았다. 오테마치에서 사령장을 받은 이튿날에는 자카르타에서 인수인계를 시작했다.

이 년 전의 일이다.

방글라데시는 험한 지역이다.

다카 지사에는 내 부하가 될 일본인 직원이 한 명 먼저 파견되어 있었다. 다카노라는 남자로 나보다 네 기수 밑이다. 복스러운 얼굴로 어딘가 미덥지 못했지만 온몸이 새까맣게 그을은 것은 베테랑 영업 사원이라는 증거로 충분했다. 고향을 물으니 니가타 쓰바메 시라고 했다. 그는 다카 공항으로 나를 마중나와 주었다. 도요타 자동차를 타고 임시 사무소에 도착하자마자 에어컨도 컴퓨터도 멎어버렸다. 정전이다.

공교롭게도 갓 우기에 접어든 시기였다. 단숨에 텁텁한 무더위가 사무소를 뒤덮었다. 정전이니 불평을 해도 별수없지만 창밖에서는 신호가 정상적으로 작동하고 있었고 근처 거리에서는 남자가 선풍기를 땅에 두고 바람을 쐬고 있다. 벵갈어 핸드북을 부채 대신 부치면서 나는 드물게 화를 냈다.

"어떻게 된 거야? 이 빌딩만 정전이야?"

다카노는 이미 어느 정도 현지 사정을 파악하고 있었다. 그는 실실 웃으며 말했다.

"빨리도 왔네요."

"뭐가 와?"

"전기를 끊은 겁니다."

"빌딩 주인이?"

"아닙니다. 아마 전력 회사겠지요. 그놈들, 오늘 실장님이 오시는 걸 안 거예요."

말문이 막혔다.

"설마. 왜?"

"그야 빤하죠."

그렇게 말하더니 부하는 엄지와 검지로 동그라미를 만들었다.

나도 뇌물 문화에는 제법 빠삭하다고 생각했다. 집주인이 임차인에게 심술을 부려서 푼돈을 뜯어내는 정도라면 드물지도 않다. 하지만 인프라 기업이 인프라를 끊어가면서까지 푼돈을 벌다니 금시초문이다. 얼토당토않은 나라에 왔구나 싶었다.

"항의해도 소용없겠지?"

"고장이라는 말이나 할걸요. 내버려두면 한 달은 이 상태일 겁니다."

"별수없지. 수고스럽겠지만 얼마 챙겨주고 와."

다카노는 피곤한 웃음을 띠며 알겠다고 대답했다. 그 모습에는 험한 이국에 뛰어든 상사에 대한 거짓 없는 동정이 묻어 있었다.

전기가 끊긴 것은 한 번뿐이었지만, 다른 인프라는 '고장'이 반복되었다. 갑자기 전화가 먹통이 되고, 물이 안 나오고, 가스까지 멈춘다. 그때마다 다카노나 방글라데시에서 고용한 현지 직원이 관계 부서에 뇌물을 바쳤다. '고장'이 전부 뇌물을 목적으로 한 조작이라고 생각하지는 않는다. 진짜 고장도 꽤 섞여 있었으리라. 방글라데시 최대 도시 다카에서도 인프라가 완전하다고 말하기는 어려웠기 때문이다.

기후나 풍토도 예상을 뛰어넘는 장애물이었다.

자재 반입 루트를 확인하려고 항구도시 치타공을 찾았을 때 사이클론의 직격을 만난 적이 있다. 방글라데시의 사이클론이 강력하다는 말은 들었지만 일본의 태풍과 그리 다를 바 없을 거라 만만하게 보았다. 실제로 풍속은 초당 30미터 안팎으로, 그 정도 바람의 태풍이라면 어렸을 때부터 몇 번이나 경험했다. 하지만 사이클론이 무서운 이유는 풍력이나 강우량만이 아니었다.

사이클론이 지나간 뒤 거리에 있던 관목들이 무참히 말라 죽기 시작했다. 현지 직원이 그것을 가리키며 태평하게 웃었다.

"저거, 열기에 당한 거야."

"열기에?"

"사이클론 뜨겁다. 사무소 안에 있었으니 몰랐던 거야."

사이클론이 다가올 때 우리는 사무소로 피난했다. 그때 이상하게 덥다고 생각은 했지만 또 평소처럼 에어컨이 고장난 줄로만 알았다. 설마, 그 사나운 바람이 열풍이었을 줄이야.

"사이클론이 그렇게 뜨겁나?"

"그럼. 50도쯤. 그 바람을 맞으면 나무도 말라죽어. 보스도 조심해. 만약 밖에서 사이클론의 열풍을 맞으면 눈이 멀어."

뭐라 해도 가장 큰 문제는 홍수였다. 해마다 우기가 되면 방글라데시는 홍수가 나서 국토의 4분의 1이 물에 잠긴다……. 이미 알고 있던 일이지만 실제로 보니 충격이 컸다. 눈에 보이는 평원이 채 일주일도 못 돼서 몽땅 탁한 수면으로 변하는 것이다. 사람들은 작은 배를 타고 왕래했다. 마치 처음부터 수상생활을 했던 것처럼 태연히. 나는 암담한 기분이었다. 이런 땅에서 트럭을 몰아 자재를 운반하고 철근을 쌓아올릴 수 있을까? 입사 이래로 그 수몰지를 보았을 때만큼 마음이 약해졌던 적이 없다.

방글라데시의 천연가스 자원은 20세기 초에 그 존재가 확인되었다.

그런 만큼 얕은 곳, 채굴하기 쉬운 곳에 있는 가스전은 이미 다른 회사가 차지했다. 벵갈만의 해저 가스전은 매장량도 풍부하고 후발 기업이 진입할 여지도 있었지만, 유감스럽게도 당시 프로젝트 규모로는 맹렬한 사이클론을 견뎌낼 해상 플랜트를 마련할 수 없었다.

그래서 눈독을 들인 게 북동부 저지대였다. 인도 국경 부근에는 아직 미개발 지역이 남아 있다. 파키스탄 통치 시절에 실시한 조사에서는 채굴 가능한 대규모 가스전은 없다고 했지만, 그 후로 굴착 기술도 상당히 발전했다. 과거에는 파낼 수 없었던 대규모 자원도 지금이라면 손이 닿을지 모른다. 나는 다카노에게 조사반을 편성하도록 지시했다.

"개인적인 느낌이지만 꽤 유망해요. 데이터로 보는 한 충분히 채산성을 확보할 수 있을 것 같습니다. 좋은 소식만 기다리고 계세요."

다카노는 그렇게 말하고 의기양양하게 북동부로 향했다.

냉정히 생각해보면 사업 진행이 크게 잘못된 것은 아니었다. 모든 것은 불의의 사고였다. 그래도 도출된 결과의 무게는 가슴을 무겁게 짓눌렀다.

다카노가 출장을 떠나고 이레 뒤 한밤중에 전화가 울렸다. 조사반에서 지질학 전문가로 고용한 방글라데시인이었다. 잡음이 시끄러운 전화 회선 너머에서 그는 떨리는 목소리로 말했다.

"보스, 트러블입니다."

조사반을 태운 라이트밴의 타이어가 빗물이 고인 진창에 빠져 옆으로 쓰러지면서 비탈로 굴러떨어졌다고 한다. 동승했던 기술반은 모두 경상에 그쳤지만 조수석에 앉아 있던 다카노와 맨 뒤에 있던 방글라데시 현지 직원은 그리 운이 좋지 못했다. 다카노는 옆으로 쓰러진 차체에 반나절 동안 깔려 있었던 탓에, 왼팔을 괴사로 잃게 되었다. 무함마드 재라르라는 방글라데시 현지 직원은 부러진 늑골이 내장을 찔러 과다출혈로 사망했다.

다카노의 팔도 무함마드의 목숨도, 구급차가 일찍 도착했다면 구할 수 있었을지 모른다. 만일 정보가 빨리 들어왔다면 어떤 수단이라도 썼을 것이다. 하지만 실제로 다카 지사에 있던 내게 연락이 온 것은 사고가 나고 여섯 시간이 지난 뒤였다.

실헤티 시 병원에 입원한 다카노를 만나러 가는 데 하루가 더 걸렸다. 절단 수술은 이미 끝났고, 다카노는 마취로 잠들어 있었다. 밖에는 비가 사납게 내려 지저분한 유리창이 덜컹거렸다. 파이프 침대에 누운 다카노는 아무 일도 없었던 것처럼 자고 있었다. 나는 다카노의 남은 오른팔을 굳게 잡았다.

"다카노, 미안하다. 내가 잘못했어. 작업 순서를 잘못 판단했어!"

개발 목표인 북동부 저지대는 다카에서는 너무 멀다. 실헤티 시에서도 차로 네다섯 시간은 달려야 하고, 도로 상태에 따라서는 배도 넘는 시간이 걸릴 경우도 예상할 수 있다. 무슨 일이 있었을 때 즉각 대응할 수 없다는 문제는 이미 파악하고 있었다. 인력과 물자와 정보를 모을 거점이 필요하다는 생각은 했다.

하지만 나는 거점 설치는 기본 조사가 끝난 뒤에 해도 된다고 뒤로 미루었다. 사고가 날 경우를 예측해 조기에 거점을 설치하고 거기에 의료 스태프를 한 명이라도 두었다면 이렇게 큰 사고로 번지지는 않았을지도 모른다. 날이 저물어 좁은 병실에 어스름이 깔릴 때까지 나는 소리 죽여 울었다.

한 달 뒤 다카노는 일본으로 돌아가게 되었다. 팔을 잃은 충격은 아직 가시지 않은 듯했지만 그는 다카 공항에서 웃어 보였다.

"이걸로 가족 곁에 돌아갈 수 있다고 생각하면 꼭 나쁘기만 한 건 아닙니다."

"기혼이었군."

"예. 아들이 태어나서 사흘 후에 싱가포르로 발령받을 예정이었습니다. 하루라도 빨리 돌아가고 싶었는데 이런 꼴이 될 줄은 꿈에도 몰랐네요. 뭐, 일본에 있어도 교통사고는 당하니까 일이 나빴다고 생각하지는 않습니다. 제 팔자죠."

그는 내 죄책감을 꿰뚫어 봤을 것이다. 위로가 필요한 사람은 다카노인데 그는 나를 염려하며 떠났다.

무함마드 재라르의 장례식에는 참석조차 허락받지 못했다. 내가 이교도였기 때문이다.

지사의 예산 규모로는 그의 유족에게 충분한 위로금조차 줄 수 없었다.

다카노가 떠나고 새 부하가 보충되었다. 개발은 멈추지 않았다. 조사 속도를 떨어뜨릴 수는 없었지만 물자 집적 거점 설치에도 노력을 기울이기로 했다. 다카노와 무함마드에 대한 통한은 사라지지 않았지만 계속 슬퍼하고 있을 겨를이 없었다.

지도를 노려보며 끙끙거리는 날이 한참 계속되었다.

집적 거점은 당연히 우기에도 수몰되지 않는 지역이어야만 한다. 다카로 이어지는 경로는 일시적으로 차단되어도 상관없지만 개발 예정 지역과 거점을 연결하는 길은 상시 통행할 수 있어야 했다. 또한 천연가스 채굴이 무사히 시작되면 반출항인 치타공 부근까지 파이프라인을 연장해야 했다. 정비 작업을 고려하면 그 루트도 물에 잠기지 않아야 한다.

정치적으로도 안정적이어야 했다. 인도네시아에 종교 대립이 있는 것처럼, 방글라데시도 소수민족 문제를 앓고 있다. 자치권을 요구하는 무장 조직의 활동은 최근 수그러들었다지만 앞으로도 그렇다는 보장은 없다. 소수민족 부락은 피하고 싶다. 몇 개나 되는 조건을 고려하면서 방글라데시 지도를 샅샅이 살폈다. 하지만 지도만으로는 우기에 지형이 어떻게 변하는지 확신이 서지 않았다. 그래서 북동부 출신 관리에게 보수를 주고 현지 정보를 얻었다.

남자는 뚱하니 입을 다물고 내 이야기를 들었다. 모든 조건을 이야기하자 그는 한참 생각한 끝에 지도 위의 한 점을 가리켰다.

"여기밖에 없을 거요."

지도에는 작은 글자로 보이샤크라 적혀 있었다. 보이샤크 마을.

방침은 섰다.

다카노 대신 파견된 사이토라는 부하는 다카노와 동기로 나이는 젊었지만 살이 제법 투실했다. 언뜻 보면 날카로운 인상이지만 이야기를 나눠보면 방글라데시 정세부터 개발 관련 문제까지 술술 대답하는 수완가였다. 나가사키 출신으로 동기라 다카노를 잘 안다고 했다.

"다카노는 좋은 녀석입니다. 부인도 예뻐요. 안타까운 일이지만 목숨을 건진 것만으로도 다행일지 모르죠."

진지한 얼굴로 사이토는 그런 소리를 했다.

"동기 중에는 죽은 녀석도 있습니다. 울란바토르에 파견 나갔는데 물이 맞지 않아서 열이 좀 난다 싶더니 눈 깜짝할 사이였다더군요. 실장님도 건강검진은 꼬박꼬박 받으세요."

귀중한 일본인 직원인 사이토를 어떻게 쓸까. 지질조사에 붙일까, 집적 거점 설치에 돌릴까, 판단이 어려웠다. 본인의 의견을 묻자 답은 명쾌했다.

"보이샤크 마을로 보내주십시오. 지질조사는 기술적 문제니 제가 항상 붙어 있을 필요는 없을 겁니다."

"그렇군. 가주게."

"다만 농촌이니 영어가 안 통할 겁니다. 벵갈어 통역을 붙여주십시오."

"찾아놓지."

나중에 알게 되었지만 사이토는 이런 교섭을 해본 경험이 있었다. 인도네시아에서 내가 가스전 개발에 관여했을 때 그는 인도네시아의 다른 섬에서 새우를 사들이고 있었다. 당초에는 일본 출하에 소극적이었던 어촌에 뛰어들어 근성에 약간의 허풍을 곁들여 두 달 만에 새로운 새우 공급 루트를 뚫었다고 한다.

방글라데시는 모진 땅이다. 관리는 뇌물 없이는 꼼짝도 않고, 우기가 되면 국토의 4분의 1이 수몰되며, 50도의 열풍이 사납게 몰아친다. 하지만 일억 수천만의 인구가 사는 방글라데시가 사람이 살 수 없는 불모지일 리 없다. 문화나 기후, 풍토에는 적응할 수 있다. 적응만 하면 사람 사는 곳이 곧 고향이다.

개발을 막는 장벽은 세상 어디나 똑같다. 지역 주민의 반대다.

일주일간의 출장에서 돌아온 사이토는 온몸에 멍이 들어 있었다. 뺨에는 큼직한 반창고가 붙어 있고, 한 손에는 부목을 대고 있었다. 눈을 휘둥그레 뜬 내게 그가 말했다.

"실장님, 안 되겠습니다. 그 마을은 외국인을 싫어해요. ……까딱하면 살해당할 뻔했습니다."

## 3

사이토의 말에 따르면 보이샤크 마을 사람들은 처음에 사이토 일행을 따뜻하게 맞아주었다고 한다. 외국인이 신기했는지 온 마을 아이들이 집에서 뛰쳐나와 환성을 지르며 토요타 자동차를 몇 겹으로 에워쌌다. 어른들도 우호적이라 어디에서 왔는지 질문 공세를 받았다고 한다.

"일본 기업이라고 말하고 마타보르를 만나게 해달라고 부탁했습니다. 거기까지는 잘 풀렸어요."

마타보르Matabbor란 마을 장로에 가까운 존재다. 방글라데시 마을에서는 촌장 한 명에게 권한이 집중되는 일이 없다.

중요한 사안은 여러 마타보르가 모여서 결정한다. 장로라는 표현과는 딱 맞아떨어지지 않는 점도 있는데, 가령 그들은 반드시 연장자인 것은 아니다. 일흔 살이 넘은 마타보르가 있는가 하면 삼십 대 마타보르도 드물지 않다.

"알람 아베드라는 마타보르의 집에 초대를 받았습니다. 오십 대쯤 됐는데, 위엄 있는 콧수염을 기르고 하얀 셔츠를 입고 있었습니다. 몸집도 실팍하고, 어디로 보나 늠름한 남자였습니다. 통역에게 벵갈어로 인사를 부탁하자 알람이 먼저 '웰컴'이라고 말을 걸어왔습니다. 그 후에는 통역을 끼지 않고 영어로 대화했습니다. 알람은 영국 영어를 썼는데 억양은 엉망이었지만 제 미국 영어로 충분히 통했습니다."

과거에 영국의 통치를 받았던 방글라데시에서는 부분적이기는 해도 영어가 통용된다. 상급재판소도 영어를 사용하고 고등교육도 대부분 영어로 이루어진다. 알람이라는 마타보르가 영어를 사용했다면 지식인 계급이라고 볼 수 있다.

"처음에는 알람도 우호적이라 차를 내주었습니다. 다카에서 지낸 적도 있다면서 현재 모습을 묻더군요. 요릿집 이야기나 새로 생긴 빌딩 이야기를……. 이것저것 들려주었더니 그리워하는 기색이었습니다. 그런데 저희 목적을 이야기했더니 분위기가 일변했습니다."

"어디까지 말했나?"

"저희가 일본 이게타 상사에서 왔고 천연가스 개발을 계획하고 있는데 그 때문에 마을 안에 직원들이 쉴 수 있는 장소가 필요하다는 말을 했습니다."

보이샤크에 전선 기지를 설치하면 당연히 마을 교통량이 증가한다. 개발이 본격화되면 트럭도 잔뜩 다닐 것이다. 소음 문제도 피할 수 없고 교통사고도 불가피한 문제다. 사이토는 일단 그런 문제점은 얼버무린 듯했다.

"보상에 대해서는?"

"먼저 물어보면 대답하려고 했습니다."

나는 고개를 끄덕였다. 딱히 잘못된 점은 없다.

"그럼 금액 때문에 결렬된 건 아니군."

"아닙니다. 알람은……."

사이토는 기억을 더듬듯 입을 다물었다가 이윽고 신중하게 말했다.

"저희가 개발 때문에 왔다는 걸 알자 태도를 확 바꾼 것 같습니다."

한숨이 나왔다. 언젠가 이런 사태도 터질 줄 알고 있었다. 지역 주민의 반대는 규모의 차이는 있어도 반드시 발생하는 문제다. 하지만 이렇게 처음부터 걸림돌이 될 줄은 몰랐다.

"저희더러 돌아가라고 했지만 어떻게든 교섭을 지속하려고 억지로 버틴 게 잘못이었습니다. 알람이 벵갈어로 뭐라고 외치자 사내들이 방으로 들어왔습니다. 그리고 무작정 두들겨 패더군요. 통역은 냉큼 달아나버렸고 사내들에게는 영어가 통하지 않아 변명도 못 했습니다. 알람이 제지하지 않았다면 정말 살해당했을지도 모릅니다."

내용과는 반대로 사이토의 말투는 냉정했다. 나도 위험한 꼴은 몇 번이나 당했지만 온몸에 멍이 들 정도로 맞고서도 이렇게 침착할 자신은 없다. 그것만으로도 사이토의 교섭가 자질을 짐작할 수 있었다.

그런 사이토마저도 알람 아베드를 설득하지 못했다. 귀찮게 됐다.

"알겠네. 고생했어. 오늘은 그만 됐으니 병원에서 제대로 진찰을 받고 와. 그런 부목으로는 나을 상처도 안 낫겠어."

사이토를 돌려보내고 나는 천장을 올려다보며 "젠장!" 하고 내뱉었다. 오랜 세월 자원 개발에 종사한 나의 감이 장기전을 예고하고 있었다.

이럴 때 내 감은 빗나간 적이 없다.

보이샤크 마을은 교섭을 완강히 거절하고 일본인이든 방글라데시인이든 이게타 상사 사람이 마을에 다가오는 것을 결코 허락하지 않았다. 마을 사람들이 무장하지 않았다는 보고는 받았지만 믿어도 될지 의문이다. 이 정도로 상대의 태도가 경직된 이상 선불리 접촉해봤자 부상자만 늘어날 뿐이다.

보이샤크 마을 외에 거점을 세울 곳은 없는지 다시 후보지를 찾아보기도 했다. 하지만 검토를 하면 할수록 다른 선택지는 사라져갔다. 단순한 전선 기지라면 다른 장소라도 괜찮지만 개발이 본격화되면 수송 루트는 보이샤크 마을을 지날 수밖에 없다. 시기의 문제일 뿐 이 마을은 반드시 회유해야만 했다.

한밤중에 책상 앞에 앉아 있는데 그만 푸념이 나왔다.

"여기가 인도네시아였다면……."

인도네시아에서는 정부가 개발을 강력하게 지원해주었다. 뇌물이 필요하긴 했지만 지역 주민의 반대는 경찰이, 때로는 군부가 진압해주었다. 방글라데시는 그런 상황이 아니다. 회사 힘만으로 어떻게든 해야 하는데 상대방이 귀를 기울이지 않으니 도리가 없다.

엎친 데 덮친 격으로 얼마 후 사이토가 사표를 냈다.

"왜지? 지금 자네가 빠지면 곤란해."

"죄송합니다."

부러진 한쪽 팔을 붕대로 고정한 사이토가 고개를 숙였다.

"이유를 말해줘. 문제가 있다면 내 쪽에서도 대처하겠네."

사이토의 얼굴에서는 이전에 느꼈던 배짱을 찾아볼 수 없었다. 어두운 눈길로 바닥만 바라보고 있다. 치열한 교섭을 견뎌내는 얼굴이 아니었다.

"실은 어제 강도를 만났습니다."

"뭐라고?"

"부상자니까 노린 거겠지요. 보이샤크 마을에서도 험한 꼴을 당했습니다. 더는 못 하겠습니다. 제게도 가족이 있단 말입니다."

"그렇다고 일을 내팽개치는 건가?"

"실장님."

사이토는 고개를 들고 나를 똑바로 쳐다보았다. 분노와 공포가 뒤섞인 시선에 나는 말을 삼켰다. 그가 말했다.

"다카노처럼 되긴 싫습니다. 저는 일본으로 돌아가겠습니다."

다카는 딱히 치안이 나쁜 곳이 아니다. 좋지도 않지만 개발도상국이라면 어디나 대동소이하다. 사이토는 운이 나빴을 뿐이다. 그렇다고 기력을 잃은 그를 붙들 수는 없었다. 예전 같으면 요즘 젊은 것들은 각오가 부족하다고 분통을 터뜨렸을 것이다. 회사원이 된 이상, 직장에 나가면 부모님의 임종도 못 지킬 각오로 일하라고 말이다. 하지만 다카노의 이름을 들이대니 아무 말도 할 수 없었다.

사이토의 후임은 금방 보충되지 않았다. 아무리 본사가 방글라데시 개발에 기대를 품고 있어도 쉽게 인력을 보내기는 어렵다. 개발이 제자리걸음을 하는 현재 상황에서는 더욱 그랬다.

해결만 된다면 직접 보이샤크 마을로 찾아가 무릎이라도 꿇고 싶었다. 하지만 실장 직함을 가진 내가, 아무 승산도 없는 상태로 다카를 장기간 비울 수는 없다. 보이샤크 마을과의 절충은 현지 직원에게 맡길 수밖에 없었는데, 그들은 보이샤크 마을에 들어가지도 못하고 그저 시간만 낭비했다.

"안 돼, 보스. 교섭할 수 없다. 그 마타보르, 정말 돈은 필요 없대."

방글라데시 현지 직원은 그렇게 말하고 믿을 수 없다는 듯이 어깨를 으쓱했다.

나는 원래 술과 담배를 거의 하지 않는다. 이슬람 국가인 방글라데시에서는 공공연하게 술을 마실 수가 없었고, 또 파는 곳도 거의 없다. 나는 외국인용 호텔 바를 찾기 시작했다. 인사불성이 될 정도로 마시지는 않는다. 그저 뭔가 마음을 돌릴 만한 게 필요했다.

어느 날 밤, 바 화장실에서 볼일을 보고 손을 씻었다. 문득 고개를 들어 거울에 비친 얼굴을 본 나는 아연했다. 그곳에는 지친 남자의 얼굴이 있었다. ……젊음을 찾아볼 수 없는 얼굴이.

나는 미혼이었다. 일본에 아는 사람이라고 해봤자 그리 사이가 좋지 않은 형제나 벌써 십여 년 넘게 만나지 않은 동창들이 고작이다. 오로지 일에만 매달려 시간을 보냈지, 취미도 없고 놀 줄도 모른다. 나는 그것을 불행하다고 생각한 적이 없었다. 세상 곳곳에 있는 이게타 상사 사원들 가운데 나보다 더 중대한 일을 맡고 있는 사람이 있을까? 내가 확보한 가스는 일본으로 운반되어 전력이 된다.

그런 내가, 보잘것없는 마을 하나에 이렇게 애를 먹다니. 거울에 비친 얼굴은 분하고 답답해서 험악하게 일그러져 있었다.

겨울이 다가오는 11월 14일, 상황이 바뀌었다.

울적하게 가라앉은 개발실에 한 통의 편지가 도착했다. 발신자 정보는 벵갈어였지만 수신자는 어설픈 알파벳으로 'TO IGETA CO.'이라고 적혀 있었다. 발신자 부분에는 벵갈어가 적혀 있다. 한참 고개를 갸웃거리다가 퍼뜩 깨달았다. 개발실 벽에 붙은 지도로 달려가 비교해보았다. 틀림없다. 그것은 보이샤크 마을에서 온 편지였다.

가위를 찾는 시간도 아까워 봉투를 쥐어뜯었다. 편지글 역시 어색하기 짝이 없는 영어로 적혀 있었다.

'COME ALONE DAY 15. IMPORTANT CONFERENCE.'

15일에 혼자 와라. 중요한 협의.

마침내 보이샤크 마을에서 접촉을 해왔다. 사이토가 폭행을 당한 뒤로 그들은 우리가 마을에 들어가는 것조차 거부했다. 그동안에도 이쪽의 성의는 방글라데시 현지 직원이 꾸준히 전화로 전달했다. 성의라 함은 물론 방글라데시 물가로 볼 때 입이 떡 벌어지는 보상금의 제시도 포함된다. 아무래도 약발이 듣기 시작한 모양이다. 지정 날짜는 내일. 우편 사정 때문에 편지가 늦게 도착한 건지 시간이 촉박하다. 하지만 충분히 맞출 수 있다.

일단은 가짜 편지가 아닌지 의심해보았다. 편지를 쓴 사람은 보이샤크 마을의 마타보르, 알람 아베드는 아닐 것이다. 알람은 사이토와 영어로 대화했다. 자유로운 대화가 가능한데 필기가 이렇게 서툴다고 생각하기는 어렵다. 방글라데시 관습으로는 마타보르가 꼭 한 사람일 이유는 없다. 알람이 아닌, 영어에 그리 능통하지 못한 마타보르 혹은 직함이 없는 일반 주민이 보냈는지도 모른다. 사전의 도움을 빌려 영어로 편지 정도는 쓸 수 있지만 전화 통화는 불가능한 경우를 생각해볼 수 있다.

어쨌든 가짜 편지일 가능성이 있다 해도 가지 않는다는 선택지는 애초부터 없었다.

타이밍은 나빴다. 몇 가지 문제가 있다. 원체 약속을 잡기 어려운 자원 부처 고관과 오늘 오후에 만날 예정이었다. 게다가 15일에는 건강검진도 있다. 하지만 자원 부처의 고관은 중요한 인물이기는 해도 핵심 인물까지는 아니라 대신할 사람이 있다. 건강검진은 뭐, 지금은 상관할 바 아니다.

혼자 오라는 말도 난처했다. 나는 벵갈어를 거의 모른다. 하지만 벵갈어 핸드북이 있으면 몇 마디 대화는 할 수 있고, 사이토도 알람 아베드는 영어를 할 줄 안다고 했다.

"……해결 못 할 난제는 없어."

나는 그렇게 중얼거리고 그 자리에서 행동에 옮겼다. 신속한 결단과 행동은 지난 십오 년 동안 갈고 닦았다. 지사에 남아 있는 직원들에게 뒷일을 부탁하고 두랄루민 케이스에 고액지폐를 잔뜩 집어넣었다. 혹시 몰라 인도네시아에서 유용하게 입었던 방탄조끼도 가져갔다. 기름을 가득채운 왜건에 올라타, 편지를 받은 지 한 시간 만에 보이샤크 마을을 향해 출발했다.

우기의 도로 상황을 아는 처지라 보이샤크 마을에 이르는 여정이 얼마나 힘들지 각오는 하고 있었다. 그런데 서리철로 불리는 요즘 시기에 도로는 예상외로 쾌적했다. 덥지도 않고 춥지도 않고, 길은 진창 하나 없이 말라 있었지만 흙먼지가 시야를 가릴 정도로 바짝 마른 것도 아니다.

이 시기는 벼 추수철이기도 했다. 도중에 몇 개나 되는 마을을 지났지만 어른 아이 할 것 없이 바삐 일하는 마을이 있는가 하면, 수확을 마치고 기쁨에 들뜬 마을도 있었다. 황금색 들판에서 이삭이 흔들리는 풍경을 차창으로 바라보며 처음으로 이 나라가 아름답다고 생각했다.

그날 밤은 실헤티 시에 숙소를 잡고 다카에서 구한 안내인과 합류했다. 편지에는 혼자 오라고 적혀 있었고 그 조건을 깰 생각은 털끝만큼도 없었다. 지금이 성의를 보일 순간이라는 것을 알기 때문이다. 하지만 현실적인 문제로 나는 실헤티 시부터는 길을 전혀 모른다. 보이샤크 마을의 지도상 위치는 머리에 단단히 박혀 있지만 길을 잃지 않고 도착하려면 안내인이 필요했다. 마을 앞에서 돌려보내면 요구는 지키는 셈이다.

나는 인도네시아 근무를 거치면서 몇 가지 특기를 익혔다. 뭘 먹어도 멀쩡한 튼튼한 위가 첫 번째. 그리고 아무데서나 잘 수 있는 재주도 특기다. 호텔은 침대가 딱딱해서 빈말로도 쾌적하다고 할 수는 없었지만 아침까지 푹 잤다.

이튿날 아침, 아직 날이 채 밝기도 전에 실헤티 시를 출발했다. 내 차는 개인 소유의 왜건이지만 안내인의 차는 보기에도 낡은 모델의 스즈키였다. 유감스럽게도 마력이 다르다. 조금이라도 액셀을 밟으면 앞서가는 안내인의 차에 추돌할 것 같아 오히려 신경을 집중하다 보니 지쳤다. 오전 10시, 저지대의 완만하게 물결치는 대지 저편에 갈색 인공물이 드문드문 보이기 시작했다. 앞서가던 안내인이 천천히 차를 세우더니 왜건에서 내린 내게 "저게 보이샤크 마을"이라고 말했다.

"자넨 여기까지면 됐어."

안내인은 고개를 끄덕였지만 선량한 얼굴에 문득 그늘이 드리웠다.

"미스터, 조심해. 저 마을 지금, 위험하다."

"뭐 아는 정보라도 있나?"

보이샤크 마을의 내정에 대해서는 정보가 거의 없다. 한시라도 빨리 마을에 들어가고 싶은 마음을 꾹 참고 안내인에게 물었다. 안내인은 영어로 자세한 이야기를 하기는 어려운 눈치였다. 한참 애타는 벵갈어로 중얼거리다가 이윽고 이거다 싶었는지 오른손으로 주먹을 쥐었다.

"알람 아베드."

왼손으로도 주먹을 쥐었다.

"다른 마타보르들."

안내인은 두 주먹을 쿵쿵 부딪쳤다. 그것만으로 모든 것을 알 수 있었다.

사이토를 폭행한 알람은 분명 유력한 마타보르일 것이다. 하지만 보이샤크 마을은 한 덩어리가 아니다. 알람에 반대하는 사람들도 있고, 거기에는 잠재적인 것인지 표면화된 것인지는 모르겠지만 분쟁이 있다……. 그런 뜻이리라.

항쟁에 휘말리면 위험하다. 동시에 그것은 파고들 허점도 된다.

"고맙네. 큰 도움이 되었어."

그렇게 말하고 미리 약속한 것보다 넉넉하게 지폐를 쥐여 주었다. 실헤티 시로 돌아가는 스즈키 자동차를 보면서 나는 뺨을 철썩 때려 기합을 넣었다. 천재일우의 기회다. 이 기회를 잡기 전에는 일본은 물론이고 다카에도 돌아가지 않을 작정이었다.

보이샤크 마을의 풍경은 방글라데시의 다른 마을과 크게 다르지 않았다. 띠 같은 식물을 엮어 지붕을 얹고, 벽재로는 대나무를 주로 썼다. 잎이 큼직한 나무들이 마을 어귀까지 드리워 바람에 나부끼고 있다. 아이들이 문 그늘과 벽 가에 숨어 왜건에서 내린 나를 뚫어져라 관찰했다. 사이토는 아이들이 떠들썩하게 맞아주었다고 했다. 그런데 지금은 멀찍이 떨어져서 불안한 눈으로 바라볼 뿐이다. 저 일본인과 얽히면 안 된다고 주의를 들은 것이리라.

이윽고 세 남자가 다가왔다. 새까맣게 그은 그들은 하나같이 굳은 표정으로, 환영하지 않는 기색이 뚜렷이 보였다. 무기는 보이지 않았다. 나는 적잖이 안도했다. 갑자기 총을 들이대 인질로 잡을 가능성도 제로는 아니라고 생각했기 때문이다. 따라오라는 벵갈어는 간신히 알아들었다.

그들은 나를 마을 안에서도 유난히 작은 집으로 안내했다. 들어오라고 손짓으로 불러놓고 말없이 나가버렸다. 빈집인지 가구 하나 없이 휑했다. 바닥은 맨땅이다. 훤히 드러난 흙바닥에 카펫이 깔려 있고 벽 틈새로 햇빛이 몇 줄기 비쳐들었다. 그리고 나는 예상치 못한 인물을 보았다.

넥타이를 맨 양복 차림의 남자가 그곳에 있었다. 뒤를 돌아보는 얼굴에 금세 미소가 서렸지만 훈련받은 표정임을 금방 눈치챘다. 꽤 호리호리한 체격에 검은 머리, 렌즈가 큼직한 안경을 쓰고 있다. 말을 나누기 전부터 감을 잡았다. 일본인 아닌가?

"안녕하십니까."

그렇게 말을 걸자 상대가 일어섰다.

"안녕하십니까. OGO 인도 신규개발과 모리시타라고 합니다. 이게타 상사 이타미 씨 맞으시지요?"

한심하게도 대답이 늦었다.

OGO라면 프랑스의 에너지 기업이다. 그런 OGO 직원이 보이샤크 마을에 있다니 전혀 예상도 못 한 일이었다. OGO는 인도에 지사를 두고 있지만 방글라데시에는 아직 진출하지 않았을 터였다.

모리시타는 어느 모로 보나 일본인이었다. 인사말 억양은 완전히 일본 토박이였고 어디 출신인지는 모르겠지만 사투리 억양마저 있었다. OGO가 방글라데시에 일본인 직원을 파견하다니 의외였다.

더욱이 그런 모리시타가 내가 이게타 상사의 직원임을 꿰뚫어 보았다는 것도 적잖이 충격이었다. 나는 상대를 모르는데 상대는 나를 알고 있다.

놀란 마음이 무심코 얼굴에 드러난 모양이다. 모리시타가 한순간이지만 노골적으로 모멸 어린 미소를 짓는 것을 나는 놓치지 않았다.

그가 말했다.

"놀라실 만도 하죠. 이타미 씨 성함은 이 마을 사람에게 들었습니다. 오늘은 저하고 또 한 명, 이게타 상사의 이타미 씨를 불렀다고 하더군요."

"아아, 그랬습니까."

목소리를 내고 나니 바로 진정이 되었다. 상대를 관찰할 여유도 생겼다. 모리시타라는 남자는 꽤나 침착하게 굴고 있지만 젊다.

"OGO 인도의 모리시타 씨. OGO는 벵갈만에 주력한다고 들었습니다만."

"역시 대단하시군요. 알고 계셨습니까?"

"예. 인도네시아에 있었을 때 말씀은 많이 들었습니다. 그런데 소문일 뿐이었나 보군요. 당신이 여기에 있다는 건 당연히……."

모리시타가 말을 받았다.

"육상 가스전에도 관심이 있다는 뜻이지요. 이게타 상사가 그쪽에 눈독을 들이고 있다는 건 알고 있었지만 꽤 유망해 보여 저를 보낸 겁니다. 이런 곳에서 처음 만나게 될 줄은 몰랐는데 앞으로 잘 부탁드립니다."

북동부 개발은 늦은 편이지만 우리 회사가 독점할 수 있다고 생각하지는 않았다. 언젠가 타사도 진입할 거라 예상은 했지만 이미 시작된 움직임을 놓친 것은 큰 문제다. 이웃나라 인도에서 개발의 손을 뻗는 기업이 있다니 눈치챘어야 했다. 다카로 돌아가면 정보 수집 태세를 점검해야겠다.

모리시타가 보이샤크 마을에 있는 이유는 물어볼 것도 없다. OGO 역시 보이샤크 마을이 개발 요지라는 것을 깨달은 것이다. 그리고 접촉했다가 거부당했으리라.

"편지를 받고 왔습니까?"

혼자 오라는 편지를 받고 왔느냐는 의미를 담아 짧게 물었다. 모리시타는 고개를 끄덕였다.

"그렇습니다."

라이벌 기업을 동시에 불러놓고 무슨 속셈일까. 목적은 짐작할 수 없었지만 그리 좋은 예감은 들지 않았다. 모리시타도 똑같은 생각인지 느긋하게 카펫 위에 주저앉더니 입을 다물어버렸다.

그리 오래 기다리지는 않았다. 몇 분 만에 아까 나를 이 집으로 안내한 남자들이 돌아왔다. 앞장선 남자가 뭐라 떠들었지만 알람, 마타보르라는 단어밖에 모르겠다. 모리시타를 흘깃 쳐다보았다. 그는 내가 벵갈어를 못 알아듣는다는 것을 바로 눈치챈 듯했다.

"마타보르 알람이 곧 온다는군요."

OGO는 벵갈어 요원을 단순한 통역이 아니라 교섭가로 이용하고 있다. 인재 확보라는 측면에서도 우리 회사는 한 걸음 뒤처졌다고 할 수밖에 없다.

하지만 OGO 대책은 나중 일이다. 남자가 들어왔다.

사이토는 알람이 늠름한 남자라고 했다. 나는 조금 다르게 표현하련다. 깊숙이 파인 눈구멍 안에 치열한 기개와 이성이 생생하게 공존하고 있다. 이런 인물은 전에도 본 적이 있다. 보이샤크 마을의 마타보르, 알람 아베드는 전사를 떠올리게 하는 남자였다.

그가 우리를 환영하지 않는 것은 확연했다. 그래도 그는 먼저 영어로 이렇게 말했다.

"잘 왔소. 편히 앉으시오."

그러더니 책상다리로 바닥에 앉았다.

그는 나와 모리시타를 번갈아 보았다. 모리시타가 움츠러드는 기색이 옆에서도 느껴졌다.

"내가 이 마을의 마타보르, 알람 아베드요. 미스터 이타미. 미스터 모리시타. 이렇게 당신들을 이 마을에 부르게 될 줄은 몰랐어. 다른 마타보르의 부탁이 아니었다면 이렇게 만날 일은 없었겠지."

알람은 목소리도 묵직하니 차분했다. 독특한 억양의 영어를 쓰는데도 이러니 벵갈어로 말하면 호소력이 대단할 것이다. 그가 불쑥 내 쪽을 보았다.

"미스터 사이토의 상처는 어떤가?"

고개가 자연히 내려갔다.

"예. 팔뼈는 부러졌지만 괜찮아질 거라 합니다."

"그런가. 쫓아내라고는 했지만 혼쭐을 내란 지시는 하지 않았는데. 내 말이 부족했던 모양이야. 미안하네."

"아닙니다……."

"하지만."

알람이 목소리에 힘을 실었다.

"그의 부상을 단순히 불행한 사고라고 생각해선 안 돼. 경고로 받아들여야지. 오늘 내가 할 말은 그뿐이다."

"알고 있습니다."

나는 그렇게 대답했다. 그리고 침을 삼켰다. 적어도 대화는 성립하고 있다. 지금부터가 교섭이다.

"그런데 사이토의 보고만으로는 당신이 어째서 그렇게 저희를 거부하는지 모르겠습니다. 저희는 당신들로부터 뭔가를 빼앗으려는 게 아닙니다. 저희 목적은 이곳에서 차로 몇 시간이나 더 가야 하는, 사람이 살지 않는 땅 밑 깊숙한 곳에 있는 자원입니다."

알람은 고개를 끄덕였다.

"천연가스에 대해서는 알고 있다."

"맞습니다, 천연가스입니다. 과거에 파키스탄 정부가 조사했을 때는 채굴 가능한 깊이에 가스가 없다고 했습니다. 저희라면 어떻게든 할 수 있습니다. 그걸 찾으려면 연료가 필요합니다. 안정적인 전기와 전화회선도 필요하고, 식료품과 물도요. 의약품도 필요하지요. 그렇지 않으면 마음놓고 일을 할 수가 없습니다.

저희는 그런 물자를 당신들에게 요구하는 게 아닙니다. 그 물자들을 둘 장소로, 마을 근처 어디든 빈 땅을 빌려주십사 부탁드리는 겁니다. 당연히 공짜로 해달라는 건 아닙니다. 마땅한 보상금을 지불하겠습니다. 사이토는 당신에게 이 점을 제대로 이야기했습니까?"

"미스터 이타미."

알람이 나직한 목소리로 내 말을 끊었다. 거역할 수 없는 강인한 목소리였다.

"돈이 문제가 아니다."

모리시타가 끼어들었다.

"그럼 땅이 걱정되십니까? 과거에 영국이 이 나라를 지배했던 것처럼 저희가 땅을 빼앗을 거라 생각하신다면 지나친 기우입니다. 전부 명확하게 계약서에 기록해, 몇 년으로 기간을 정하고, 그때가 되면 전부 원상태로 돌려놓겠습니다."

알람이 눈을 희번덕거렸다.

"거짓말이다."

그 한마디에 모리시타는 마비라도 된 것처럼 입을 다물었다.

"그래, 물자 집적소는 원래대로 돌아올지도 모르지. 하지만 당신들은 천연가스를 파내려고 하잖나. 파낸 가스를 당신들 나라로 가져가려면 항구까지 파이프라인을 연결해야 해. 그리되면 토지 반환도 간단하지만은 않겠지. 아닌가?"

모리시타는 대답하지 않았다. 그렇다면 OGO는 파이프라인 수송에 안일한 전망을 가지고 있다는 뜻이다. 이때다 싶어 밀고 나갔다.

"이게타 상사는 가스가 발견되면 파이프라인을 설치할 때 보이샤크 마을을 우회하겠다고 성심껏 약속드리겠습니다."

우회하면 설치비도 유지비도 증가하고 홍수 위험도 커지지만 그 점은 타협할 수 있다고 판단했다. 알람은 고개를 가로저었다.

"나는 미스터 모리시타의 거짓말을 지적했을 뿐이다. 파이프라인을 우회하면 그만이라고 생각하지는 말았으면 좋겠군."

"아니, 저희 회사도 물론 파이프라인은 불편을 끼치지 않는 형태로……."

모리시타가 둘러댔지만 알람은 그 말은 듣는 시늉도 하지 않았다.

이 짧은 대화로 나는 알람 아베드라는 인물을 헤아렸다. 그에게는 틀림없이 카리스마가 있다. 식견도 있다. 마을의 마타보르보다 정치적 리더가 더 어울린다는 생각마저 든다. 또한 그는 경솔한 인물이 아니다. 하지만 그런 반면, 한번 결론을 내렸다고 남의 말에 귀를 기울이지 않을 편협한 사람 같지도 않았다.

그가 이게타 상사도 OGO도 거부하는 데는 분명 논리적인 이유가 있을 터였다. 그 이유를 끌어내야만 한다. 무심코 몸이 앞쪽으로 기울었다.

"돈은 관심 없다, 그렇다고 땅 문제가 전부인 것도 아니겠지요. 저도 안 된다는 말씀을 듣고 그대로 돌아갈 수는 없습니다. 뭔가 문제가 있다면 말씀해주십시오. 이 마을에 특별한 사정이 있는 겁니까?"

"하고 싶은 말은 경고뿐이라고 했을 텐데."

"마타보르 알람, 저는 이 마을에 멋대로 찾아온 게 아닙니다. 오라는 편지를 받고 달려온 겁니다. 그건 당신 본의가 아니었을지도 모르지만 이 마을 명의로 보낸 편지를 받았다는 사실은 변함없습니다. 그런데 제 작은 질문마저 무시하다니 불성실한 것 아닙니까?"

알람은 처음으로 눈길을 떨구었다. 나는 재차 다그쳤다.

"해결할 수 있는 문제라면 최선을 다하겠습니다. 해결 못할 문제라면 포기하겠습니다. 요청은 취하하고 앞으로 두 번 다시 이 마을에 접근하지 않겠노라 약속드립니다."

이제는 대답을 기다리는 수밖에 없다. 알람은 눈을 감았다. 마치 명상이라도 하는 기색이었다.

긴 시간이었다. 알람이 천천히 눈을 뜨고 말했다.

"알겠다. 그렇다면 이야기하지."

그는 느릿느릿 말했다.

"나는 과거 영국에 살았던 적이 있다. 출세를 위해서였지. 교육을 받으려 했다. 그걸 위한 돈을 벌기란 쉽지 않았다. 이 마을 사람들에게도 큰 도움을 받았지. 영국으로 건너가 나는 우리 나라의 가난을 알았다. 땅을 풍요롭게 하는 관수와 은혜를 쓸어가는 홍수 사이에서 농락당하며 의료도 사회보장도 받지 못하고 죽어가는 게 가난이라는 걸 배웠다.

사 년 후 나는 다카로 갔다. 관리로 출세해서 방글라데시를 풍요로운 국가로 만들기 위해 힘을 다할 생각이었다. 하지만 안타깝게도 나는 중앙에서 계속 싸우지 못했다. 이유를 짐작하겠나?"

나는 대답했다.

"모르겠습니다, 마타보르."

"당신도 경험했을 거다. 내게는 이상이 있었다. 이상만 보았는지도 몰라. 젊은 시절의 나는 이 나라의 관습을 지나치게 경시했다. 이 나라의 관리라면 뇌물은 피할 수 없는 길이다. 받는 쪽이든, 건네는 쪽이든.

나는 모든 방글라데시 행정관이 머리끝까지 비리에 물들었다고 생각하지는 않는다. 이 나라의 중추에도 청렴한 사람은 있겠지. 하지만 나를 둘러싼 환경은 그렇지 않았다. 언변과 학설만으로는 뛰어넘을 수 없는 벽이 있어. 그것을 깨달았을 때 나는 이미 목표를 잃은 상태였다."

그가 남몰래 뱉은 작은 한숨을 나는 놓치지 않았다.

"다카에 남아 있으면 일개 하급 관료로 평생 넉넉하게 살 수 있었겠지. 하지만 나는 이 마을로 돌아왔다. 내 지식을 살려, 이 마을만이라도 행복하게 만들기 위해. 이윽고 나는 마타보르로 추천받았다. 영광스러운 일이지. ……하지만 과거를 전부 잊어서는 안 된다. 이 나라를 풍요롭게 만들겠노라 다짐했던 날을 잊은 것은 아니다."

고개를 숙인 알람이 눈길만 들어 강렬하게 쏘아보았다.

"미스터 이타미. 미스터 모리시타. 나는 이 마을 북쪽에 잠든 천연가스에 대해 안다. 매장량은 헤아릴 수가 없지. 일단 파냈을 경우의 혜택도. 지금 방글라데시의 기술력, 경제력으로는 유감스럽게도 손을 댈 수 없다. 하지만…….

이 나라는 언젠가 그 천연가스를 필요로 할 것이다. 일억 수천만 명에 이르는 방글라데시 국민들이 풍요롭게 살기 위해 에너지 자원의 필요성은 반드시 천정부지로 치솟는다. 그 자원은 언젠가 우리 자손들이 불을 켜고, 음식을 차갑게 보관하고, 지하수를 퍼올리는 데 필요한 것이다. 이게타 상사, OGO. 일본에도 프랑스에도 넘겨줄 수는 없어!"

허락만 된다면 혀를 차고 싶었다. 땅을 빼앗길까 봐 소박하게 회피하는, 단순한 농촌의 저항이라고 생각한 게 안일했다. 설마 보이샤크 마을에 이런 인물이 있을 줄이야.

모리시타가 필사적으로 반론했다.

"하, 하지만 마타보르! 저희는 채굴한 천연가스를 전부 가지고 가려는 게 아닙니다. 그건 오해입니다. 당연히 프로덕션 셰어링 방식■ 계약을 고려하고 있습니다!"

"확실히 PS 방식이라면 생산량의 일부는 방글라데시가 할당받을 수 있겠지."

"그렇습니다. 당신도 말씀하셨잖습니까? 방글라데시에는 기술도 자금도 없어요. 그렇다면 아무리 막대한 자원이라도 존재하지 않는 것이나 다름없지 않습니까? OGO는 이 나라에 부족한 것을 제공할 수 있습니다. 그 대신 생산된 가스의 일부를 얻어가는 거지요. 이건 대단히 공평한 거래입니다!"

만일 모리시타가 내 부하였다면 혼쭐을 냈을지도 모른다. 이건 그런 문제가 아니다. 알람 아베드는 그런 주장을 하고 있는 게 아니다.

알람의 눈에 사나운 기색이 감돌았다.

"……아무것도 이해하지 못했나 보군. 좋다, 잘 들어."

그것은 거의 협박에 가까웠다. 어쩌면 선전포고였는지도 모른다.

"이 마을 북쪽에 잠든 천연가스는 전부 내일의 방글라데시

■ **프로덕션 셰어링 방식** _ Production Sharing, 자원 개발에 투입된 선진국 자본에 대해 개발도상국이 생산물로 상환하는 방식.

가 가질 자원이다. 오늘 프랑스에 양보해 배당을 받는다니, 의논할 가치도 없는 문제다. 다른 나라에는 한 줌도 넘기지 않겠다. 혼자 찾아온 용기를 존중해 오늘은 무사히 돌려보내 주마. 하지만 다음에 또 찾아온다면 너희를 맞이하는 건 더 이상 마을의 마타보르가 아닌 줄 알아라. 방글라데시는 평화로운 나라지만 라이플은 어디에나 있다."

# 4

“제길, 촌구석 우두머리 주제에.”

햇빛에 얼굴을 찌푸리며 모리시타가 욕설을 내뱉었다.

분명 알람은 단순히 시골 마을의 우두머리, 마타보르에 지나지 않는다. 아무리 교육을 받고 이상을 품고 있어도 마을 밖에서는 아무 힘도 없다. 그 점은 알람도 충분히 알고 있을 터였다.

그래도 그는 버젓이 으름장을 놓았다. 허세일까? 그렇지는 않을 것이다.

그는 마타보르에서 물러날 각오가 있다. 얼마나 되는지는 모르겠지만 사이토를 폭행한 추종자도 있다. 머잖은 장래에 알람은 잘해봐야 반대 운동 지도자, 최악의 경우 무장 세력의 지휘관으로 우리 앞에 나타나리라.

나는 거의 넋이 나갔다. 방글라데시 정부의 지지도 불확실한 지금, 무장을 동반한 강력한 반대 운동이 발생한다면 본사는 개발 속행을 허락할까? 아직 개발은 시작 단계다. 지금 접으면 상처도 깊지 않다는 판단이 현실적이리라. 적어도 북동부는 포기하고 다른 지역을 찾으라는 명령이 내려올 게 틀림없다. 인도네시아에서의 성공. 개발실장이라는 발탁 인사. 뿌리치고 온 고향. 한몸에 받은 기대. 부상을 입고 떠나간 동료들. 그런 생각들이 맥락도 없이 뇌리를 스쳤다.

"회사에 보고해야 하니 그만 실례하겠습니다."

모리시타는 초조한 내색을 숨기지도 않고 그리 말하더니 걸음을 돌렸다. 나는 망설였다. 여기에서 떠나면 다음에는 몇 년 후에 돌아올 수 있을지 모른다. 뭔가 할 수 있는 일이 더 없을까…….

멀거니 서 있는 내게 작은 그림자가 다가왔다.

"미스터 이타미."

그림자는 지프에 올라타려는 모리시타까지 불러 세웠다.

"미스터 모리시타."

왜소한 노인이었다. 허리가 폭삭 굽어 지팡이를 짚고 있다. 새까맣게 그은 얼굴에는 깊은 주름이 패어 있었다. 그는 알람보다 훨씬 짧은 영어로 말했다.

"기다리시오. 다른 마타보르들이 만나고 싶다 하니 따라오시오……."

나와 모리시타는 얼굴을 마주보았다.

노인은 우리를 좁은 골목으로 안내했다. 건물과 건물 사이, 나무와 벽 사이를 요리조리 빠져나간다. 이윽고 도착한 곳은 재료는 다른 민가와 똑같았지만 크기는 훨씬 큰 어느 집이었다.

"이쪽으로, 들어오시오."

부엌문인지 뒷문인지, 어쨌든 평소에는 사용하지 않는 듯한 출입구로 들어갔다. 안내하는 대로 복도를 걸어가는데 차츰 불안해졌다. 이만한 건물이라면 열 명은 넉넉히 살 수 있을 테고 요리 냄새나 벽의 흠집으로 보아 사람 사는 냄새가 진하게 풍기는데도 아무도 모습을 드러내지 않았다. 이럴 때는 셔츠 아래 방탄조끼가 든든했다.

"자……. 들어가시오."

노인이 어느 방 앞에서 멈춰서더니 고개를 숙였다. 그가 가리킨 방은 문짝은 없었지만 햇빛이 들어오지 않는지 캄캄해서 안을 살펴볼 수가 없었다. 다만 담배 연기가 흘러나와 누가 있다는 것은 알 수 있었다.

"불길한데요."

겁이 묻어나는 목소리로 모리시타가 말했다. 솔직히 말해 나도 마찬가지였다. 알람 아베드는 무사히 돌려보내주겠다고 했지만 알람의 부하들도 똑같은 의견이라는 보장은 없다. 이 노인이 알람을 우러를 것 같지는 않지만 어쨌든 기분이 좋지는 않았다.

주저하고 있자 안에서 소리가 났다. 벵갈어 같았다. 모리시타를 쳐다보았다.

"뭐라는 거야?"

내가 도움을 청하자 모리시타는 마음에 여유가 생겼는지 굳어 있던 표정이 조금 풀렸다.

"걱정할 필요 없다, 환영한다는군요."

그 말을 믿은 것은 아니다. 목소리가 어딘가 걸걸한 게, 연배가 있어 보이는 목소리였다. 안내인도 그렇고 목소리의 주인도 그렇고 적어도 젊은 사람은 아니다. 게다가 구타할 생각이었다면 굳이 이런 곳까지 불러낼 필요 없이 길거리에서도 가능했을 터였다. 나는 숨을 깊이 들이마셨다. 마음을 굳히고 몸을 숙여 어두운 방으로 들어갔다.

이상한 공간이었다. 어둠 속에서 남자들이 둥그렇게 둘러 앉아 있다. 눈으로 헤아리니 여섯 명이었다. 담배 냄새에 희미하게 섞인 노인 특유의 체취가 코를 찔렀다. 담뱃불에 비친 얼굴은 하나같이 주름이 깊게 패어 있었다. 몇몇은 허연 수염을 길렀고, 모두가 이슬람 모자를 쓰고 있었다.

그중 한 명이 영어로 말했다.

"자. 더 안쪽으로. 앉게. 자."

내 뒤를 따라 모리시타도 들어왔다. 차마 원에 끼지는 못하겠고 그렇다고 마냥 서 있을 수도 없으니 남자들이 만든 원 안에 앉을 수밖에 없다. 사방팔방에서 시선이 쏟아졌다. 알람 아베드 한 사람의 시선만큼 두렵지는 않았다. 나는 허리를 꼿꼿이 펴고 당당하게 앉았다.

영어로 이야기한 노인이 천천히 입을 열었다.

"반갑소, 일본에서 온 손님, 그리고 프랑스에서 온 손님. 아니, 당신은 프랑스인은 아닌가?"

대답하기 쉬운 질문에 모리시타가 순순히 고개를 끄덕였다.

"예. 프랑스 회사를 위해 일하지만 일본인입니다."

"그래, 그렇구려. 나는 샤하 진나. 마타보르라오. 여기 있는 이들은 모두 이 마을의 마타보르지."

샤하의 영어는 제대로 알아듣기도 어렵고 발음도 엉망이었지만 대화에는 지장이 없었다. 이 정도 나이면 영국 식민지 시대에 이미 성인이었을 것이다. 영어로 이야기하는 게 이상하지는 않다.

"어쨌든 잠시 쉬게. 목은 마르지 않나?"

질문에 대답할 새도 없이 우리 앞에 컵이 놓였다. 길을 안내해준 노인이 어느 틈에 쟁반을 들고 서 있었다. 컵에서는 홍차와 함께 뭔가 달콤한 향기가 풍겨왔다. 차이chai일 것이다. 모리시타도 컵에 입을 댔는데 한순간 얼굴을 잔뜩 찌푸리는 게 보였다. 단 음식은 못 먹나 보다.

우리 손이 멈추기를 기다려서 샤하가 천천히 입을 열었다.

"그나저나 두 분, 멀리서 와주어 고맙네. 당신들에게 편지를 보낸 건 바로 날세."

"그러셨습니까."

알람이 보낸 편지가 아니라는 것은 알고 있었다.

"마타보르 알람에게 저희를 만나보라고 권한 것도 당신입니까?"

"그렇다네. 그 녀석은 끝까지 내키지 않는 기색이었지만."

노인은 껄껄 웃더니 상반신을 우리 쪽으로 쑥 내밀었다.

"그래, 어땠나? 그 녀석이 타협하던가? 녀석이 무슨 말을 했는지 알려주지 않겠나?"

이제야 알겠다.

실헤티 시에서 이곳까지 따라온 안내인은 보이샤크 마을에서 알람파와 반알람파가 대립하고 있다고 했다. 이 노인들, 아니 마타보르 집단이 알람에게 반대하는 사람들이리라. 알람과의 교섭은 결렬되었다. 앞으로의 교섭도 불가능에 가까울 것이다. 그렇다면 이게타 상사가 접근해야 할 대상은 이 사람들이다.

여기는 모리시타가 한발 빨랐다.

"물론입니다, 마타보르 샤하. 뭐든 여쭤보십시오."

"부탁함세."

"알람 아베드는 저희를 거부했습니다. 천연가스는 한 줌도 넘길 수 없다고요. 만일 프랑스가 개발하더라도 채굴한 자원은 방글라데시와 나눠 갖겠다고 설명했습니다만."

"……흠. 역시."

그렇게 중얼거리더니 샤하의 얼굴에서 미소가 사라졌다. 침침한 어둠 속에서 눈을 감고 하얀 턱수염을 천천히 쓰다듬고 있다. 샤하 옆에 있는 남자가 작은 목소리로 뭐라 물었다. 샤하가 벵갈어로 대답하자 둘러앉아 있던 마타보르들 사이에

술렁이는 소리와 실망한 표정이 퍼져나갔다.

살짝 의중을 떠보았다.

"혹시 여러분은 알람 아베드와는 다른 의견을 갖고 계십니까?"

대답은 한숨과 함께 돌아왔다.

"알람이 하는 말을 이해 못 하겠네. 여기 있는 사람들은 모두 그리 생각하지."

"이해 못 하겠다는 말씀은?"

샤하는 나를 지그시 쳐다보다가 천천히 입을 열었다.

"알람은 우리가 가난하다고 했네. 외국에서 공부를 해보니 알게 되었다더군. 분명 우리 생활은 모든 게 넉넉하지는 않아. 다카에 비하면 부족한 것도 많고 영국에 비하면 더욱 그렇겠지. 풍요를 보고 비로소 깨닫는 게 가난일까? 풍요에 비해 부족하다는 게 가난을 뜻할까? 그야 우리 삶에는 불행도 있고 안타까운 일도 있지. 그렇지만 우리는 우리가 비참하다고 생각하지는 않는다네."

방글라데시 국민총생산은 낮다. 숫자로만 보면 아시아 최빈국이라 할 수 있다. 하지만 도시의 슬럼은 그렇다 쳐도 농촌으로 나가면 가난으로 인한 비장함은 거의 느낄 수 없다. 그들은 자신들의 생활이 원래 그런 것이라고 받아들이고 있기 때문이다.

"하지만 풍요롭게 살자는 말을 듣고 반대할 사람은 없지. 게다가 알람은 분명 현명한 남자야. 마타보르로서 손색없이 활약해주었어. 젊은이들이 그를 좋아하는 것도 이해해. ……그래도 당신들을 대하는 태도는 이상해. 많은 사람들이 그리 생각한다네.

일본에서 온 손님, 프랑스에서 온 손님. 당신들이 이 마을에 오면 전기는 걱정 없이 들어오겠지?"

말이 떨어지기 무섭게 대답했다.

"예. 물론입니다."

"물이 부족해질지도 몰라. 그리되면 우물을 파겠지?"

"당연히 그래야지요."

"환자나 부상자도 생기겠지. 그에 대비해 의사도 둘 것 아닌가?"

"물론, 그 점도 염두에 두고 있습니다."

샤하는 내 뒤로 시선을 던졌다. 뒤를 돌아보니 그곳에는 차이를 가져다준 노인이 그대로 서 있었다.

"저이의 손자가 지금 병을 앓고 있네. 귀여운 아이였는데 눈은 움푹 들어가고 뺨이 홀쭉해져 마치 노인 같은 몰골이 되었어. 주술사가 기도하고 있지만 쇠약해지기만 해. 남은 날이 길지는 않을 걸세. 너무나 불행한 일이지만 우리 삶 속에서는 피할 수 없는 일이라고 생각했지. 지금 이곳에 그 불행을 피할 방법이 있네. 남아도는 땅을 당신들에게 빌려주고, 우리가 본 적도 없는 땅에서 뭘 파내는 데 협력한다면 전기도 물도 의사도 오는 거야. 이 마을에 의사가 있으면 저이의 손자는 살아날지도 모르네. 그건 알람이 주장하는 풍요가 아니란 말인가?

알람은 방글라데시의 미래에 비하면 보이샤크 마을은 대수가 아니라고 하네. 어쩌면 그럴지도 모르지. 그 녀석이 하는 말도 일리가 있을지 모르지만 마을을 대수롭지 않게 여기는 남자를 마을의 마타보르로 삼을 수는 없네. 녀석은 마을 청년들을 모아 으름장을 놓고 있어. 우리는 전쟁도 두렵지 않네. 독립 전쟁 때는 많은 청년들이 총을 들었고, 나도 그 뜻에 찬성했지. 싸울 만한 가치가 있다고 생각했기 때문이라네. 하지만 당신들과 대립하는 데 그만한 가치가 있다는 생각은 도저히 들지 않네. 무엇보다 가령 알람이 당신들을 쏘았을 때, 우리의 적이 되는 건 방글라데시 국군이 아니겠나? 알람은 위험해. 이 마을을 파멸로 이끌고 있네…….”

샤하는 입을 다물었다.

어두운 방에 무거운 침묵이 내려앉았다. 나도, 모리시타도, 아무 말도 못 했다. 샤하 세력을 등에 업으면 개발 프로젝트는 크게 진전될 것이다. 나는 이 이야기의 결론을 예상하고 있었다. 그것은 결코 기꺼운 내용이 아니었다.

예상대로 샤하가 물었다.

"일본에서 온 손님, 프랑스에서 온 손님. 당신들은 이 마을에 거점을 짓고 싶은가?"

이 질문에는 우리 둘 다 즉답했다.

"예."

"무슨 일이 있어도?"

"예."

"무슨 수를 쓰더라도?"

나는 망설였다. 모리시타는 이 질문에도 "예"라고 대답했다.

나도 결단을 내려야만 한다.

"……예. 무슨 수를 쓰더라도."

"좋네."

샤하는 한층 큰 목소리로 그렇게 말했다. 그리고 판결처럼 이렇게 말했다.

"알람 아베드를 죽이게. 그걸 해내면 보이샤크 마을은 기꺼이 땅을 제공할 것이네."

저도 모르게 나는 좌우로 시선을 돌렸다. 둥그렇게 둘러앉은 마타보르들은 기침 한 번 않고 침묵을 지키고 있다. 그들은 영어를 못 알아듣는지도 모른다. 하지만 한결같이 어두운 그들의 눈은 그들 또한 이 제안에 합의했음을 여실히 말해주고 있었다.

나는 이해했다. 처형 판결은 이미 떨어졌다. 남은 문제는 우리가 형을 집행할 수 있는가 없는가, 그뿐이었다.

## 5

해가 질 때까지 우리는 모리시타의 차에서 시간을 죽였다.

나는 하루 세 대 피우면 많은 편인 가벼운 흡연자지만 모리시타는 헤비 스모커였다. 어쩌면 긴장한 나머지 피우지 않을 수 없었던 건지도 모른다. 줄줄이 담배에 불을 붙이는 통에 순식간에 재떨이에 꽁초가 수북이 쌓였다.

어둑한 방에서, 샤하의 제안에 나는 이렇게 대답했다.

"관헌에 체포당하면 일을 계속할 수 없습니다. 그러면 아무 의미 없어요."

"물론 그렇겠지."

"그럼 무슨 계획이 있습니까?"

그 말은 곧 제안을 받아들이겠다는 의미였다.

모리시타는 반대하지 않았다. 내가 그랬던 것처럼 그 역시 바로 각오를 굳힌 것이리라.

샤하가 말했다.

"있지."

"말씀해주세요."

"확실한 대답을 들은 다음에 말해주겠네. 알람 아베드를 죽일 텐가?"

방글라데시에서 고개를 끄덕이는 동작은 긍정을 의미하지 않는다. 하지만 나는 내 각오를 확인하는 뜻으로 힘차게 고개를 끄덕였다.

"회사를 위해서라면, 어쩔 수 없지요."

샤하는 모리시타에게로 시선을 돌렸다.

"당신은?"

모리시타는 움직이지 않고 낮은 목소리로 대답했다.

"……하겠습니다."

그 후의 대화는 기묘했다. 쾌적한 계절이라고는 해도 바람도 통하지 않는 방에 여덟 명이 앉아 있었다. 한가운데에 앉은 나와 모리시타를 여섯 명의 마타보르가 에워싸고 있다. 그중 다섯 명은 입도 벙긋하지 않았지만, 그것이 의무라는 듯이 모든 것을 지켜보고 있었다. 땀이 흥건히 배어 나왔고, 눈앞의 차이는 어느새 바닥을 드러냈다. 항상 누군가가 담배에 불을 붙여서 어두운 방에서 연기가 사라지는 법이 없었다. 거기에서 의논되는 사안은 한 인간을 어떻게 죽일 것인가 하는 문제였고, 살인을 수행하는 건 프랑스 기업 OGO에 헌신하는 모리시타거나 이게타 상사 방글라데시 개발실장인 나, 혹은 둘 다일 수 있었다. 머릿속 어딘가에서 이것은 이상하다, 지금 당장 일어나서 뒤도 돌아보지 않고 달아나야 한다고 생각했다. 하지만 그 생각은 몹시 희박해서, 나는 마치 기획을 음미하듯 샤하가 털어놓는 계획을 듣고 있었다.

그는 이렇게 말했다.

"나는 지금부터 마을 변두리 땅을 보러 갈 것이네. 농지 경계 때문에 다툼이 있어, 마타보르의 판단을 기다리고 있지. 여기에는 모든 마타보르가 참석해야 한다네. 알람 아베드도 말일세. 저녁때나 돌아오겠지. 주변은 어둑하고 멀리서는 사람 모습도 보이지 않을 게야. 우리는 발밑이 어두운 게 싫어 도로를 걷게 될 것이네.

거기에 한 대의 차가 달려와 불행한 알람을 치고 떠나버리겠지. 슬픈 일이지만 흔한 일이기도 해. 우리 마타보르들은 사고를 목격하지만, 다들 나이가 많아. 알람을 친 자동차의 특징을 설명할 수가 없네. 경찰은 평소처럼 위로의 말을 남기고 사고를 마무리짓겠지.

만일 알람에게 숨이 붙어 있다면 우리가 돕겠지만 어쨌든 치료는 익숙하지 않은 일이라 오히려 상처를 악화시킬 게 분명해."

단순한 수법이다. 일본에서 이런 짓을 하면 교통 감식에 간파당할 가능성이 크다. 하지만 방글라데시 경찰의 감식 기술은 아직 일본과 어깨를 견줄 수준이 아니다. 작전은 단순할수록 돌발 사태에 강하다. 나쁘지 않은 작전이라고 생각했다.

모리시타가 물었다.

"알람의 신봉자들은 어떻게 됩니까? 알람을 잃으면 오히려 강경해지지 않을까요?"

"그건 걱정할 필요 없네. 알람에게 공감하는 자들 중에 마타보르는 없어. 그들이 어떻게 생각하든 마을 방침을 바꾸지는 못할 걸세. 게다가 알람을 잃고도 뜻을 이어나갈 수 있을 만큼 그들이 알람의 주장을 이해할 것 같지는 않아."

수법도 좋고 화근을 걱정할 필요도 없다. 그러나 실행하는 순간을 상상해보니 세세한 점에서 문제가 있다는 것을 깨달았다.

"하지만 마타보르. 저는 해가 진 후에 여러분들을 일일이 분간할 자신이 없습니다. 다른 분을 알람으로 착각할지도 모릅니다."

"알람은 가장 젊다. 걸음걸이로 알아보지 못하겠나?"

"'사고'가 나려면 자동차 속도가 제법 빨라야 하는데 그런 상황에서 사람을 분간하기란 어렵습니다."

"……그런가?"

샤하는 입을 다물어버렸다. 하나라도 그르치면 본인이 위험해지니 대충 넘길 수 없는 문제였다.

해결책을 내놓은 것은 모리시타였다.

"제 차에 야간 긴급용 케미컬라이트가 있습니다. 그걸 알람에게 채워서 표시로 삼으면 어떨까요?"

"케미컬라이트?"

익숙지 않은 단어에 샤하가 어리둥절한 목소리로 물었다.

"보기에는 단순한 플라스틱 막대입니다. 꺾으면 빛을 내지요. 행동 직전에 사용하면 됩니다."

"그런 게 있나? ……하지만 그걸 알람에게 채우기란 어려울지도 모르네."

"그럼 알람을 제외한 다른 분들이 전부 차면 어떨까요? 수량은 머릿수만큼 됩니다."

샤하는 고개를 끄덕였다.

“잘됐군.”

나는 모리시타의 제안이 몹시 미더웠다.

제안 내용이 그렇다는 게 아니다. 케미컬라이트가 있었던 것은 뜻밖의 행운이지만 없으면 없는 대로 다른 방법을 찾았을 것이다. 미덥다는 말은 이로써 그도 이 계획에 가담한 셈이기 때문이다. 이게타 상사와 OGO, 속한 진영은 다르지만 모리시타 또한 필요하면 희생을 무릅쓸 과감한 인물이라는 것을 알았다. 나는 그가 동료로 보이기 시작했다.

나머지는 ‘사고’에 어느 쪽 차를 사용할지만 정하면 됐다. 내가 타고 온 차는 왜건이라 전면에 그릴 가드가 없어, 사람을 치면 뚜렷한 손상을 입고 만다. 모리시타의 차는 지프였다. ‘사고’는 지프로 내는 게 낫다. 최소한의 부담으로 핸들은 내가 쥐기로 했다. 모리시타는 조수석에 타는 것으로 계획은 빠르게 정리되었다.

그다음은 그리 고민할 요소도 없었다. 마을을 떠나는 척하며 장로들이 미리 알려준 지점에 차를 숨기고 일몰과 알람을 기다리면 그만이다. 잎이 큼직한 나무 그늘에 가려진 차 안에서 모리시타는 거의 의무적으로, 하염없이 담배를 피워댔다.

방글라데시는 북반구에 있다. 십일월이면 낮이 짧다. 하지만 일몰까지의 시간이 그렇게 길게 느껴지긴 처음이었다.

겨우 주위 풍경이 붉게 물들기 시작할 무렵 마침내 모리시타의 담배가 바닥났다. 빈 갑을 구기더니 뒷좌석에 던진다. 프랑스 담배인 줄 알았는데 슬쩍 보인 상자는 세븐스타였다.

지금까지 몇 시간째 나와 모리시타는 말을 나누지 않았다. 반목한 것은 아니다. 지난 십오 년 동안 수라장을 몇 차례나 빠져나왔지만, 그렇다 해도 살인을 위한 시간 때우기는 처음이다. 별로 대화를 나눌 기분이 아니었던 것이다. 모리시타도 비슷한 심경이었으리라. 하지만 담배가 떨어지자 침묵을 견딜 수 없었는지 모리시타가 묘한 이야기를 꺼냈다.

"이타미 씨. 아까 마타보르들을 봤습니까? 케미컬라이트를 허리에 차더군요. 그게 빛나면 꽤나 이상하게 보이겠지요."

"아아……. 그럴지도 모르겠군요."

"쭉 생각하고 있었어요. 어디서 그런 이야기를 들은 걸 같아서요. 허리에 찬 불빛을 표식으로, 아무것도 없는 사람을 노린다는 이야기요. 어때요, 아는 것 없습니까?"

나는 조금 생각했다.

"옛날에는 깃발이 그런 용도 아니었습니까? 적하고 아군을 구별하는 거죠. 지금은 전파로 보낼지도 모르지만요."

모리시타가 메마른 목소리로 웃었다.

"깃발이라, 그렇군요. 그럼 여기는 전쟁터겠네요."

나는 대답하지 않았다. 모리시타는 아랑곳없이 작위적으로 쾌활하게 굴었다.

"저는 조금 다른 생각을 했습니다. 오카야마가 고향이라, 『빈고노쿠니■ 풍토기』라는 게 있는데, 거기에 비슷한 얘기가 나와요.

어느 날, 마을에 이방인이 찾아옵니다. 마을에는 가난한 형과 부유한 남동생이 살고 있었어요. 동생은 이방인을 재워주지 않았지만, 가난한 형은 흔쾌히 집을 빌려주고 식사도 대접했습니다. 사실 이 이방인이 역병을 관장하는 신이지요."

"흠."

"훗날 신이 돌아옵니다. 집을 빌려주지 않았던 부자와 그 일족을 역병으로 몰살하기 위해서요. 하지만 부자에게는 가난한 형의 집에서 시집온 딸이 한 명 있었습니다."

"이상한 얘기군요. 형의 집에서 동생 집으로 시집을 보내다니."

"꼭 동생의 아내가 되었다고 볼 수는 없죠. 동생 집에는 고

■ **빈고노쿠니** _ 율령제에 기반한 과거 일본의 행정 지방으로 현재의 히로시마, 오카야마, 시마네 일부.

용인들이 많았을 테니까요. 어쨌든 형에게 빚이 있던 신은 화를 피할 방법을 가르쳐주었습니다. ……띠로 만든 고리를 허리에 찰 것. 그것을 차고 있는 자는 형의 일족으로 인정해 살려주겠노라고요. 동생의 가족은 한 명도 남김없이 목숨을 잃었지만, 약속대로 띠로 만든 고리를 차고 있던 여자는 살아남았죠."

뒷이야기는 내가 받았다.

"그 후로 '가난한 형'의 자손이라고 표명하면 역병에 걸리지 않는다는 신앙이 생겼지요. 띠로 만든 고리는 점점 커져서 지금은 사람 키만큼 큰 고리를 통과■하게 되었고요."

모리시타는 쓴웃음을 지었다.

"뭐야, 알고 계셨어요?"

"듣다 보니 생각났습니다. 소민蘇民 쇼라이 전설이죠?"

핸들에 손을 얹고 차차 어두워지는 방글라데시의 평원을 바라보았다.

"띠로 만든 고리가 아니라 케미컬라이트 막대인가. 그럼 우리가 역신이겠군요."

"……아뇨. 그건 저희가 아닐 겁니다."

■ 전설 속의 가난한 형 소민 쇼라이의 일화를 따라 흔히 일본 신사 등에서 6월 30일에 치르는 의식으로, 띠로 만든 고리 안을 통과하면 재난과 화를 피할 수 있다고 전해진다.

"아아, 그럴지도 모르겠네요."

집을 빌려준 마을 사람에게 은혜를, 빌려주지 않은 마을 사람에게 죽음을 가져다주려는 이방의 신은, 나나 모리시타라는 개인이 아니다.

신의 이름은 분명 '자원'이리라. 앞으로 일어날 일은 결코 멈출 줄 모르는 신의 발걸음의 일부에 지나지 않는다. 나는 그 신의 첨병에 지나지 않는다. 알람은 내가 죽이는 게 아니다. 신이 죽이는 것이다.

일단 말문이 터지니 농담은 그칠 줄 몰랐다.

"그나저나 『빈고노쿠니 풍토기』라고 하셨는데, 그건 좀 부정확하지 않습니까? 분명 구전설화였던 것으로 알고 있는데요."

허어, 하고 감탄하는 소리가 들렸다.

"종합상사 직원은 그런 것까지 알고 계시나 보네요."

"뭐, 여러 사람들하고 대화할 기회가 많으니 시시한 이야기도 기억하는 거지요. ……저는 오히려 모리시타 씨가 소민쇼라이를 알고 있었다는 게 더 뜻밖입니다."

"그런가요?"

"기분 상하셨다면 죄송합니다. 다만 프랑스 기업에서 일하고 벵갈어까지 쓰니, 일본에 오래 계시지 않았던 것 같아서."

외국계 기업에서 일하는 일본인이 늘고 있다는 것은 안다. 하지만 주위에는 외국계 기업으로 간 사람은 일본 기업에서 견디지 못한 아웃사이더로 보는 이들이 많다. 나 역시 그런 편견을 떨쳐냈다고 말하기는 어렵다.

"아아."

사적인 화제였지만 모리시타는 불쾌해하지 않았다.

"꼭 그렇지도 않아요. 대학교까지는 일본에서 나왔습니다. 동양철학을 공부했던 게 불행의 시작이었습니다. 어느새 남아시아를 여행하고 있었죠. 그때 벵갈어를 배웠습니다. 이왕 그렇게 된 거, 벵갈어를 살리는 일을 하고 싶었는데 생각보다 잘 안 돼서요. 맞아요, 이게타 상사에도 지원했습니다. 벵갈어는 어느 나라 말이냐고 묻더군요."

확실히 방글라데시 개발에 뛰어든 지금이라면 몰라도, 본사 인사 담당이 과거에 벵갈어 능력을 높게 평가했을 것 같지는 않다. 하지만 만일 모리시타가 내 부하였다면 제법 일이 편했을 것이다.

"그래서 국내는 포기하고, 친구 도움으로 OGO를 소개받았습니다. 그래도 두 달에 한 번은 일본에 돌아갑니다."

"그랬군요."

그만큼 자주 귀국한다면 단순한 향수가 이유일 리 없다.

아마도 가족이나 연인이 있겠지.

"일본이라. 저는 거의 돌아가지 않는데."

"지금은 가을, 단풍철이겠네요. 좋은 계절입니다."

모리시타는 그렇게 말하며 웃었다.

"띠 고리 통과 의식도 본 적이 있어요. 여름이었는데, 근처 신사 경내에 큼직한 고리가 있었죠. 사람들 줄이 어찌나 길던지 짜증이 나서 중간에 길에서 빠져나왔습니다. 금강산도 식후경이잖습니까, 다코야키가 가장 큰 즐거움이었어요."

어딘가 흐뭇한 기색으로 말하는 그 광경은 나도 본 적이 있다. 띠로 만든 고리야 어쨌든, 잿날의 부산스럽고 들뜬 분위기는 일본을 떠난 지 십여 년이나 지난 내 가슴에도 선명하게 되살아났다. 반짝이는 전깃불, 철판을 달구는 불. 아이들은 인파 속을 누비며 달음박질을 친다. 그 특별한 날에도 거리는 평소와 다름없이 불빛으로 가득차 있었다.

문득, 속내가 튀어나왔다.

"……이 프로젝트, 실은 이미 상당한 희생을 치렀습니다. 부상자로 끝났다면 그나마 낫겠지만 죽은 사람까지 나왔어요. 그들을 위해서라도 저는 물러날 수 없습니다. ……OGO에게는 미안하지만 가스는 저희가 받아가겠습니다. 그 가스는 일본에서, 야간 노점의 전등과 다코야키를 굽는 불, 거리의 불빛이 될 겁니다."

모리시타는 천천히 고개를 저었다.

"공교롭게도 크리스마스에도 전기 장식은 필요합니다. 프랑스를 위한다는 말은 않겠지만 에너지가 탐나는 건 어디나 마찬가지입니다."

그때, 손목시계로 맞춰두었던 알람이 울렸다. 예정 시각이다.

저녁노을이 지나가고 다가오는 어스름 속에서 평원 너머를 쏘아보았다. 아득히 멀리 콩알 같은 사람 그림자가 보인다. 몇 명인지는 모르겠다. 하지만 저들이 틀림없을 것이다.

나는 지프 시동을 걸었다. 핸들을 고쳐 쥔다.

떨리겠거니, 겁이 나겠거니 했다. 하지만 나는 내가 생각한 것보다 배짱이 있는 사람이었나 보다. 냉정했다. 배짱이라는 표현이 이상하다면, 차라리 살인에 적합하다고 할까? 하나도 고맙지 않다.

"자, 시작할까?"

그렇게 중얼거린 나는 모리시타의 대답도 기다리지 않고 액셀을 힘껏 밟았다.

## 6

어둠 속에서 경치가 점점 빠르게 지나갔다. 지프의 가속은 느렸지만 기어를 높이자 마력이 전신에 전해졌다.

평지에서는 자신의 속도를 가늠하기 어렵다. 얼마쯤일까 속도계를 흘깃 보니 시속 100킬로가 훨씬 넘었다.

앞에는 사람 그림자가 한 줄로 쭉 늘어서서 걸어가고 있다. 앞뒤 한 줄로 서면 안전하겠지만 왕래가 많지 않은 도로다. 답답한 게 싫어 좌우로 퍼진 것이리라. 아니면 이것도 마타보르들의 책략일까?

우려했던 대로 당장이라도 해가 떨어질 기세라, 나란히 선 사람들 중에 누가 알람 아베드인지 도저히 모르겠다. 애초에 지프는 그들 뒤에서 덮쳐들 것이다. 그나저나 케미컬라이트는 정말 좋은 아이디어였다. 그들 허리춤에 빛나는 노란 봉은 잘못 볼 수가 없다. 핸들을 꽉 붙들고 돌다리도 두드려보고 건너는 심정으로 물었다.

"모리시타 씨, 맨 오른쪽에 있는 남자 맞지?"

하지만 대답이 없다. 속도는 시속 120킬로미터가 넘었다. 다시 한번, 다급하게 물었다.

"맨 오른쪽 남자가 알람이지?"

사람 그림자는 눈 깜짝할 사이에 가까워졌다. 가로 한 줄로 가던 사람들이 뿔뿔이 흩어졌다. 마타보르들은 차가 오는 줄 알고 있다. 늙기는 했어도 반응이 빠르다. 나는 외쳤다.

"오른쪽이지? 오른쪽 남자가 틀림없지?"

사람이 가까워진다. 어둠 속, 겨우 그림자로나 보였던 형체가 헤드라이트에 비쳐 색채를 되찾는다. 남자가 고개를 돌렸다. 아직 얼굴이 보일 정도로 가깝지는 않다. 나는 허리춤만 보고 있었다. 분명 그 남자만, 허리에 라이트를 차고 있지 않았다.

조수석에서 더는 참을 수 없다는 듯이 소리가 터져 나왔다.

"맞아요, 저놈이야. 저놈을 해치워!"

액셀을 힘껏 밟았다. 마침내 남자의 얼굴이 보였다. 어리둥절한 표정이다. 얼빠진 얼굴이라고 생각했다.

다음 순간, 시속 140킬로미터의 지프는 알람 아베드의 육체에 충돌했다.

눈앞에서 알람의 몸이 꺾이면서 보닛에 머리가 부딪혔다. 부딪히면서 튀어 오르더니 곡예라도 하듯 지프 위에 떨어졌다. 얼빠진 얼굴과 눈이 마주쳤다. 아프지도 무섭지도 않아 보이는 얼굴이었다. 아마 그때는 이미 숨을 거둔 상태 아니었을까? 한순간이지만 목의 각도가 이상한 게 확실히 보였으니 그럴 것이다.

옛날, 학창 시절에 차를 빌려 홋카이도를 여행한 적이 있다. 불행하게도 도로로 뛰어나온 사슴을 치었다. 그때는 충격이 엄청났다. 차가 찌그러진 줄 알았다. 지프는 렌터카보다 튼튼하고 알람 아베드는 사슴보다 가볍다. 그래서 뭐야, 겨우 이건가, 싶을 정도로 충격이 적었다.

남자의 몸은 지프 지붕으로 굴러가 시야에서 사라졌다. 스스로도 이상했지만 바로 지금 사람을 쳤음에도 나는 길이 안 좋은데 속도가 높으니 급브레이크를 밟으면 위험하겠다는 생각만 했다. 그래서 천천히 브레이크를 밟았다.

지프가 멈췄다. 잠시 기다렸다가 입을 열었다.

"……모리시타 씨, 미안하지만 나가서 확인 좀 해주겠습니까?"

"예?"

"손이 핸들에서 안 떨어져요. 확실하게 죽었는지 좀 보고 와요."

나는 옆에 앉은 모리시타를 보았다.

그의 얼굴에는 핏기가 하나도 없었다. 핏기만이 아니라 이성도, 의지도, 모든 것이 날아가버린 끔찍한 얼굴이었다.

등줄기가 서늘했다.

이 남자는 못쓴다. 도저히 믿을 그릇이 아니다. 얼토당토 않은 남자와 큰일을 함께 하고 말았다.

이 순간 울상을 짓는 모리시타는 그 정도로 앳되어 보였다.

## 7

실헤티 시에서 하루 자고 다카에는 17일 낮에 돌아왔다.

보이샤크 마을의 협조로 물자 집적 거점은 전망이 보였다. 앞으로 집중적으로 개발이 진행될 것이다. 열 달 안에 시굴까지 추진하고 싶다.

새로운 문제도 부상했다. OGO의 참전이다. 부하에게 OGO 인도의 동향을 살펴보도록 지시하면서 동시에 공동 개발 가능성도 검토해야 했다. 회사로 돌아온 날은 처리해야 할 업무에 순서를 매기는 것만으로도 정신이 없었다.

바쁜 와중에도 문득 시간이 빌 때는 있다. 부하에게 창고에서 서류를 가져오도록 지시하고 기다리는 동안 손이 비었다. 그래서 전화에 손을 뻗으며 수첩을 펼쳤다. 손이 누른 것은 OGO 인도 법인의 번호였다.

OGO는 프랑스 기업이지만 나는 프랑스어를 할 줄 모른다. 상대가 프랑스어로 말을 하면 난처하지만 인도는 원래 영국 식민지였던 곳이다. 내가 헬로, 라고 말하자 바로 영어로 응대해주었다.

"예, OGO입니다."

그 순간 나는 이게타 상사라고 말하기를 망설였다. 우리 회사가 정식으로 OGO 인도와 접촉한 적은 없다. 뜬금없이 전화를 걸 게 아니라 타당한 절차를 거쳐 인사를 먼저 할걸 그랬나. 표면적인 핑계는 그랬다. ……하지만 그 후의 일을 생각해보면 나는 이 시점에서 이미 대화의 결론을 예감하고 있었는지도 모른다.

"보이샤크의 샤하라고 합니다. 신규개발과 모리시타 씨를 부탁합니다."

보이샤크 마을 사람이라면 벵갈어로 말해야 마땅하지만 전화 상대는 조금도 의심하지 않는 눈치였다. 그렇기도 하겠지. 상관없는 사람은 '보이샤크'가 마을 이름인 줄도 모를 테니까.

전화는 무사히 신규개발과로 연결되었다. 거기에서 들은 이야기는 내가 그날 밤 걱정했던 결과 그대로였다.

모리시타의 상사라는 남자가 전화 너머에서 프랑스 억양이 강한 영어로 이렇게 말했다.

"모리시타 말입니까? 어제 퇴사했습니다."

"퇴사?"

"예."

나는 갈라진 목소리로 물었다.

"그, 그럼 지금 인도에는 있습니까?"

"아니…… 일본으로 돌아간다던데요."

마음이 바위처럼 무거워졌다. 이어서 뱃속에서 어두운 불꽃이 피어오르는 느낌이 들었다.

결국 모리시타는 견디지 못한 것이다. 입으로는 제법 그럴싸하게 떠들고, 각오도 한 것처럼 굴었다. 하지만 그것은 전부 거짓말이었거나 자신을 잘 알지도 못하면서 적당히 지껄인 허풍이었던 것이다. 국경을 넘어 OGO 인도 지사로 돌아가는 길에 그만둘 생각만 했겠지.

그저께, 모리시타가 못 버틸지도 모른다는 생각은 했다. 역시 그랬다. 그는 달아나고 말았다.

도망가게 내버려둘 수는 없다.

나는 물었다.

"그렇습니까? 모리시타 씨에게 전할 말이 있는데요, 연락처를 알려주실 수 없을까요?"

"제게 말씀하시면 전해드리겠습니다."

"아뇨, 모리시타 씨에게 말씀드리겠다고 약속했습니다."

"하지만……."

상대는 말을 흐렸다.

퇴직한 사원이라 해도 사생활에 관한 정보다. 상대의 입이 무거울 만도 하다. 하지만 그걸 돌파하는 게 화술이다. 직원이 인수인계도 하지 않고 갑자기 사라졌는데 언제 연락이 될지도 모른다니 난처하지 않나. 원래 OGO가 뒤처리를 해야 맞지만 국제전화 한 통으로 끝날 일이라면 깊이 따지지 않겠다. 그런데 연락처조차 알려주지 않다니 무책임한 것 아닌가. 그런 내용을 넌지시 전했다.

OGO는 길게 저항하지 않았다.

"알겠습니다. 메모하세요."

그렇게 알아낸 연락처는 신주쿠의 시티호텔, 일루미나 호텔 도쿄였다. 고향으로 돌아갔을 줄 알았는데 사람을 죽여놓고 부모에게 매달릴 마음은 없었나 보다. 호텔에서 마음을 가다듬고 앞으로 어떻게 처신할지 고민할 셈이겠지.

결심은 굳었다.

모리시타를 죽여야만 한다.

제 손으로 직접 그런 것도 아니면서 겁을 집어먹고 하루 만에 일본으로 달아나다니. 어지간히 죄책감에 시달렸나 보다. 그것은 인간으로서는 옳을지도 모르지만 이쪽 입장에서는 곤란하기 짝이 없다.

개인적으로 알람 아베드의 명복을 비는 정도라면 상관없다. 오히려 헌화 값을 보태주고 싶을 정도다. 그러나 자칫 실수로 일이 표면화되면…… 파멸이다. 나는 물론이고 이제 막 시작된 방글라데시 개발 자체가 호기심 강한 국민들의 이목에 노출되어 중단될 우려가 있다.

겁쟁이는 무슨 짓을 저지를지 모른다. 믿을 수 없는 인간과 비밀을 공유한 내 실수다. 내 손으로 바로잡을 수밖에 없다. 다행히 나는 실장이다. 출장 일정이라면 내 재량으로 조절할 수 있다.

OGO 인도 지사와 전화를 끊고 시계를 보았다. 일본과 방글라데시의 시차는 세 시간. 지금 일본은 오후 5시다.

개발이 본격화되기 전이라고 해도 일본에서 회의를 잡을 핑계는 많다. 수첩을 펼쳐 적당한 연락처를 찾았다. 오타 구에 탈황 장치 개량에 성공한 회사가 있었다. 언젠가 접촉할 생각이었다. 눈속임에는 안성맞춤이다. 바로 전화를 했다. 전화회선도 자주 고장났지만, 하늘이 도왔는지 그날은 멀쩡했다. 잠시 후 수화기에서 굵은 목소리의 일본어가 들렸다.

"예, 여보세요. 요시다 공업입니다."

"여보세요. 바쁘신데 죄송합니다. 저는 이게타 상사의 이타미라고 합니다. 실은 귀사의 탈황 장치에 대해 여쭙고 싶은 게 있어서요. 괜찮으시면 한번 뵙고 말씀을 나누고 싶은데……."

"아, 예. 담당자를 바꿔드리겠습니다."

이게타 상사의 이름은 강력하다. 눈 깜짝할 사이에 모레 약속이 잡혔다. 전화를 끊고 가까이 있던 방글라데시 현지 직원에게 이렇게 전했다.

"돌아온 지 얼마 안 됐는데 미안하지만 출장을 가게 됐어. 길어도 닷새면 돌아올 테니 뒷일 좀 부탁해. 무슨 일이 있으면 늘 거는 본사 번호로 연락해줘. 내가 받을 거야."

신속한 판단과 결정은 내 장점이고, 그 자세는 현지 직원에게도 배어 있었다. 갑작스러운 얘기에도 의심하는 눈치 없이 순순히 대답했다.

"예, 보스."

삼십 분 후에는 공항으로 향하는 택시에 올라탔다. 다양한 비즈니스 국면과 마찬가지로 스피드가 생명이었다.

방글라데시에서 일본까지는 직항편이 없다. 택시 안에서 항공 시각표를 뒤졌지만 역시 평소 쓰는 쿠알라룸푸르 경유 편이 가장 빠를 것 같았다.

다카에서 실헤티 시, 실헤티 시에서 보이샤크 마을, 그곳에서 큰일을 마무리짓고 다카로 돌아와 말레이시아를 경유해 일본으로. 기내에서 선잠을 잤는데 그게 실수였다.

나쁜 꿈을 꾼 모양이다. 그럴 만도 했다. 겨우 사흘 전에 사람을 죽이고, 이제 한 명 더 죽이려고 일본으로 향하고 있으니까. 하지만 그것이 어떤 꿈이었는지 정말 나쁜 꿈이었는지조차 기억나지 않았다.

정신을 차리고 보니 모자를 눌러쓴 여자가 내 얼굴을 들여다보고 있었다. 상황을 파악하기까지 시간이 조금 걸렸다.

"손님, 괜찮으십니까?"

그 질문에, 나직하게 울리는 엔진 소리를 듣고 나서야 깨달았다. 이곳은 일본으로 향하는 비행기 안이고 그녀는 스튜어디스다. 괜찮은지 물을 정도로 어지간히 심하게 가위에 눌렸나 보다. 괜찮다고 손을 저으려다가 기운이 하나도 없다는 것을 깨달았다. 스튜어디스가 거듭 물었다.

"괜찮으세요? 땀을 많이 흘리시는데요."

이마에 손을 댔다. 엄청난 열이다. 빗속을 걸어온 것처럼 물방울이 손바닥에 축축하게 묻었다.

체력에는 자신이 있었지만 역시 피로가 쌓였나 보다. 고작해야 열이니 조금 쉬면 금방 내릴 것이다. 스튜어디스는 눈썹을 찌푸리며 말했다.

"손님. 체온계와 해열제를 가져다드리겠습니다."

괜히 요란이다 싶었지만 여차할 때를 위해 건강을 챙기는 것도 업무의 일환이다.

"부탁합니다."

결과적으로는 그게 잘못이었다. 이튿날 아침, 비행기가 나리타 공항에 도착하자 오랜만에 밟는 일본 땅에 감회를 느낄 새도 없이 두 남자가 다가왔다. 경찰 같은 차림이다. 나는 털면 먼지가 나는 사람이라 아무래도 뜨끔했다. 그런데 그들은 고압적인 태도가 아니라 오히려 미안한 기색으로 이렇게 말했다.

"죄송합니다. 시간은 오래 끌지 않을 테니 협조 부탁드립니다. 어디에서 귀국하시는 길입니까?"

출입국 정보는 여권에 기록이 남는다. 거짓말을 하면 위험 부담만 늘어난다.

"방글라데시에서 오는 길입니다."

"그러시군요."

두 남자 중 한 명이 클립보드에 끼운 서류에 펜을 놀렸다. 다른 한 명이 말했다.

"걱정은 없겠지만, 일단 검역에 협조 부탁드립니다."

비행기는 자주 타지만 이런 식으로 걸린 적은 처음이었다. 시간을 너무 많이 빼앗기면 곤란하지만 관청의 규정 업무라면 저항했다가 오히려 귀찮아질 우려가 있다. 나는 순순히 그들의 뒤를 따라가기로 했다.

다행히 검사는 극히 간단했다. 문진 외에는 체온 측정과 검체 채집만이라, 삼십 분도 걸리지 않았다. 기내에서 받은 해열제가 잘 들었는지 마침 열이 떨어진 것도 한몫했을 것이다.

"이삼일이면 결과가 나옵니다. 연락처는?"

조금 고민하다가 자주 이용하는 유라쿠 정의 숙소를 말했다.

"전화번호를 적어주십시오. 몸에 뭔가 변화가 있으면 신속하게 의료 기관에 가서 검사받을 것을 권합니다."

남자들은 정중하게 그렇게 말하더니 바로 풀어주었다. 뇌물을 주지 않아도 자유의 몸이 될 수 있다는 사실에 신선한 충격을 느끼지 않을 수 없었다.

그나저나 얼마 만에 돌아온 걸까?

공항 공중전화에서 가방을 발밑에 내려놓은 채로 전화하는 사람을 보았다. 바닥에 내려놓다니 훔쳐가주십사 광고하는 꼴 아닌가. 남의 일이지만 걱정이 되었다. 역시 아무래도 일본의 감각과 괴리가 생기고 있는 것 같다. 쓴웃음이 떠올랐다.

택시를 타고 렌터카 가게로 갔다. 가게에서 검은 세단이 있느냐고 묻자 원했던 차종을 금방 찾았다. 이것도 감동적이다.

물론 차를 빌린 기록을 남기는 것은 살인에 있어 커다란 위험 요소다. 하지만 차는 꼭 필요하고, 일 때문에 일본에 온 회사원이 이동 수단을 확보하는 것은 수상하지 않다. 서류에는 당당히 내 이름을 썼다.

사야 할 물건이 있어 우선 일반 국도를 달렸다. 나리타에서 신주쿠까지 가는 길은 기억이 가물가물했지만 안내판 정도는 있으리라. 여기까지 한시를 다투어 날아왔지만 이동 수단을 확보하자 마음이 조금 편해졌다. 핸들을 쥔 팔을 흘깃 보니 고급 양복을 입고 왔는데 잔뜩 구겨졌다. 어쨌든 강행군이었으니 별수없다. 무리하고 있는 건 나도 마찬가지다. 지쳤다고 푸념할 때가 아니었지만 아직 열이 조금 있다. 그러고 보니 어제부터 식사도 변변히 못 했다. 이제부터 사람을 죽이러 가는데도 허기는 지는구나, 하고 당연한 생각을 했다. 나리타 시가지를 빠져나가려는데 도로변에 '돈가스' 간판이 보였다.

"돈가스라. 좋은 징조일지도 몰라■."

그런 생각이 드는 것을 보니 오래도록 귀국하지 않았는데도 이런 미신은 기억한다는 사실이 묘하게 기뻤다. 그런 주제에 차를 세우고 가게에 들어가 밧줄을 꼬아 만든 의자에 앉아 메뉴를 보며 "돈가스 덮밥은 일본어로 뭐라고 하더라"라는 멍청한 생각을 했다.

반숙 부분이 아주 조금 남은 계란도, 갈색으로 구워진 양파도, 두툼한 돈가스도, 달착지근한 양념도 그립지는 않았다. ……그런 심경이 아니었다. 하지만 어찌된 영문인지 얌전히 곁들여져 있는 머위조림에 목이 멨다. 그러고 보니 이런 음식도 있었지. 잘근잘근 씹고 있으려니 뭐라 표현할 수 없는 감회가 가슴속에 피어올랐다.

설마, 사람을 죽이러 일본에 돌아오게 될 줄이야. 사흘 전의 내게 그렇게 말한다면 결코 믿지 않았을 것이다. 끔찍한 운명이다. 이것도 업무다, 자원을 손에 넣기 위해 어쩔 수 없는 조치라고 스스로를 타이르며, 수그러드는 마음을 굳세게

■ 일본에서 '돈가스(돈카쓰)'는 '이기다(勝つ)'라는 단어와 발음이 겹쳐 입시 등 승부 전에 먹는 경우가 많다.

다잡고 돈가스 덮밥을 입안에 털어 넣었다.

계산할 때, 두건을 쓴 여자에게 물었다.

"죄송합니다. 도쿄로 가는 길 말인데, 새로 생긴 길이 있습니까?"

여자는 웃으며 대답해주었다.

"완간선 말인가요? 아직 내년에나 완성된다던데요."

"그럼 게이요 도로로 가는 게 제일 빠르겠군요."

"그렇죠."

그 길은 한 번 지난 적이 있다.

다시 렌터카를 몰았다. 십일월 중순이다. 일본은 늦가을, 도로변에 심은 은행이 찬란하게 물들어있다. 하늘에는 비늘구름이 깔려 있고, 창을 열자 시원한 바람이 들어왔다. 그리웠다.

지바 시를 향해 51번 국도를 달렸다. 급한 마음을 꾹 누르고 너무 속도를 내지 않도록 조심했다. 방글라데시 평원에서는 액셀이 바닥에 닿을 정도로 밟아대도 큰 문제 없었지만 이곳은 일본의 간토 지방이다. 모리시타를 만나기 전에 교통 위반에 걸리기라도 하면 끝이다.

중간에 마트를 발견했다. 필요한 물건을 일찌감치 구해두자. 밧줄과 망치, 삽, 회중전등, 마스크, 붕대, 그리고 검정색 커튼을 샀다. 밧줄과 망치는 흉기. 삽은 모리시타의 시체를 묻을 때 필요하다. 마스크는 다소 속이 들여다보였지만, 뭐, 변장에 도움은 될 것이다. 아마 밤에 하게 될 테니 회중전등도 필요하다. 커튼은 시체를 감쌀 때 쓰면 되겠지. 마트 주차장에서 망치에 붕대를 감아두었다.

다행히 심각한 도로 정체도 없이 도심으로 들어갈 수 있었다. 아사쿠사바시까지 오면 이제 야스쿠니 대로로 들어가면 그만이니 길을 잃을 염려도 없다. 신주쿠에 들어가 일루미나 호텔을 찾는데 조금 헤맸지만 게이오 플라자 호텔 옆에 있었다는 기억 덕분에 금방 찾았다. 차를 호텔 지하 주차장에 대고 프런트 로비로 향했다.

"자, 그럼……."

혼잣말을 했다.

지금이 가장 어려운 고비다.

모리시타가 이 호텔에 투숙하고 있다는 사실은 알고 있지만 어느 방에 있는지는 모른다. 프런트에서 물어보면 알 수 있겠지만 나는 그 후에 모리시타를 살해해야 한다. 나중에 '그러고 보니 모리시타 씨 객실을 물어본 남성이 있었습니다'라는 증언이 나오면 곤란하다. 구식이지만 여기서는 잠복하는 수밖에 없다. 손목시계를 보았다. 오후 3시 반. 검역 때문에 잠시 발이 묶이긴 했지만 시간적으로는 그럭저럭 순조롭다.

호텔은 천장이 높고 샹들리에는 빛으로 가득했으며 플로어는 거울처럼 번쩍거렸다. 돌아다니는 호텔맨의 동작이 세련되어 내가 일본에 있다는 사실을 실감케 했다. 일루미나 호텔에 들어가본 적은 없었지만 프런트가 훤히 보이는 위치에 로비 라운지가 있었다. 모리시타를 기다리려면 저기가 좋겠다. 하지만 그전에 해야 할 일이 있었다. 표면상으로는 업무 때문에 귀국했다. 그 연락도 해두어야만 한다. 공중전화에 100엔짜리 동전을 넣고 본사에 전화를 했다. 총무부에 미리 설명은 해놓았다.

"방글라데시 개발실 이타미인데요, 혹시 연락 들어온 것 있습니까?"

"이타미 씨라고 하셨죠? 아니요, 연락 온 건 없습니다."

실장이 갑작스러운 출장으로 자리를 비워도 이삼일이라면 어떻게든 된다. 무슨 일이 터져도 현지 직원만으로 대부분 해결할 수 있고 그러기 위한 태세도 갖추어왔다. 알고는 있지만 역시 조금 서운했다.

비록 내가 이대로 도쿄에서 흔적 없이 사라져도 고작해야 업무 일정이 일 년 늦어지는 정도일 것이다. 개발은 멈추지 않는다.

어쨌든 오늘, 도쿄에서 사라지는 것은 내가 아니다.

로비 라운지에서 시야가 트인 자리를 잡고 신문을 가져와 커피를 주문했다. 여기서부터는 인내심 싸움이다.

일 분 일 분이 정말로 길었다.

알람 아베드 때와는 비교할 수도 없었다. 그때는 마타보르 일행이 전면적으로 협력해주었고 옆자리에는 공범자인 모리시타가 앉아 있었다. 게다가 살인이 들통나더라도 상대는 아직 충분히 조직화되었다고 보기 어려운 방글라데시 경찰이라는 생각도 어딘가에 있었다. 이번에는 다르다. 상대는 일본 경찰이고, 나는 혼자다. 손에 땀이 축축하게 배었다. 너무 노골적으로 프런트만 보고 있을 수도 없다. 눈을 둘 곳을 마련하려고 나는 커피를 몇 잔이나 주문했다. 강행군으로 지친 위에 카페인이 따가울 정도로 스며들었다.

오 분이 지나고, 삼십 분이 지났다. 세 잔째 커피를 최대한 천천히 마시고 손목시계를 보니 한 시간이 지났다. 그사이 신문을 한 손에 들고 일행을 기다리며 시간을 죽이고 있는 사람은 나 말고도 많았다. 라운지 웨이터는 내게는 신경도 쓰지 않는 듯했다.

그렇긴 해도 이곳에서 기다릴 수 있는 시간에는 한계가 있다. 기껏해야 두 시간, 그다음은 다른 장소로 옮겨야 할 것이다.

그렇게 하염없이 기다리면서 내심 어딘가에서 이대로 모리시타가 나타나지 않기를 바랐던 게 아닐까? 제한 시간은 정해져 있다. 만일 내일까지 모리시타와 접촉할 수 없다면 나는 표면상의 핑계를 위해 요시다 공업에 가야만 한다. 시한이 지나면 모리시타를 죽일 수 없다……. 아니, 죽이지 않아도 된다고 말할 수 있는 것 아닐까?

지난 십오 년, 양심만으로 헤쳐나갈 수 있는 업무가 아니었다. 내 결단 하나로 얼굴도 본 적 없는 사람이 죽기도 했을 것이다. 그것도 어쩔 수 없는 일이라고 선을 그었다. 알람 아베드를 내 손으로 죽인 것도 후회하지는 않는다. 그가 죽지 않는다면 교통사고로 한쪽 팔을 잃은 다카노와 목숨을 잃은 무함마드 재라르의 노력이 헛수고가 된다. 하지만 지난 살인을 후회하지 않는다고 해서 앞으로 실행할 살인에도 태연할 수는 없었다. 몇 잔째인지 모를 커피를 마시며 나는 이렇게 생각했다. 오늘 안에 모리시타와 접촉하지 못하면 그것도 운명이다. 운명에 따르자.

운명! 살인 경험과 몇천 킬로미터의 이동은 역시 내게 타격을 주었다. 연줄과 돈만으로 길을 다져온 내가 운명을 생각하다니. 운명보다 오히려 신을 찾아야 하지 않나? 그렇다, 에너지라는 이름의, 자원이라는 이름의 신을.

그 신은 분명 몹시도 잔인하리라. 잠복을 시작한 지 한 시간 반. 나는 모리시타의 모습을 발견하고 말았다.

회색 셔츠에 청바지를 걸친 그 차림새는 유난히 초라해 보였다. 축 늘어진 어깨로 은근히 몸을 앞으로 숙이고 등을 굽혀 프런트 쪽으로 다가갔다. 뺨은 홀쭉했다. 속마음이야 어쨌든 겉으로 저렇게 다 드러나다니 역시 나약한 남자다. 나는 살아 있는 모리시타의 모습을 보면 살의가 꺾일 줄 알았다. 오히려 반대였다. 망설임은 순식간에 사라졌다. 역시 죽어줘야겠다.

모리시타는 보스턴백을 들고 있었다. 프런트에서 이야기 나누는 모습을 보니 아무래도 체크아웃하는 모양이다. 그사이 커피값을 치르려 했다. 직원이 굼떴다.

"삼천이백 엔입니다. 손님, 죄송하지만 오천 엔짜리 지폐가 떨어졌는데 천 엔짜리로 드려도 되겠습니까? ……앗!"

직원이 동전을 떨어뜨려 바닥에 몸을 숙였다.

"그런 건 나중에 주워!"

"예, 예, 지금 거스름돈과 영수증을 드릴 테니 잠시만 기다리세요. 어……."

도저히 기다릴 수 없었지만 거스름돈도 받지 않고 갔다고 하면 의심을 산다. 꾹 참았다.

"여기, 거스름돈과 영수증입니다."

걸음을 돌리니 모리시타는 프런트를 떠나고 있었다. 금방 놓치지야 않겠지만 상대가 택시라도 잡아타면 귀찮다. 자연히 걸음이 빨라졌다.

호텔 밖에서 따라잡았다. 뒤에서 속삭이듯 말을 걸었다.

"……오랜만입니다, OGO 모리시타 씨……."

모리시타를 유인하기는 생각보다 간단했다. 나는 이렇게 말했다.

"뭘 그리 놀랍니까? 원래 오늘은 일본에 돌아올 예정이었습니다. 실은 의논할 문제가 있어 그쪽 회사에 전화를 걸었는데 퇴직했다고 해서 얼마나 놀랐는지. 일본에 갔다고 하길래 억지를 부려 체재지를 알아냈습니다. 근처에 올 일이 있어 들러봤는데 설마 바로 만날 줄은 몰랐네요."

"어째서. 메시지는 회사에 남겨도 되잖습니까."

"아이고, 설마요. 누구 들려줄 만한 이야기가 아닌데요. 아무튼 전의 그 문제로 은밀히 이야기를 하고 싶어서."

경악만 가득하던 그의 표정에 의심과 두려움이 드러났다.

한심하게 눈을 좌우로 굴리며 목소리를 죽였다.

"그만하세요! 이런 곳에서……."

"확실히 여기서는 좀 그렇죠."

나는 조금 고민하는 척했다.

"그럼 잠깐 따라와주실까요? 다른 사람 귀가 없는 곳으로 갑시다."

모리시타는 바로 대답하지는 않았다. 노골적으로 망설이고 있다. 그는 방글라데시에 관한 모든 일을 잊고 싶었으리라. 나와도 두 번 다시 만나고 싶지 않았을 게 틀림없다.

하지만 이제 자기하고는 상관없는 일이니 이야기를 들을 마음이 없다고 버틸 만한 정신력은 지금의 모리시타에게 남아 있지 않았다. 그는 마지막까지 망설이는 기색으로 대답했다.

"알겠습니다. 그럼……."

모리시타를 호텔 지하 주차장으로 데려갔다. 평일이기는 해도 역시나 신주쿠에 있는 호텔이다. 주차장은 거의 만차 상태였다. 내가 빌린 차는 대형 밴 옆에 세워두었다. 만일 누가 지나가더라도 밴이 시야를 가려준다.

"자동차 안에서 얘기하면 아무도 못 들을 겁니다. 그래도 뒷좌석이 더 낫겠죠."

그렇게 말하며 대답도 기다리지 않고 차에 올라탔다. 모리시타는 의지 없는 인형처럼 나를 따랐다. 문을 닫는 소리가 차 안에 울렸다.

지하 주차장은 지독하게 컴컴했다. 차 안은 더더욱 어두웠다.

이 시점에서 나는 아직 마음을 놓지 않았다. 모리시타가 언제든지 문을 열고 뛰쳐나갈 수 있기 때문이다. 그는 그러지 않았다. 신경쓰는 것은 창밖 상황뿐. 다른 사람에게 들키는 것만 걱정하고 있다. 그는 내가 살의를 품고 있는 줄 모르는 걸까? 밖을 바라보는 그의 목에 경동맥이 버젓이 드러나 있어, 무방비한 모습이 오히려 불쌍할 정도였다.

이 틈에 처치해버릴까 싶기도 했다. 하지만 나는 그를 죽이고 싶은 게 아니다. 죽일 수밖에 없을 뿐이다. 이야기를 들어보고 문제가 없다는 것을 알 수 있다면 서로에게 좋은 일이다. 그렇게 생각하는 틈에 모리시타가 이쪽을 돌아보았다.

"……그래서 의논하고 싶다는 게 뭡니까? 제가 오기를 기다렸죠?"

"아닙니다."

"방글라데시에서 여기까지 와서 무심히 호텔을 들여다봤더니 제 모습이 보였다니, 그런 말은 안 통합니다. 뭔가 어지간히 중요한 일이 있었던 거죠?"

사고가 완전히 정지된 건 아닌 모양이다. 나는 고개를 끄덕였다.

"눈치채셨습니까? 예, 그렇습니다."

모리시타의 본심을 끌어내는 수순은 미리 생각해두었다. 시선을 피하고 목소리를 낮추었다.

"실은…… 그러고 나서 회사로 돌아가면서 어째서 일이 이렇게 되었는지, 그 생각만 했습니다. 아무리 마타보르 일행이 부추겼다고 해도 굳이 그런 짓까지 하지 않아도 좀더 좋은 방법이 있었던 건 아닐까 후회가 됩니다. 모리시타 씨는 이제 와서 무슨 말이냐고 웃겠죠."

그래놓고 모리시타의 안색을 살폈다. 그는 웃지도 않고 화를 내는 기색도 없었다. 침통한 표정으로 고개를 끄덕이고 있었다.

"아뇨, 어떻게 웃겠습니까? ……저도 똑같은 생각을 했습니다. 회사로 돌아가는 길이 참 어두웠는데, 그때 앞유리에 부딪힌 알람의 얼굴이 떠올라서……."

모리시타가 두 손으로 얼굴을 덮었다.

"견딜 수가 없어요! 아무리 일 때문이라지만 사람을 죽이다니, 그럴 순 없습니다! 전 그럴 생각으로 OGO에 들어간

게 아닙니다. 하지만 도저히 거절할 수 없었어요!"

"그럼 회사를 그만둔 이유는?"

"그런 짓까지 해가면서 일을 하고 싶진 않았습니다. 어제부터 몇 번이나 토했는지 몰라요. 무슨 수를 써서라도 죄를 갚고 편해지고 싶습니다."

역시나. 조금 더 속을 떠보았다.

"모리시타 씨, 의논할 문제가 바로 그겁니다. 저는 죄를 갚으려면 자수하는 길밖에 없다고 생각합니다. 그렇게 되면 보이샤크 마을의 노인들도 벌을 받을 텐데 애초에 그들이 꺼낸 얘기니 어쩔 수 없죠. 다만……. 제가 자수하면 당신도 끌어들이게 됩니다. 그래서 행동에 옮기기 전에 당신과 의논하고 싶었어요."

"자수?"

모리시타는 입을 헤벌렸다. 보아하니 자수는 전혀 생각하지 않았던 모양이다.

"아아, 그것도 좋은 방법이네요. 하지만 이타미 씨, 제가 생각한 방법과는 조금 다릅니다."

"달리 속죄할 방법이 있습니까?"

"있습니다."

그는 말했다.

"보이샤크 마을에서 있었던 일을 세상에 호소하는 겁니다. 일본과 프랑스에서요. 두 번 다시 이런 일을 저지르지 않게 해줄 교훈이 될 겁니다. 그야말로 알람 아베드도 한이 풀리지 않을까요? 이타미 씨, 찬성해주시지 않겠습니까?"

아아! 모리시타는 그 말로 그가 누운 교수대의 레버를 당긴 셈이다.

자수를 생각한다면 죽일 작정이었다. 그런데 그 정도가 아니라 살인을 세상에 널리 선전하겠다는 말까지 했다. 처치하는 수밖에 없다. 그렇게 마음을 모질게 먹었다.

"모리시타 씨, 보이샤크 마을에서 저지른 일을 다른 사람에게 벌써 말했습니까?"

"아뇨……. 사람은 만났지만 도저히 말할 수 없었습니다. 용기가 없어서."

"사람? 언론 쪽 말입니까?"

"아닙니다. 친구예요."

연인일지도 모른다. 어찌되었든 모리시타는 미혼이다. 결혼했다면 체재지 연락처로 호텔 전화번호를 적을 리 없다. 모리시타에게 아이라도 있었다면 마지막 순간에 스스로에게 브레이크를 걸 수 있었을지도 모른다. 하지만 이미 더 들을 이야기는 남아 있지 않았다. 운명은 막바지에 달했다.

나는 모리시타의 어깨 너머로 차창을 보았다.

"쉿! 누가 이쪽을 봅니다!"

사람이 있다 한들 차 안의 대화가 들릴 리는 없는데도 모리시타는 바로 당황하더니 고개를 두리번거렸다.

망치는 미리 발밑에 숨겨두었다. 잡아서, 움켜쥐고, 눈앞의 머리를 내려쳤다.

"앗!"

꽤나 얼빠진 목소리였다.

모리시타는 내가 무슨 짓을 할 줄은 몰랐는지 어리둥절한 얼굴로 나를 돌아보았다. 움직일 수 있잖아? 약했나? 다시 한번, 이번에는 정면에서 이마를 후려쳤다.

모리시타는 두 번째 충격에야 비로소 무슨 일이 일어났는지 이해한 듯했다. 눈이 사발만큼 벌어졌다. 믿을 수 없다는 듯이.

그렇게 나를 신용했단 말인가? 대체 나를 믿을 여지가 어디에 있었기에. OGO만한 대기업에서 교섭가로 일하면서 방글라데시에서는 살인에도 가담해놓고 어째서 나를 경계할 생각을 못 했을까? 이 모리시타란 남자는 정말이지, 끝까지 물렁하다.

"이, 이타미 씨, 어째서."

관자놀이를 후려쳤다. 모리시타의 눈이 희번덕 까뒤집혔다. 두 손이 털썩 늘어진다. 이걸로 죽었다면 내키지 않는 작업을 하지 않아도 된다. 그렇게 생각하면서 코와 입에 손을 대자 약하게나마 숨이 느껴졌다. 정신을 잃었을 뿐이다.

밧줄을 꺼냈다.

두 번째 하는 살인이었지만 차로 치는 것과 두 손에 힘을 주어 목을 졸라 죽이는 것은 전혀 다른 감각이었다. 부디 남은 인생에서는 두 번 다시 이런 짓을 할 필요가 없기를. 그렇게 빌면서 하염없이 손에 힘을 넣었다.

## 8

이튿날인 19일 오전 11시, 나는 오타 구 요시다 공업을 찾았다.

마을 기업치고는 훌륭한 사옥이었지만 종업원 수는 백 명도 안 될 것이다. 전통적인 일본 중소기업은 이랬지. 그립기까지 했다. 사장은 테가 두꺼운 안경을 쓴 오십 대 남자로 말투도 웃음도 자신감에 차 있었다.

표면상의 귀국 핑계를 만들기 위한 방문이다. 요시다 공업 탈황 장치에 정말로 관심이 있었던 것은 아니다. 언젠가는 필요한 장치지만 지금이 아니라도 상관없기 때문이다.

하지만 제품 사양을 읽고, 기술자의 설명을 듣는 사이 나는 점점 빠져들었다. 요시다 공업의 탈황 장치는 카탈로그에 적힌 사양대로 작동한다면 확실히 우수했다.

"1만 엔으로 황산화물을 얼마나 제거할 수 있는지 고려해야 합니다."

요시다 공업 사장은 그렇게 뜨겁게 주장했다.

"탈황 기술도 나날이 발전하고 있으니까요. 우리 제품은 조건에 따라 다르긴 하지만 기존 제품에 비해 대략 십오 퍼센트의 비용을 절감할 수 있습니다. 그렇다면 말입니다. 지금까지 100을 투자해 가스를 100 얻던 것을 150까지 가져올 수 있다는 뜻입니다. 더 나아가 지금까지는 채산성 때문에 개발이 미적지근했던 가스전도 팔 수 있게 될지 모른다는 뜻입니다. 뭐, 탈황 비용이야 사실 빤하겠지만 저희는 그런 생각으로 일하고 있습니다."

나는 말없이, 힘차게 고개를 끄덕였다.

잔심부름을 하는 여직원이 내 차를 뜨거운 차로 바꿔주었다. 사장은 재차 몸을 쑥 내밀고 열변을 토했다.

"이타미 씨, 저희는 말입니다, 이타미 씨처럼 외국에 뛰어들어 가스전을 세우지는 못합니다. 그렇지만 이래봬도 그늘 밑에서 도울 수는 있어요. 방글라데시의 천연가스, 부디 저희도 돕게 해주십시오. 십 년 후가 될지 이십 년 후가 될지, 언젠가 요코하마든 어디든 가스탱크가 들어설 때, 저게 우리 기술로 탈황한 가스라고 가슴을 펼 수 있다면 실로 여한이 없겠습니다."

나는 대답했다.

"만고를 헤치고 반드시."

대학을 졸업하고 바로 해외 부서에 들어가 에너지 개발 업무를 담당해왔다. 나는 일본 최전선에서 싸우고 있다고 생각했다. 하지만 최전선은 하나가 아니다. 알고 있다고 생각했는데 이렇게 실제로 동지를 만나니 든든한 마음과 동시에 정신이 바짝 들었다.

사장은 소파에 깊숙이 몸을 묻었다. 차를 한 모금 마시더니 표정을 누그러뜨렸다.

"그래도 참 대단하시네요. 방글라데시는 이래저래 위험 요소도 많을 텐데요."

"확실히 홍수 위험도 있고 사이클론도 상상 이상으로 벅찬 상대입니다. 그래도 지정학적인 위험은 크지 않습니다. 그게 고마운 점이죠."

"지정학적 위험?"

"전쟁 말입니다."

사장은 애매하게 고개를 끄덕였다.

"허어, 전쟁이라. 저는 그쪽은 잘 모르지만……. 질병도 무섭잖습니까? 오늘 아침 뉴스를 보니 여행객한테 옮아서, 요코하마에서 페스트 환자가 발생했다더군요."

"페스트라고요?"

요즘 세상에 페스트란 병명을 들을 줄은 몰랐다. 하지만 사장은 또 애매한 웃음을 지었다.

"아니…… 분명히 그랬는데. 죄송합니다, 아침에 서두르느라 흘려들었더니."

"허허."

나는 고개를 끄덕였지만 내심 정말 요시다 공업의 기술을 이용하려면 사장과의 관계도 고려해야겠다고 생각했다. 열의는 있지만 그와 동시에 경박한 면도 있을지 모른다. 지식의 정확성을 중시하지 않는 인간은 경계해야 한다. 비즈니스 파트너는 잘 골라야 한다. 그 점을 방금 새삼스럽게 깨닫지 않았던가.

"아니, 이거 민망하군요. 궁금하시면 텔레비전으로 볼 수 있을 텐데."

"한번 볼까요?"

"그나저나 오늘밤에 시간이 괜찮으면……."

사장이 몸을 살짝 내밀고 싱글싱글 웃으며 말을 걸었다.

그때 노크 소리가 나더니 젊은 남자가 들어왔다.

"사장님, 죄송합니다. 시모다가 돌아왔습니다."

"뭐? 일찍 왔군."

"그래서, 저, 차를 좀 옮겨야……."

슬쩍 내 쪽을 본다. 아무래도 내 차가 훼방이 되어 회사 차량이 못 들어오는 모양이다. 자리에서 일어나려는데 사장이 황급히 말했다.

"아니, 차라면 저희 직원한테 옮기라고 하지요. 이타미 씨는 그냥 앉아 계십시오."

나는 고개를 저으며 시계를 보았다.

"제가 시간을 많이 빼앗았군요. 무척 유익했습니다. 이쯤에서 실례하겠습니다. 조만간 구체적인 안건으로 인사를 드릴지도 모르겠습니다."

"그러십니까? 그거 고마운 말씀이군요. 대접이 변변찮아 죄송합니다."

사장은 아쉬운 기색이었지만 나는 인사도 하는 둥 마는 둥 걸음을 돌렸다. 본심을 말한다면 나도 조금 더 이야기를 나누고 싶었다. 신기술에 대한 이야기는 언제라도 가슴이 설렌다. 하지만 비록 주차장 내 이동이라고 해도 렌터카를 남에게 맡길 수 없는 이유가 있었다.

시체를 넣어둔 것이다.

차 트렁크에는 검은 커튼으로 둘둘 싼 모리시타의 시체를 넣어놓았다. 만일 사고라도 나면 끝장이다. 운전이 절로 신중해졌다.

보이샤크 마을 변두리에 세운 지프 안에서 모리시타는 일본의 가을을 좋은 계절이라고 했다. 확실히 좋은 계절이다. 지금이 여름이었다면 시체 냄새가 신경쓰여 안절부절못했을 것이다. 시체 냄새가 어느 정도 나는지 모르지만 더운 계절보다는 서늘한 계절에 덜할 게 분명하다.

차에 올라탔다. 배웅하러 나와 고개를 깊이 숙이는 사장이 사이드미러에 비쳤다.

요시다 공업에서 나와 차창을 열었다. 차 안에 시큼하니 이상한 냄새가 감돌았다. 시체 냄새는 아니다.

"……아직 남아 있군."

차 안에서 모리시타를 교살한 것까지는 문제가 없었는데, 숨이 끊어진 것을 확인하고 밧줄을 풀자 모리시타의 입에서 거품과 토사물이 흘러나왔다. 예상도 못 한 사태에 다소 당황했다. 준비한 수건이 없어서 모리시타의 상의로 일단 닦아내고 내가 묵는 비즈니스호텔로 돌아가 본격적으로 치웠다.

"아니, 기분 탓인지도 몰라."

그렇게 중얼거렸다. 그 정도 토사물에 과연 반나절 이상 냄새가 남을까? 이 냄새의 원인은 정신적인 문제일지도 모른다.

방글라데시에는 이튿날 아침 비행기로 돌아갈 계획이었다. 일이 산더미처럼 쌓여 있겠지. 일본에서 떠안은 짐은 오늘밤 안에 일본에서 처리해야 한다. 점찍어놓은 장소는 있다. 보소 지방의 산들을 좀 아는데 그 부근이라면 아무에게도 들키지 않고 깊이 묻을 수 있다. 후보도 정해놓았다.

오늘밤, 모리시타는 도쿄에서 사라진다. 남아시아를 방랑하던 끝에 인도에서 취직한 남자가, 변덕스럽게 퇴직해서 일본으로 돌아간 줄 알았는데 실종되었다. 있을 법한 이야기다. 보헤미안의 실종을 일본 경찰이 제대로 수사할 리 없다.

만일 어떤 이유로 수사를 실시한다 해도 경찰이 나를 찾아낼 방법은 없다.

모리시타 주변을 수사해도 나와 연결되지 않기 때문이다. 이게타 상사 방글라데시 개발실은 OGO 인도가 방글라데시 북동부에 관심을 가지고 있다는 사실을 모른다. 실제로 나는 모리시타를 몰랐다. 그와 만난 것은 보이샤크 마을이 처음이다. 나는 모리시타에 대해 아무에게도 말하지 않았고 복귀 후 바로 퇴직한 모리시타 역시 그랬을 것이다. 나와 모리시타를 연결 지을 수 있는 사람은 오로지 보이샤크 마을의 마타보르들뿐. 일본 경찰이 아무리 우수해도 이 인간관계는 절대 꿰뚫어 볼 수 없다. 때문에 내가 두려운 것은 현행범으로 체포될 가능성뿐이다. 무슨 사고로 땅에 묻기 전에 시체가 들통나지 않는 한, 나는 내 업무로 돌아갈 수 있다.

일억이 넘는 일본인들 대다수가 모리시타와는 아무 상관 없는 것처럼 나도 그와는 관계가 없다.

우리의 관계를 꿰뚫어 볼 자는 그야말로 신밖에 없으리라.

# 9

지금, 나는 심판받고 있다.

유라쿠 정 비즈니스호텔에서 텔레비전은 켜놓은 채로. 세미더블 침대 위에는 석간이 흩어져 있고, 사이드보드에는 메모지가 나뒹굴고 있다. '검역에서 연락, 이상 없음'이라고 적힌 메모가.

요시다 공업 사장이 말한 '요코하마의 페스트'는 그날 밤에 주요 언론의 화제를 석권했다. 감염자는 삼십 대 여성과 다섯 살 남아. 다섯 살짜리 아이는 증세가 심각해 일시적인 의식불명에 빠졌다고 보도되었다.

병명은 페스트가 아니었다.

콜레라였다.

전염병 예방법에 기초해 감염 루트를 조사하고 있다. 모든 언론들이 감염원에 대해 끝없이 보도하고 있다. 지금도 텔레비전에서 긴박한 목소리가 흘러나오고 있다.

'최초 감염자로 추정되는 여성의 증언에 따라, 감염원은 이틀 전 인도에서 귀국한 남성으로 예상됩니다. 남성은 귀국 후 여성과 만난 다음 신주쿠의 호텔에 체재한 것까지는 판명되었지만 그 후의 행방은 알 수 없습니다. 후생성에서는 남성이 콜레라에 감염되었을 가능성이 대단히 높은 것으로 보고 국내 병원에 해당 환자가 없는지 정보 제공을 요청하는 동시에 국민에게는 이성적인 대응을 당부하고 있습니다…….'

현시점에서, 적어도 언론사는 이성적이지 않은 듯했다. 각종 석간에는 이런 타이틀이 춤추고 있었다.

'요코하마 콜레라 재앙, 퍼져나가는 패닉'

'5세 남아 의식불명 중태'

'콜레라 확대? 예방을 위한 여섯 가지 주의점'

'괴질 부활, 공포에 떠는 시민'

'인도에서 귀국한 이는 어디로? 감염 경로 조사 속행'

나는 알고 있다. 행방불명된 '감염원'이 어디에 있는지.

그는 지금, 보소 반도의 어느 산속에 묻혀 있다!

나흘 전, 보이샤크 마을에서.

마타보르 샤하는 말했다. '저이의 손자가 지금 병을 앓고 있네. 귀여운 아이였는데, 눈은 움푹 들어가고 뺨이 홀쭉해져 마치 노인 같은 몰골이 되었어.' 콜레라 증상이었다. 경계했어야 했나? 나는 개발도상국의 감염증을 전혀 모르는 처지가 아니었으니까. 게다가 나는 그때, 마타보르 중 한 명에게 차이를 대접받아 입까지 대고 말았다.

모리시타도.

모리시타는 감염된 것이다. 그리고 요코하마에 사는 여성에게 병을 옮기고 말았다. 보도에 따르면 중태인 남아는 신주쿠 호텔에 가족과 함께 머물다 발병했다고 한다. 그 호텔이란 곳이 바로 모리시타가 투숙했던 일루미나 호텔이 틀림없다. 일루미나 호텔에서 모리시타는 "어제부터 몇 번이나 토했다"고 했다. 호텔 안 화장실에서 토했다면 균을 뿜어댄 꼴이나 마찬가지다. 저항력 약한 아이에게 감염된 것이리라.

도쿄에서 감쪽같이 사라질 예정이었던 모리시타의 행방을 지금, 전 일본이 쫓고 있다. 그 자체는 나의 파멸이 아니다. 아무리 모리시타가 주목을 받아도 그것만으로 시체를 산속에서 파낼 수 있는 것은 아니다.

파멸이란 곧, 내가 실종 전의 모리시타를 만났다는 사실이 확실해진다는 것이다. 모리시타와 나는 접점이 없다, 정확히는 보이샤크 마을로 거슬러 올라가기 전에는 우리의 접점을 찾을 수 없다는 사실이 내 은신처였다. 그 은신처를 잃고 경찰의 이목을 끌면 달아날 수 있다는 보장이 없다.

화장실 세면대에 몸을 숙이고 구토를 참았다. 밤이 되자 갑자기 구역질이 치밀었다. 온몸의 핏기가 단숨에 가시는 듯한, 끔찍이도 불쾌한 감각이 들러붙어 떨어지지 않았다.

콜레라일까?

어수선한 사고를 애써 그러모아 생각했다.

이 증세의 원인이 콜레라가 아니라 강행군과 살인 경험이 가져다준 육체적 한계라면 아무 문제 없다. 기어가는 한이 있어도 내일 비행기에 올라타서 방글라데시로 돌아간다.

만일 이 몸이 콜레라에 감염되었다면? 그것은 모리시타의 이름이 내 육신에 새겨져 있는 꼴이나 마찬가지다. 국내 콜레라 발생 소식에 급히 실시했을 검역 결과는, 내가 입국할 때 감염되지 않았다는 사실을 증명하고 있다. 즉 내가 감염되었다면 감염원은 모리시타라고 생각할 수밖에 없다. 살해할 때 쏟아진 토사물이 의심스럽다. 증상이 심각해져 호텔맨에게 업혀 병원으로 실려가게 된다면…….

모든 언론이 인도에서 돌아온 남성을 만난 사람에게 가차 없이 스포트라이트를 쏠 것이다.

구토를 참으며 커튼을 살짝 열었다. 호텔 창문으로 도쿄가 보인다. 어둠 속에 흩뿌려진 무수한 불빛이 보인다.

알람을 죽인 것도, 모리시타를 죽인 것도, 전부 필요한 일이었다. 그렇게 믿었다. 하지만…….

어디에서 실수한 걸까?

역시 차이를 입에 댄 게 잘못이었나? 그 차이는 미지근했다. 내가 마시지 않았다면, 모리시타도 마시지 않았을지 모른다. 감염 질병이 만연한 땅에서는 충분히 가열한 음식물만 먹는다는 기본을 끝까지 충실히 지켰어야 했나?

모리시타를 일본으로 돌려보낸 게 잘못이었나? 알람 아베드를 죽인 뒤에 잔뜩 겁에 질린 얼굴을 본 순간, 바로 모리시타를 살려두어선 안 된다고 결심해야 했나?

혹은, 그런 것보다도 역시, 살인을 해서는 안 되었나? 중요한 일을 한답시고 결코 헛디뎌서는 안 될 길을 헛딛고 말았던 걸까?

나는 내 업무를 완수하고 싶었다. 방글라데시에 잠들어 있는 천연가스를 일본으로 운반해, 거리의 불빛으로 바꾸고 싶었다. 지금 눈앞에서 찬란히 빛나는 불빛에, 내 힘으로 하나를 더하고 싶었다.

그 소원은 이루어질까? 아니면 살인이라는 행위가 드러나 끝내 불빛을 바치지 못하고 끝날 것인가?

만등 앞에서, 나는 지금 심판을 기다리고 있다.

# 夜警

## 문지기

# I

## 1

엔진을 끄자 노랫소리도 멈췄다. 지긋지긋한 반복이 끝났다는 사실에 짜릿한 해방감을 느낀 뒤에, 지겹도록 들은 CD를 억지로 들을 필요는 없었다고 혀를 찼다.

그렇지만 오다와라에서 세 시간, 낡아빠진 중고차로 구불구불한 산길을 한없이 달리는데 음악 하나 없어서야 견딜 수 없다. 아무리 생각해도 담배를 넉넉히 준비하지 않은 게 실수였다. 어디서든 살 수 있겠지, 하는 사이에 길이 산골짜기로 접어들더니 가게가 사라졌다. 담배만 피울 수 있다면 이런 졸작만 모아놓은 앨범을 하염없이 듣지는 않았을 텐데. 하도 씹어서 아무 맛도 나지 않는 껌을 휴지로 돌돌 싸서 조수석에 던졌다.

문을 열면 한여름의 바람이 불어오겠거니 각오하고 있었다. 열기와 습기가 뒤섞인 불쾌한 바람이. 하지만 불어온 바람은 예상외로 건조해서 서늘하기까지 했다. 이즈 반도의 아마기 산맥을 넘어가는 가쓰라다니 고갯길. 길은 험하지만 공기는 맑다. 매미 소리가 가까이 들렸다.

운전석에서 웅크리고 있던 몸을 쭉 폈다. 차를 돌아보니 휴게소의 좁은 주차장 선에 비스듬히 걸려 있는 것이 보였다. 다시 주차할까 고민했지만 이 고갯길을 달려오는 한 시간 동안 앞뒤를 달리는 차도, 마주 오는 차도 한 대 못 봤다. 불편할 사람은 없을 것이다.

오히려 휴게소가 영업을 하기는 할지 염려되었다. 이렇게 통행량이 적은 길에서 장사가 될 리 없다. 양철 지붕과 묵직한 유리문. 문 너머로 보이는 테이블 좌석에는 아무도 없다. 다른 차가 없었으니 손님은 당연히 없겠지. 과연 가게 문을 열었을까가 문제다.

도로 쪽으로 하얀 양철 간판이 서 있었다. 군데군데 페인트가 벗겨져 은색 바탕이 보였다. '드라이브인 커피 담배 우동 국수'라고 쓴 검은 글씨는 아직 남아 있었지만 다른 색으로 쓴 듯한 가게 이름은 빛이 바래 다 지워졌다. 간판 위에 덧붙인 노란 회전등은 꼼짝도 하지 않는다. 전기가 끊긴 것이다. 여기까지 왔는데 설마 빈손으로 돌아가야 하나? 그렇다면 처량하다. 짜증을 지워보려 주위를 둘러보자 신선한 색채가 시야 구석을 스쳤다.

주차장 구석에 작은 사당이 있었다. 쌍미닫이문도 없는 사당이었는데 아직 새것이었다. 들여다보니 지장 같은 석상이 모셔져 있었다. 내 마음을 끈 것은 사당 앞에 놓인 꽃이었다. 헌화인지 하얗고 노란 소국이 우유병에 꽂혀 있었다. 팔월 늦더위 속에서도 싱그러웠다. 이 꽃을 바친 것은 오늘이다. 즉, 오늘 이곳에 누가 왔다.

변덕스러운 호기심에 몸을 숙여 꽃에 손을 뻗었다.

"어서 와."

갑자기 들려온 목소리에 몸이 움츠러들었다.

뒤를 돌아보니 방금 전까지 분명 아무도 없었는데, 휴게소 입구에 사람이 서 있었다.

한 손으로도 번쩍 들어올릴 수 있을 만큼 자그마한 할머니였다.

"이 계절에는 지나가는 차도 적어서."

물컵을 내려놓으며 할머니가 말했다.

"별로 내놓을 음식이 없다오."

처음부터 기대는 하지 않았다. 뭔가 만들 수 있다고 해도 이 먼지 냄새 가득한 휴게소에서 식사를 할 마음은 들지 않았을 것이다. 어찌되었든 일단은 담배다.

"담배 있습니까?"

불안한 마음을 담아 물었다.

"암암, 담배 말이지? 이것밖에 없는데."

할머니는 상표도 묻지 않고 한 갑을 가져다주었다. 지옥에서 만난 부처다. 방금 전까지 담배 한 대에 굶주려 있었는데 언제든지 피울 수 있다고 생각하자 마음에 여유가 생겨 지금 당장 피우지 않아도 된다는 생각이 들었다. 일단 주문을 했다.

"그거랑 커피요."

"알겠소."

주문한 뒤에 메뉴를 보았다. 커피는 값이 쌌다. 거짓말 같은 가격이었다. 이십 년은 값을 올리지 않은 게 아닐까? 아무래도 미안해서 함께 먹을 만한 음식을 주문하려고 찾아보았지만 디저트는 멜론 소다뿐이라 별수없었다. 내가 돈을 쓰지 않는 이유는 메뉴가 적어서 그런 거라고 변명을 하니 마음이

가벼워졌다.

에어컨은 없었다. 대신 천장 가까이 달린 선풍기가 돌아가고 있었다. 모터가 낡았는지 윙윙 묵직한 소리를 내며 고개를 흔들고 있다.

커피는 맛있지도 맛없지도 않았다. 나는 쟁반을 들고 서 있는 할머니에게 가볍게 말을 걸었다.

"지금 계절은 차가 적다니, 많이 다니는 계절도 있어요?"

"글쎄올시다."

할머니는 생긋 웃었다. 사람 좋아 보이는 웃음이다. 방금 전 한여름의 태양 아래서 봤을 때는 여든쯤 되는 줄 알았는데 이렇게 건물 안에서 웃는 모습을 보니 예순이나 넘었을지 의심스럽다. 얼굴 주름은 깊고 피부는 가뭇가뭇하다. 휴게소만으로 충분한 벌이가 될 리 없다. 땅을 가지고 있는지도 모른다.

"그야 가을이지. 가을에는 북적북적해."

"허어, 뭐가 있는데요?"

"역시 단풍이지. 다들 볼만하다고 칭찬한다오."

아리송하게 고개를 끄덕이고 커피에 입을 댔다. 단풍 구경을 하기에는 산이 너무 깊고 운치를 즐길 수 있는 유적도 보이지 않는다. 북적북적하다고 해봤자 빤한 수준일 것이다.

"총각은 어디에서 왔소?"

"도쿄입니다."

"아하!"

할머니는 요란한 소리를 냈다.

"그것참, 멀리서 왔구려. 어디로 가시오? 시모다?"

"아뇨, 행선지를 확실하게 정한 게 아니라……. 일 때문에 여기저기 둘러보는 참입니다."

"허어, 일이라. 무슨 일을 하시는가?"

"기자 나부랭이입니다. 이즈에 대해 조사하고 글을 써달라는 의뢰를 받아서요."

적당히 대답했는데 할머니는 "그래, 그렇구려" 하고 자꾸 고개를 끄덕였다.

최대한 천천히 커피를 마셨다. 틈틈이 가게 안을 둘러보았다. 테이블은 네 개. 상판은 녹색, 다리는 가느다란 철제 프레임이다. 의자는 등받이가 없는 둥근 의자로, 앉는 부분의 비닐이 찢어져 우레탄이 다 보이는 것도 있었다. 가게 구석 높직이 텔레비전이 설치되어 있다. 의외로 텔레비전은 신형이다. 계산대에는 낡은 복고양이 장식. 바닥은 콘크리트로 마감한 상태 그대로다. 조명은 꺼져 있다. 대낮부터 불을 켤 필요는 없다는 뜻이리라. 확실히 창으로 여름 햇살이 들어오긴 했지만 그래도 역시 어둑했다. 휴게소라기보다 식당 같은 느낌이다.

커피잔을 들고 자연스럽게 물었다.

"이 가게는 혼자서 하십니까?"

"그렇다오. 사 년 전까지 바깥양반하고 둘이 했는데 지금은 혼자야."

"힘드시겠네요."

"힘들긴 뭘. 왜, 손님이 오질 않거든."

할머니는 그렇게 말하더니 깜짝 놀랄 만큼 큰 소리로 웃었다. 나까지 덩달아 신이 나는 밝은 웃음이다. 아무래도 대화를 좋아하는 모양이다. 이래야 여기까지 온 보람이 있지. 절로 흥이 났다.

"가을에는 장사가 잘된다고 하셨죠? 그럼 이 가게는 할아버님하고 함께 시작하셨나요?"

"아니야. 바깥양반 혼자 했지. 선대에게 물려받은 가게라 문을 닫을 수는 없다고 고집을 부려서. 장사도 안 되지, 내 벌이로 먹여 살린 셈이나 다름없어. 재주는 많아서 가게가 부서져도 못하고 접착제만 있으면 뭐든 고쳤으니 가게를 유지하는 데 큰돈은 안 들었지만."

그리움은 조금도 느껴지지 않았다. 할머니는 남의 뒷이야기처럼 말했다.

"벌이라고 하셨는데, 다른 일을 하셨습니까?"

"병원에서 사무를 봤다오. 이렇게 말하긴 뭐하지만 무책임한 병원이라, 내가 없으면 약도 없어지는 곳이었어. 경력 하나는 길어서 꽤 대접을 받았지. 삼십 년 동안 일하고 그 후에 이 가게로 왔어."

"그렇군요. 사연이 많으셨네요."

"그럼. 사연이 많았지."

전화가 울렸다. 따르릉, 오래된 전화벨 소리. "잠깐 실례하겠소." 할머니는 그렇게 말하고 전화로 다가갔다.

절반 남은 커피에 입을 대는 시늉만 했다. 커피를 다 마시면 할머니와 이야기를 나눌 구실을 또 찾아야 한다.

전화기에서 들려오는 탁한 목소리를 들으며 취재 목적을 되새겨보았다. 수첩은 청바지 주머니에 들어 있다. 그리고 가슴 주머니 안에서는 지금 이 순간에도 음성 녹음기가 돌아가고 있다.

## 2

할머니에게는 기자라고 했지만 사실은 라이터다. 직업을 숨기려 한 게 아니다. 라이터라는 외래어를 이해 못 할 것 같아서 그랬다.

이달 초의 일이었다. 알고 지내는 편집자가 연락을 해왔다. "급한 일인데, 자네, 괴담 쪽도 잘 알지?" 작게나마 연재하던 칼럼이 중단되어 매일 저금을 갉아먹으며 살고 있던 차였기에 얼씨구나 하고 승낙했다.

듣자 하니 괴담을 모아 잡지를 만들어 편의점에서 팔겠다는 흔해빠진 기획이었다. 팔월에 취재를 시작해도 책이 나오는 건 아무리 서둘러봤자 구월 하순. 책을 제대로 만들어보겠다고 조금이라도 시간을 들이면 눈 깜짝할 사이에 십일월 간행으로 넘어간다. 괴담 시즌에는 도저히 맞출 수도 없고 변변한 책이 될 가망도 십중팔구 없다. 물론 그것은 원고료와는 상관없는 문제지만.

몇몇 라이터가 관여하고 있는데, 내가 맡은 것은 '교통사고 괴담' 코너였다. 여섯 페이지짜리 기사가 넷, 네 페이지짜리가 하나. 여섯 페이지짜리 기사는 미리 소재가 정해져 있어 '터보 할머니■'라느니 '머리 없는 라이더'라느니, 곰팡내 나는 이야기를 쓰게 되었다. 고민할 여지도 거의 없고, 대단한 취재도 필요 없다. 여섯 페이지 기사를 네 개 쓰는 데 이틀도 걸리지 않았다.

"여전히 빠르네. 우등생이야, 정말."

전화 너머에서 편집자가 기쁜 투로 말했다.

"그 속도로 네 페이지짜리도 잘 부탁해."

쾌조는 거기까지였다.

네 페이지짜리 기사에 소재는 지정되어 있지 않다. 적당히 채워달라는 말을 들었을 뿐이다. 사진도, 이미지 사진이라면

■ **터보 할머니** _ 차를 타고 터널 안을 지날 때 자동차와 똑같은 속도로 달려와 차창을 두드리는 할머니에 관한 괴담.

편집부에서 준비하겠지만 가급적 내 쪽에서도 몇 장 찍어달라고 했다. 소재를 자유롭게 맡긴다는 건 신뢰의 증표라 솔직히 기뻤다. 하지만 처음부터 이 네 페이지짜리 기사가 가장 큰 고민거리가 될 줄 알았다.

아껴둔 소재가 없었다. 소재를 어떻게 찾아야 할지 짐작도 가지 않았다. 괴담에는 전혀 관심이 없기 때문이다.

라이터를 직업으로 삼은 지 칠 년이 된다.

스포츠 분야 전문 라이터가 되고 싶었다. 그중에서도 격투기. 복싱이나 레슬링에 강했고 검도나 유도 같은 무술 계통도 대강은 쓸 수 있다는 생각에 일을 시작했다. 장래에는 스모 기사도 쓰면서 이름과 격을 높이고 싶었다.

대학에서 나를 아껴주었던 선배가 한 걸음 먼저 라이터로 이름을 날렸다. 그 선배 소개로 스포츠 잡지에 기사를 몇 개 썼고 이 년 후에는 정기적으로 일을 받을 수 있게 되었다.

그리고 차츰 깨달았다. 나는 스포츠에 대해 자세히 안다고 생각했지만 실제로 내가 아는 정도의 지식을 가진 사람은 넘쳐난다는 사실을. 그리 충격적이지는 않았다. 지식의 결여는 보충하면 된다. 그런데 치명적이게도, 나는 특별히 스포츠를 좋아하지 않는다는 것을 깨닫고 말았다.

화려한 월드 매치에는 달려들어도 처참한 무제한 승부나

오프닝 경기에는 흥미가 식어버린다. 기대의 유망주를 직접 발굴하는 재미를 느끼지 못하고 누가 한차례 떠들고 지나간 다음에 뒤를 좇을 수밖에 없다. 요컨대 가장 잘하는 줄 알았던 스포츠 분야에서도 나는 표면적인 흥미밖에 갖지 못했다는 뜻이다.

그래도 재주는 있는 편이라 아무거나 쓸 수 있다. 속으로는 별 볼 일 없다고 비웃으면서도 칭찬해달라는 소재를 칭찬하는 기사는 얼마든지 쓸 수 있다. 일을 주던 선배는 그런 내 성격을 꿰뚫어 보았다. 몇 번이나 이런 충고를 해주었다.

"잘 들어, 팔방미인이 되지 마. 너는 재주가 좋으니 아무거나 쓸 수 있겠지. 하지만 정말 아무거나 쓰다 보면 미래가 없어."

그럼에도 나는 눈앞의 삼만 엔, 오만 엔을 좇아 바로 그런 팔방미인이 되었다. 지난 일 년, 스포츠 쪽 의뢰는 한 건도 들어오지 않았다.

이러이러한 괴담에 대해 기사를 써달라는 의뢰를 받으면, 완성도와 속도는 프로에 버금간다고 자부한다. 하지만 마음대로 네 페이지를 써달라고 하면 손이 딱 멈춰버린다. 늘 있는 일이었다.

결국 나는 이번에도 선배에게 달려갔다. 선배는 정말 좋은 사람이다. 입에 침이 마르도록 당부한 충고를 전혀 듣지 않은 나를 아직도 따뜻하게 맞아준다. 그리고 확실히 유능했다. 선배의 전문 분야는 주술이나 기도 같은 고전 오컬트로, 괴담은 전문에서 조금 벗어난 분야였다. 그런데도 바로 소재를 하나 내주었다.

"언젠가 쓰려고 했는데 실어줄 곳도 없고 취재 시간도 없어서 묵혀뒀던 거야. 네가 보기엔 어때?"

나는 선배의 맨션에서 푹신한 방석에 책상다리로 앉아 건네받은 파일을 펼쳤다. '죽음을 부르는 고개(가제)'라고 적혀 있었다.

"제목은 뭐, 진짜 가제야."

선배는 쑥스러운 기색으로 말했다.

파일 내용은 이러했다.

이즈 반도 남부에 가쓰라다니 고개라는 곳이 있다. 시모다에서 북쪽으로 올라가는 길인데, 과거에 아마기 고개와 함께 이용되었다. 비슷하게 험한 길인데 거리는 가쓰라다니 고개가 1.5배는 된다. 이윽고 아마기 고개가 정비되면서 가쓰라다니 고개의 교통량은 줄어들었다.

그래도 이즈 반도의 끝자락에 위치한 작은 마을, 즈난 정에 가쓰라다니 고개는 생명선 같은 길이다. 간신히 명맥을 이

어온 그 길에서 최근 기묘한 사건이 다발했다고 한다.

전부 사망 사고. 운전자들은 고갯길에서 절벽 밑으로 굴러떨어져 죽었다. 파일에 담긴 사고는 지난 사 년 사이에 네 건. 사망자는 다섯 명…….

선배가 조사한 자료는 한눈에 봐도 상세했다. 현장 사진도 있고 죽은 사람들의 약력까지 조사했다. 이만큼 취재해놓고 기사로 쓰지 않다니 아깝지만 그 이유도 조금 알 것 같았다.

"고맙습니다."

그렇게 첫마디를 꺼낸 다음 물어보았다.

"근데 이거, 좀 약하지 않나요?"

아무것도 없는 길에서 거의 매달 사고가 일어난다면 충분히 소재가 된다. 하지만 제대로 보수도 되지 않았을 험한 길에서 일 년에 한 건 일어나는 사고로 '괴담'이 성립될까?

"그런가?"

"뭐랄까, 전혀 '등장'하지 않잖아요. 그 왜, 터보 할머니 같은 캐릭터가."

"아아."

선배는 그제야 깨달았다는 듯이 쓴웃음을 지었다.

"그건 패잔병 전설■을 갖다 붙이면 되지 않을까?"

"패잔병이라면, 헤이케 말인가요?"

"이즈인데 헤이케일 리가 있나."

"그런가요."

선배에게는 이즈에서 패잔병이라고 하면 바로 떠오르는 이미지가 있는지도 모른다. 나는 적당히 맞장구를 칠 뿐이다. 전문 분야가 다르니 어쩔 수 없다고 스스로를 위로했다.

"패잔병이라……."

감이지만, 괴담 책을 손에 드는 독자의 취향에는 맞지 않을 것 같았다. 이 소재를 다룬다고 해도 캐릭터는 더 고민해봐야겠다. 무참하게 죽은 폭주족 아니면 일본군의 유령, 그렇게 꾸미면 폼은 나겠지…….

문득 파일에서 시선을 들자 선배가 팔짱을 끼고 복잡한 표정을 짓고 있었다. 역시 쓸 만한 소재가 아니라고 생각한 걸까? 아니면 마음이 변해서 직접 쓰고 싶어졌나?

둘 다 아니었다. 선배는 이윽고 신음하듯 이런 말을 했다.

"아니, 역시 그건 그만두는 게 낫겠어."

"왜요?"

빈말로 그렇게 물었다. 선배는 윗몸이 풀썩 꺾일 정도로

■ **패잔병 전설** _ 일본 봉건 시대, 세력 다툼에서 패배한 무사들이 영지로 돌아가지 못하고 타지에 숨어들어 집단을 이루어 생활하면서 생기게 된 각종 전승으로, 그중 겐지와 헤이케 가문의 전쟁에서 패한 헤이케 무사들이 일본 전국으로 퍼지게 되었다는 이야기가 가장 유명하다.

크게 한숨을 쉬었다.

"이건 내 직감인데…… 아무래도 그건 진짜 같아. 이제야 생각났어. 그 소재는 그래서 묵혀뒀던 거야."

"진짜라고요?"

심각한 목소리를 꾸며냈다. 이런 건 또 잘한다. 내심 선배의 나쁜 버릇이 나왔구나 싶었다. 이것만 없으면 좋은 사람인데.

"그래. 가쓰라다니 고개에는 뭔가 있어. 뭔가가 존재한다고 표현하는 편이 정확할까? 어지간히 신중한 자세로 덤비지 않으면 위험해."

선배는 이따금 이렇게 '믿음'에 가까운 소리를 한다. 나는 그때마다 이 사람이 어떻게 성공했는지 궁금했다. 신세를 지고 있는 사람을 나쁘게 생각하기는 싫지만, 이런 소리를 하는 사람은 바보란 생각밖에 들지 않는다. 유령에 대한 글을 쓰는 건 좋다, 부추기는 것도 괜찮다, 그렇지만 그런 걸 믿어서 어쩌자는 말인가?

그때 나는 가쓰라다니의 사고를 '괴담'으로 각색하기로 했다. 달리 쓸 만한 소재도 없고, 시시한 소재를 그럴싸한 글솜씨로 속일 자신도 있었다. 하지만 역시 이걸로 하기로 결심한 첫 번째 이유는 따로 있었다.

나는 선배의 미신 같은 표현을 웃어넘기고 싶었던 것이다.

## 3

"미안하네. 갑자기 전화가 와서."

할머니가 고개를 살짝 숙이며 돌아왔다.

"그래서 무슨 얘길 했더라?"

그러면서 내 맞은편 의자에 앉았다. 휴게소 점원으로서는 상식에서 벗어난 행동이지만 할머니는 싱글싱글 웃으며 의심한 점 없이 잡담을 계속하려 들었다. 내게도 고마운 일이다.

"이 가게 얘기였습니다. 장사를 하신 지 오래되셨나 봐요?"

할머니는 고개를 끄덕였다.

"암. 손님들 덕분에 근근이 버티고 있지."

"일 년 내내 장사하십니까?"

"이 부근은 눈도 내리지 않으니 매일 열지. 비가 오나 바람이 부나……."

통행량이 이 정도로 없는 길이라면 가을에만 장사할 만도 한데. 일 년 내내 열면 적자 아닌가? 괜한 걱정을 했다.

"요 앞 마을에서 통근하십니까?"

"암."

이야기가 마을로 옮겨가자 할머니의 목소리가 은근히 푸근해졌다.

"그렇다오. 즈난 정이라는, 아무것도 없는 마을이야."

"지금은 혼자 사십니까?"

"그렇지."

"힘드시겠네요."

할머니가 환하게 웃었다.

"그렇지도 않아. 도시에서 딸이 돌아와서 이것저것 보살펴준다오. 손녀도 다 커서 자주 만나러 와주고. 쓸쓸할 이유는 하나도 없지."

나도 덩달아 웃었다.

"착한 손녀네요."

"암. 정말이야."

커피에 입을 댔다. 취재 목적을 언급도 하기 전에 벌컥벌컥 마시면 안 된다. 마시는 시늉만 하고 잔을 테이블에 내려놓았다.

어떻게 말을 꺼낼까 고민했지만 이 정도로 말이 많은 상대라면 잔꾀는 필요 없을 것이다.

"친구에게 들었는데, 이 고개에서 최근 사고가 많았다면서요?"

뜬금없는 질문이었다. 조금은 당황할 줄 알았는데 할머니는 손을 살래살래 흔들더니 기다렸다는 듯이 몸을 내밀었다.

"그렇다니까. 정말이지, 젊은 사람들만 말이야. 안됐어. 총각도 운전 조심해."

"예, 그래야죠. 젊은 사람만 죽었다고요?"

"그렇다는구려. 노인들은 뭐, 이 부근 길에 훤하니까."

"마을에서도 얘기가 있었던가요?"

할머니는 조심스럽게 고개를 끄덕였다.

"그야 그렇지. 지난 몇 년 동안, 이렇게 작은 마을이 신문에 났다 하면 사고 얘기뿐이라. 저 앞이라오."

할머니가 어두운 가게 안에서 한여름 속의 바깥을 가리켰다. 바람 한 점 없는지 창밖에서는 나뭇잎들이 살랑거릴 기미도 없었다.

선배에게 받은 파일을 읽어뒀기에 사고 발생 장소는 알고 있었다. 할머니 말대로 이 휴게소에서 조금 떨어진 커브에서 사고가 났다.

괴담이니, 유령이니 하는 이야기를 경멸하는 나도 그 파일을 봤을 때는 조금 오싹했다. 네 건의 사고는 단 한 번의 예외도 없이 같은 커브에서 났다. 현장 사진만 봐서는 그리 급한 커브가 아니지만 그 밑은 까마득한 낭떠러지다. 네 대의 차가 거기에서 추락했고 다섯 명이 죽었다.

"위험한 길이네요."

할머니에게 대충 이야기를 듣고 실제로 그 커브를 보러 갈 예정이다. 사고가 잦으니 당연히 적잖이 위험한 길이겠지만, 현지 주민의 이야기도 들어두고 싶었다.

할머니는 쪼글쪼글한 얼굴을 잔뜩 일그러뜨리며 말했다.

"그런데 딱히 위험한 길이 아니란 말이야."

"그런가요, 할머니는 매일 그 길을 지나 여기로 오시는 거죠?"

"그렇다니까. 고물 경트럭을 타고. 비가 오나 바람이 부나 지나는 길인데 위험하다고 생각한 적은 한 번도 없다오."

체감은 그럴지도 모른다. 하지만 그래서야 기삿거리가 못 된다. 이 코멘트는 못 쓰겠군. 아니, 그래도 언뜻 보기에 멀쩡한 길에서 사고가 자주 난다는 게 이야기상 재미있을까?

"어떤 길인지 말씀해주실 수 있습니까?"

"어떻긴, 평범한 길이야."

할머니는 조금 생각에 잠겼다.

"여기에서 한참 동안 쭉 뻗은 내리막길이라오. 쭉 뻗었다고 하지만 차츰 왼쪽으로 꺾이는 길이지. 그게, 그래, 얼마나 이어지더라. 긴 내리막길은 브레이크가 닳으니까 엔진브레이크를 쓰라고 남편에게 자주 혼났다오. 요즘 차는 성능이 좋으니 그런 일은 없겠지만."

엔진브레이크라는 말은 운전 학원에서 배운 이후로 오랜만에 듣는다.

"그렇게 내려가다 보면 커다란 모퉁이가 하나 나와. 계곡 쪽으로 툭 튀어나온 길인데, 차를 세우고 내려서 경치 구경하기 좋은 장소라오. 갓길을 널찍하게 만들어놨어. 평범하게 달리면 조금쯤 밖으로 크게 꺾어도 전혀 위험할 것 없는 길이지. 뭐라더라……. 아이고, 이름이 생각 안 나네. 갓길에 있는 하얀 그거."

"가드레일요?"

"맞아, 맞아, 그래. 가드레일도 필요 없을 정도라니까. 대신 난간이 있는데, 추락한 차가 그 난간을 뚫고 나갔다지 뭐요. 아직 수리가 끝나지 않아 지금은 대신 밧줄을 쳐놨지."

현장 사진은 선배에게 빌린 파일에도 있었다.

낭떠러지에는 가드레일 대신 갈색 철책이 있었는데, 일부가 통째로 철거되어 있었다. 거기가 바로 추락한 차가 뚫고 간 자리일 것이다. 뚫린 자리에 노랗고 검은 경고용 밧줄이 몇 겹으로 쳐져 있었다. 그리고 그 앞에는 켜켜이 겹친 산 너머로 태평양이 얼핏 보였다. 얼마나 높은 낭떠러지인지는 모르겠지만 네 건의 추락 사고에서 생존자는 없다고 했으니 대충 감이 온다.

보고만 있어도 막연한 불안을 자극하는 사진이었다. 지금도 그때 그대로인 듯했다.

"그래서 돌아가신 분은……."

"아아."

할머니는 고개를 끄덕였다.

"마에노 씨라고, 이곳 공무원이었다오."

## 4

마에노 다쿠야.

시즈오카 현 누마즈 시 출신. 사고 당시 31세. 시즈오카 현청 직원. 독신. 선배의 파일에 얼굴 사진은 없었지만 '문화관광과'라는 메모가 있었다.

작년 10월 2일(화) 오후 4시 50분경, 가쓰라다니 고개를 지나던 운송 회사 사원이 철책 파손부에 감겨 있던 밧줄이 끊어져 있는 것을 발견했다. 당시는 일단 지나갔지만 돌아오는 길에도 같은 상태였던 게 마음에 걸려 차를 세우고 주위를 살펴보았다고 한다. 그 결과, 절벽 밑에 떨어져 있는 자동차를 발견하고 110번으로 신고했다.

약 네 시간 후, 마에노 다쿠야는 구급차로 병원에 이송되었지만 결국 사망했다.

"성실한 사람이었지."

할머니가 아련한 목소리로 말했다.

"아는 사이였습니까?"

"암. 우리 가게에도 몇 번 들렀는걸."

이 가게에는 사고 현장 근처에서 장사를 하는 사람의 이야기를 듣고 기사에 몇 줄 보탤 요량으로 왔다. 그런데 뜻밖의 횡재다. 사망자의 생전 이야기는 기사의 핵심이 될 수도 있다. 무심코 몸을 불쑥 내밀 뻔했다.

"그래서, 어떤 사람이었습니까?"

내가 조용히 흥분하든 말든 할머니의 느긋한 말투는 변함이 없었다.

"하아, 그러니까, 성실했다니까."

"젊은 사람이었죠?"

"젊었지. 얼굴이 참 앳되게 생긴 사람이었어. 키는 컸는데. 요즘 사람들은 다들 키가 크니까 잘 모르겠네."

그러면서 웃는다.

"땀을 많이 흘렸다오. 이 부근은 시원한데, 마에노 씨는 늘 폭포수처럼 땀을 흘렸지. 내가 병원에서 일할 때 본 공무원들은 다들 거만했어. 내 자식뻘 되는 사람이 떵떵거리는 꼴을 몇 번이나 봤지. 마에노 씨는 달랐어. 나 같은 사람한테도 잘 부탁한다고 고개를 숙였지. 웃는 법은 몰랐지만 어찌나 성실히 일하던지. 그렇게 참한 사람이 일찍 죽다니 안됐어. 이것도 어쩔 수 없는 일이겠지."

성실하다는 말을 자꾸 되풀이한다. 어지간히 인상에 남았는가 보다. 조금 더 이야기를 끌어내려고 운을 떼어보았다.

"현청 직원이 뭘 하고 있었을까요, 휴일이었나?"

그럴 리 없을 것이다. 사고가 난 10월 2일은 평일이다. 현청 직원이 놀러왔을 가능성은 낮다. 예상대로 할머니가 눈을 휘둥그레 뜨고 말했다.

"설마. 일 때문이었지."

"일요? 이 도로를 따라가면 즈난 정이었죠. 거기에 볼일이 있었을까요?"

"글쎄, 뭐라고 했더라."

그렇게 말하며 할머니는 귀찮다는 듯이 무릎을 문질렀다.

"아, 참. 자원을 찾고 있다고 했다오."

"자원을요?"

"그렇다니까."

매미가 울고 있다. 천장에 바짝 붙어 있는 선풍기에서 미지근한 바람이 나오고 있었다. 할머니는 애가 탈 정도로 느긋하게 말했다.

"현청 일로 새로운 자원을 찾고 있다고 했어. 현을 구석구석 돌며 동사무소 같은 곳을 찾아가 그곳 자원을 발굴하는 게 일이라던가. 우리 눈에는 하찮게 보이는 거라도 꼼꼼히 조사해서 현청에서 인증을 해주면 이야깃거리는 될 거라고 하더군."

자원이라니, 설마 석유는 아니겠지.

"그럼 요 앞 즈난 정에서 일을 할 예정이었겠군요."

"글쎄, 그랬겠지. 어쨌든 이 길은 즈난 정으로만 통하니까."

"그러다 사고를 냈다……. 운전을 거칠게 하는 분이었을까요?"

할머니는 슬그머니 웃었다.

"글쎄올시다, 나도 이 나이까지 여러 사람을 봤지만 운전만큼은 겉보기로는 알 수가 없거든. 나도 바깥양반한테 싸움꾼처럼 운전한다고 야단맞곤 했다오."

그럴지도 모른다.

사고 원인은 선배 파일에도 적혀 있지 않았다. 마에노 다쿠야의 운전 습관이 험했을지도 모르고, 할머니가 아까 말한 것처럼 길고 긴 내리막 고개에서 브레이크가 말썽을 일으켰을지도 모른다. 요즘 차에도 정말 그런 위험이 있는지 조사해야 할까?

아니, 안 해도 되겠지. 네 페이지를 채우는 데 사고 원인을 파헤칠 필요는 어디에도 없다. '어찌된 영문인지, 이상하게도'라는 말이면 충분하다.

"그래서 마지막으로 만난 건 언제였습니까?"

별생각 없이 그렇게 묻자 할머니는 손을 흔들었다.

"아이고, 경찰같이 그러지 마시오."

"아아, 죄송합니다."

고개를 숙였다.

다행히 할머니는 말처럼 기분 상한 눈치는 아니었다. 작게 한숨을 쉬더니 이런 말을 한다.

"그나저나 안됐지. 마에노 씨도 아직 젊었지만, 그전에도 젊은 사람이었거든. 꽤 사나운 사람이었지만 그렇다고 죽어도 된다고 법은 없잖소. 역시 안됐어. 하지만 어쩔 수 없는 일이지."

"그전에 난 사고도 알고 계십니까?"

할머니는 이제 와서 그런 당연한 소릴 왜 하느냐는 듯이 눈을 동그랗게 떴다.

"그럼. 비가 오나 바람이 부나 가게를 여니까, 당연히 알고 말고. 다자와 씨라는 남자하고 후지이 씨라는 여자였지."

## 5

다자와 가케루.

시즈오카 현 즈난 정 출신. 사고 당시 36세. 무직.

후지이 가나.

지바 현 시로이 시 출신. 사고 당시 32세. 접객업.

선배의 파일에는 어디서 입수했는지 두 사람의 사진이 붙어 있었다. 밤에 해안가에서 차에 기댄 자세로, 남자는 카메라를 노려보듯이, 여자는 혀를 내민 포즈로 찍혀 있다. 플래시 때문에 둘 다 눈이 빨갛다. 사진 속 남자에게는 볼펜으로 줄을 그어 '기둥서방'이라고 가리키는 메모가 있었다. 용케 그런 것까지 조사했다. 여자의 '접객업'에 대해서는 자세한 기록이 없었다.

사진을 입수할 때 들었는지, 다자와에 대해서는 다른 정보도 적혀 있었다. 전과가 있다. 파일에는 '공무집행방해로 체포. (소문) 경찰 자전거를 걷어찼다?'라는 메모가 있었다.

이 년 전 6월 30일(목) 오후 8시 30분경, 즈난 정에서 제사를 지내고 돌아오던 남자(66세)가 절벽 밑으로 떨어지는 불빛을 보았다. 자동차 헤드라이트가 아닌가 의심한 남자는 낙하 지점으로 보이는 커브에서 차를 세우고 절벽 밑에서 붉게 깜빡이는 미등을 보고 110번으로 신고했다.

구조 작업은 날이 밝은 뒤에 시작되었고, 작업 개시 두 시간 만에 둘 다 사망한 것으로 확인되었다.

"다자와 씨는 즈난 정에서 태어났다고 들었는데요."

그렇게 말하자 할머니는 눈을 동그랗게 떴다.

"어머나. 잘 아는구려."

"아니, 그냥……. 기자니까요."

엉겁결에 거짓말을 했다. 어째서 당당히 사고를 조사하는 라이터라고 밝히지 않았을까?

이유는 알고 있다. 머리로는 받아들였다고 생각해도, 닥치는 대로 아무 일이나 받는 지금 상황에 스스로 부끄러운 마음이 있기 때문이다. 그래서 남들에게 말하지 못한다. 할머니는 내 정체에는 관심이 없는지 "그러시구려" 하고 맞장구칠 뿐이었다.

"저, 다자와 씨하고는 아는 사이였습니까?"

할머니는 손을 저었다.

"그야 즈난이 작은 마을이긴 하지. 그렇다고 다들 알고 지내는 건 아니야. ……다만 나중에 옛날 동료의 친척이라는 얘기를 들었다오."

모른다고 하면서도 역시 어디선가 인연이 있었던 모양이다.

"깜짝 놀랐지. 만약에 알고 있었다 해도 어떻게 해줄 수는 없었지만, 역시 안됐지 뭐요."

"다자와 씨는 여자분과 함께 있었던 거죠? 고향에 가는 길이었을까요?"

"듣자 하니 그렇게 기특한 이유가 아니라던데."

역시 지역 주민들 사이에는 소문이 무성한 듯했다. 누가 들을 리도 없는데 할머니는 목소리를 낮추었다.

"다들 하는 말이, 도쿄에서 빚을 져서 돈을 빌리러 가는 길이었다지 뭐요. 다자와 씨 댁에는 밑에 아들이 하나 더 있는데 효자라서 재산을 그쪽에 남겨주고 싶었다더군. 시큰둥한 부모를 말이 좋아 설득이지, 협박하듯 억지로라도 돈을 받아내려고 직접 담판을 지으러 가는 길이었다고 들었어."

"그랬군요. 부모 입장에서는 오지 않았으면 하는 골칫거리였으니 사고가 나서 마음이 놓였겠네요."

할머니는 눈썹을 찡그렸다. 깊은 주름이 파였다.

"이보시오, 부모란 그런 게 아니야. 못난 자식이라도 먼저 죽으면 슬픈 법이야."

"그런가요?"

"암. 내 딸도 썩 잘난 아이는 아니지만, 나보다 먼저 간다고 생각만 해도……."

간절한 목소리였다.

"싫구려."

"그렇군요……."

문득 떠오른 생각이 있었다.

"방금 다자와 씨는 사나운 사람이었다고 하셨죠?"

"그랬지."

"원래 아는 사이가 아니었다면, 이 가게에 왔을 때 사납게 굴었던 겁니까?"

할머니는 기다렸다는 듯이 몸을 쑥 내밀었다.

"맞아. 죽은 사람을 나쁘게 말하긴 싫지만."

얼굴을 과장스럽게 찌푸리고 있다.

"아무래도 함께 온 여자랑 싸움이라도 했는지, 기분이 나빠 보였다오."

"그날 있었던 일을 말씀해주실 수 없을까요?"

그렇게 부탁하자 할머니는 별소리를 다 한다는 듯이 크게 손을 휘저었다.

"별로 재미도 없어. 이 나이가 되면 자꾸 잊어버리기만 해서. 게다가 죽은 사람을 나쁘게 말하긴 싫구려."

확실히 기억이 오락가락하는지 같은 소리를 두 번이나 했다. 말과는 달리 이야기하고 싶어 좀이 쑤신 기색이 눈에 보였다.

"그러지 마시고 제발."

그렇게 한번 찔러보니 아니나 다를까, 할머니는 어이없이 꺾였다.

"그래? 재미는 없을 텐데. 그럼 들어보겠소?"

그렇게 말하더니 주름진 손을 허벅지 위에 올렸다. 기분 탓인지 등도 쭉 편 것 같았다.

할머니는 느긋한 목소리로 이야기를 시작했다.

"그게 오월이었나, 유월이었나. 비가 오는 계절이었지. 장마철이었는데 그날은 아침부터 날이 맑았어. 계절이 그런 거니 어쩔 수 없지만, 텁텁한 무더위는 나이가 들어도 참 싫단 말이야. 그런데 지구온난화라고 하나, 요즘은 옛날보다 더 지내기 어려워진 것 같아.

아침 10시에 가게를 여니까, 그날도 그랬을 게야. 가을이 아니면 손님이 그리 많지 않은 가게니 그날도 그랬겠지. 별다를 바 없는 일상에 너무 익숙해져서 조금 특별한 일이 있어도 일일이 기억이 나지 않아.

그래도 저녁 무렵, 그 두 사람이 들어왔을 때의 일은 기억한다오. 해가 길 때였는데도 이미 어둑해지기 시작해서 가게 문을 닫으려는 참이었지. 그때 타이어를 끽끽 긁으며 차가 들어왔어. 아주 뛰어들 기세였지. 남자가 차에서 내렸는데 불쾌한 얼굴로 함께 타고 있던 여자에게 고함을 질러대더군. 이건 경찰한테는 말하지 않았는데, 맥주를 주문했다오. 남자가 운전석에서 내린 것처럼 보였으니까 사실은 팔지 말았어야 했는데. 어쨌든 혼자서 하는 가게라 행패라도 부리면 큰일이거든. 주문대로 맥주를 내줬지. 그러는 사이에도 계속 심통을 부렸어. 입만 험하면 다행인데 여기저기 막무가내로 발길질을 해대니 어찌나 난처하던지."

"발길질을 했단 말입니까?"

"그랬다니까."

할머니는 무릎에 손을 얹더니 "영차" 하고 일어나서 테이블 하나를 손으로 짚었다.

"이것도 그랬다오. 빵빵 걷어차서 다리가 휘어버렸어."

일어서서 할머니가 말한 테이블의 다리를 보았다. 적갈색 다리는 듣고 보니 정말 휘어 있는 것처럼 보였다. 아무리 낡은 물건이라고 해도 철제 다리가 휠 정도니 어지간히 세게 걷어찬 모양이다.

"뭐라고 하던가요?"

"글쎄……. 소리는 고래고래 질렀는데 혀가 꼬였다고 하나, 말투가 이상해서 잘 못 알아들었다오. 나도 나이에 비해서는 귀가 밝은 편인데."

그건 귀 때문이 아니다. 아마도 걸걸한 목소리로 위협하듯 말하지 않았을까? 그렇다면 못 알아들을 수도 있다.

"여자는 어땠습니까?"

할머니는 고개를 갸웃거렸다.

"하아, 잘 기억이 안 나네. 뭔가 부루퉁해 보였는데."

"성실해 보이던가요?"

"글쎄올시다……."

이쪽은 두루뭉술했다. 남자가 고함을 지르며 테이블을 걷어찼다면 여자 쪽에 눈이 가지 않은 게 당연할지도 모른다.

"그렇게 두 사람이 나가고 얼마 안 있어 순찰차 사이렌 소리가 들렸다오. 조용한 곳이라 소리가 잘 들리거든. 결국 음주운전으로 처리됐는데, 차 안에 맥주 캔이 있어서 우리는 처벌받지 않았지. 만약 내가 술을 내주지 않았다면 어찌되었을까. 하지만 말이오, 나도 혼자 꾸리는 가게라 사나운 사람이 내놓으라고 하면……."

"아니, 충분히 이해합니다. 거절하기 어렵겠죠."

"암. 어지간해서는."

"그나저나 엉뚱한 피해를 보셨네요."

적당히 대꾸하면서 커피로 시선을 떨어뜨렸다. 가슴 주머니 속 음성 녹음기는 제대로 돌아가고 있을까?

다자와 가케루는 음주운전이었다. 그 사실은 선배의 파일에 적혀 있지 않았다. 신문에 나와 있었을 테니 선배에게는 자명한 사실이니 생략한 것이리라. 가게 테이블을 걷어찼다는 건 체포 경력과 우스울 정도로 일치했다. 경찰 자전거를 걷어찼다는 게 사실이라면 휴게소 테이블도 걷어찰 수 있겠지. 다리를 가만두지 못하는 남자였나 보다.

할머니가 술을 팔았다는 사실은 확실히 위험하다. 술 취한 사람이 운전하는 차가 낭떠러지 밑으로 떨어졌다고 이상하게 여길 독자는 없기 때문이다. 귀신의 소행으로 정리하려면 음주 건은 쓰지 않는 게 나으려나. 그렇게 기사 초안을 짜고 있는데 할머니가 울적한 목소리로 중얼거렸다.

"아무리 그래도 젊은 사람이 불행한 일을 당했으니 마음이 아파. 여자에게 손찌검하는 깡패는 죽어도 싸지만 다자와 씨는 다른 곳은 다 걷어차도 여자는 차지 않았거든."

그건 재미있다. 물론 우연히 이 가게에서 그랬을 뿐 평소에는 일상적으로 폭력을 휘둘렀을지도 모른다. 하지만 날뛰는 다자와에게 후지이가 겁도 없이 '부루퉁한 태도'였다는 게 사실이라면, 두 사람이 어떤 관계였을지 상상의 폭이 넓어진다. 의외로 지갑을 쥐고 있는 후지이에게 주도권이 있었을지도 모른다.

"역시 옛날 남자들은 여자에게 손찌검을 했나요?"

별 뜻 없이 그렇게 물어보자 할머니는 어리둥절해하다가 곧 화난 목소리로 말했다.

"우리 바깥양반은 그런 적 없었소. 고생은 많이 했지만 늘 싱글벙글 웃었어. 그렇게 훌륭한 사람은 또 없을 게야."

"아아, 죄송합니다. 그런 뜻이 아니었는데."

"그야 가부장적인 남편은 옛날부터 있었지만, 요즘 남자들 중에도 걸핏하면 손찌검을 하는 죽어도 싼 망나니는 많아. 눈앞에 보이는 물건을 걷어차는 정도는 귀엽지."

사물에 화풀이하는 데 거부감이 없는 사람은 사람에게 화풀이하는 것도 시간문제라고 생각한다. 하지만 할머니의 기분을 상하게 해서 귀중한 정보 출처를 잃는 것도 어리석다. 지금까지 들은 이야기로 그럭저럭 기사는 짜깁기할 수 있겠지만 고분고분 들으면 뭔가 더 나올 것 같다. 한 번 더 "죄송합니다"라고 말했다.

할머니는 사과를 들은 건지 안 들은 건지 그리운 기색으로 중얼거렸다.

"젊을 때는 거드름을 피우는 사람들도 있지. 다자와 씨도 젊었는데, 그전 사람은 학생이었다오."

예상하고 있던 내용이었다. 마에노도 다자와도 알고 있다면, 그전 사망자를 알고 있다 해도 이상할 것 없다. 학생이라는 말에 바로 감이 왔다. 다자와 · 후지이 사고 한 해 전에는 대학생이 죽었다. 이름도 기억하고 있다.

"오쓰카 말입니까?"

할머니는 그리운 이름을 들었다는 듯이 실눈을 떴다.

"그래, 맞아. 분명 오쓰카라는 이름이었지."

# 6

오쓰카 후미토.

오카야마 현 구메 군 구메난 정 출신. 사고 당시 22세. 도쿄 도 다이토 구 메기 대학에 다니는 사학과 학부생이었다.

선배의 파일에는 졸업 앨범에서 복사했는지 사진이 첨부되어 있었다. 스탠드칼라 교복을 입고 의젓하게 구는 사진은 할머니가 '앳되다'고 말한 것처럼 확실히 동안으로 보였다. 물론 중학교 때 사진일지도 모른다. 그렇다면 나이에 걸맞은 얼굴이다.

삼 년 전 5월 15일(토) 오후 6시경, 오토바이로 이즈 반도를 여행하던 남성(20세)이 갓길에서 쉬려다가 파손된 철책을 발견했다. 주변을 살펴보다가 절벽 밑에 떨어진 차를 발견하고 110번에 신고했다.

구조는 난항을 겪었다고 적혀 있었다. 구조 작업은 일몰 때문에 중단되었고, 이튿날 일출과 함께 재개했지만 오쓰카 후미토는 현장에서 사망이 확인되었다.

"맞아, 오쓰카 씨. 총각 정말 자세히 아는구먼."

"아니 그냥…… 직업상."

머리를 긁적이며 둘러댔다. 거의 바닥이 보이는 커피로 손을 뻗었다. 정보료인 셈 치고 추가 주문을 할까 싶었지만 이야기가 엉뚱한 데로 샐지도 몰라 말을 끊기 싫었다.

"오쓰카 씨도 이 가게에 왔습니까?"

"암."

"이름을 말하던가요?"

"설마. 신문에서 봤지."

조금 의아한 생각이 들었다.

"마에노 씨도, 다자와 씨도, 오쓰카 씨도, 이 가게에 들렀습니까?"

할머니는 안타깝다는 듯이 얼굴을 찌푸렸다.

"그래. 비가 오나 바람이 부나 장사를 하니 별 사람들이 다 와. 게다가 사연도 있거든. 총각, 이런 휴게소가 어떻게 버티는지 궁금하지?"

아무래도 대답하기는 꺼려져 고개만 끄덕였다.

할머니는 자꾸 무릎을 쓸며 말했다.

"내가 봐도 이상해. 아무리 대대로 내려온 가게라고 해도 적자라면 문 닫아야지. 괜찮은 건지 바깥양반한테 물어본 적이 있었다오. 그랬더니 이런 말을 하더군.

'당신은 동네 밖으로 안 나가니 모르겠지만, 북쪽에서 가쓰라다니 고개를 넘어오는 사람들은 진짜 힘들어. 구불구불한 산길을 마냥 가다 보면 길다는 얘기는 들었어도 대체 언제까지 가야 하는지 불안해지거든. 이 길이 얼마나 이어질지, 정말 이 길이 맞는지, 문득 걱정되기 시작할 때 이 가게가 나오는 거야.'

실제로 혼자 꾸려보니 바깥양반이 무슨 뜻으로 한 말인지 이해가 되더군. 처음 온 손님은 대부분 앞으로 얼마나 더 가면 산길이 끝나는지 묻는다오. 이 길이 즈난 정으로 가는 길이 맞는지 묻는 사람도 있고. 항상 오는 운송 회사 직원도 여기에 가게가 있어서 마음이 놓인다고 해. 이런 초라한 가게라도 사람들에게 조금은 도움이 될 수 있다고 믿고 있다오."

그 마음은 나도 알 것 같았다. 실제로 여기까지 오는 길은 멀고 험했다. 음악도 자꾸 들으니 지겨웠다. 이 가게를 찾고 있었으니 산기슭까지 얼마나 걸릴지는 신경쓰지 않았지만 그렇지 않았다면 역시 차를 세우고 한숨 돌릴 겸 아직 더 가야 하느냐고 물었을지도 모른다.

할머니가 피식 웃으며 덧붙였다.

"그래서 내비게이션인가 하는 물건 있잖소, 모든 차에 그게 달리면 이 가게의 역할도 끝나겠지. 앞으로 삼십 분만 더 내려가면 마을이 나온다는 걸 미리 알면 다들 여기서 쉬고 갈 생각은 안 할 테니까."

그럴지도 모른다.

"오쓰카 씨도 그런 손님이었을 게요. 홍차를 마시고 싶다고 해서 깜짝 놀랐지. 암, 똑똑히 기억해."

"홍차 말입니까?"

"잠이 깰 만한 걸 마시고 싶은데 커피는 도저히 못 마시겠다더군. 홍차는 부자나 마시는 음료인 줄 알았는데 깜짝 놀랐어. 요즘은 그런 사람도 많은가 보지?"

"글쎄요……. 저는 둘 다 좋아합니다."

오쓰카가 타고 있던 자동차는 경차로, 렌터카였다. 평소 생활에서는 차를 타지 않았으리라. 그런 사람이 까다로운 고갯길을 달렸으니 지쳐서 카페인 생각이 날 만도 하다. 사고 원인에도 그런 영향이 있었을지 모른다.

할머니가 두 손으로 무릎을 쓸기 시작했다. 다자와에 대해 이야기할 때는 거북한 시늉이라도 하더니 한번 입을 열면 술술 나오는 사람인가 보다. 나야 고마운 일이다.

"요즘은 뭐든 잘 잊어버리는데, 그 청년은 기억이 나. 조금 특이한 청년이었거든. 가게에 들어와서도 자꾸 쭈뼛거리기에 사람 대하는 게 익숙지 않은가 보다 했지. 그래서 커피 드릴까, 하고 물었어. 그랬더니 갑자기 똑 부러지게 커피는 못 마시는데 홍차는 없느냐고 묻더라고."

자기주장은 강하지만 태도는 소극적. 그런 성격인가?

"그래서 결국 뭘 마셨습니까?"

무심코 던진 한마디에 할머니가 입을 다물었다.

"글쎄……. 뭐였더라."

할머니는 한참 생각하다가 입을 열었다.

"졸음을 물리치고 싶다고 했으니 진한 녹차나 한 잔 끓여 줬을 게야. 녹차에 돈을 받지는 않으니 멜론 소다나 주스였을지도 모르지. 어쨌든 색깔 있는 음료수였어."

"그렇군요."

기억 한번 이상하게 한다. 색이 없는 음료수가 있기는 하나? 메뉴를 슬쩍 봤다. 사이다를 두고 말하는 건가 보다.

"음료를 마시고 몇 마디 이야기를 나누다…… 밤이 되어 가게를 닫고 돌아가려는데 길가에 순찰차가 잔뜩 서 있는 게야. 정말 안타까운 일이었지."

할머니는 그렇게 말하고 고개를 숙였다.

오쓰카의 죽음에는 이해할 수 없는 점이 있다. 선배의 파일을 읽었을 때부터 조금 마음에 걸렸다.

마에노 다쿠야가 가쓰라다니 고개를 넘은 것은 일 때문이었다고 했다. 그는 시즈오카 현 직원이었으니 관할 지역 안이라면 일 때문에 어디를 가든 이상하지 않다.

다자와 가케루와 후지이 가나의 경우 다자와가 가쓰라다니 고개 너머의 즈난 정 출신이니 이것도 이해가 간다. 부모님 댁에 돈을 빌리러 가는 길이었다는 이야기도 아까 들었다. 있을 법한 일이다.

그런데 오카야마에서 태어나 도쿄의 대학에 다니는 오쓰카 후미토는 무엇 때문에 가쓰라다니 고개를 넘었을까? 처음엔 변덕스러운 드라이브였을 거라고 쉽게 생각했지만 새삼 따져 보니 꺼림칙했다. 자동차까지 빌려서 굳이 혼자 드라이브를 할까? 만일 단순히 자동차 운전이 취미였다고 해도, 빌린 것은 경차였다. 드라이브를 즐긴다기보다 저렴하고 실용적인 차를 선택한 느낌이다.

"잠깐 이야기를 나누셨다고 했는데……."

그렇게 운을 뗐다.

"오쓰카 씨가 뭘 했는지 말하던가요?"

"뭘 하긴, 학생이라던데 그걸 말하는 거요? 아니, 그건 신문으로 알았지."

"아니요, 그게 아니라 즈난 정에 무슨 용건이 있었는지 말하던가요?"

할머니는 고개를 갸웃거렸다.

"하아. 헬로워크에 간다고 하던데."

"헬로워크?"

무심코 앵무새처럼 되물었다. 대학 4학년생이었으니 취직자리를 알아볼 수도 있다. 하지만 졸업을 앞둔 대학생이 취직 활동으로 고용 센터에 간다는 소리는 거의 듣지 못했다.

"그렇다니까. 즈난 정에는 고용 안정 센터가 없는데 이상한 소리를 한다 싶었지."

헬로워크가 아니겠지. 뭔가 착각한 것이리라.

대학 4학년생이 멀리 나올 이유가 될 무언가. 취직 활동도 하겠지만, 그 외에…….

"……혹시 필드워크 아니고요?"

오쓰카는 사학과였다. 졸업논문이나 졸업 연구에 임할 때 전공 분야에 따라서는 그런 활동도 했을 수 있다.

할머니는 관심 없다는 듯이 손을 저었다.

“처음 들어보는 영어는 머리에 안 들어와.”

질문을 바꾸었다.

“어떤 이야기를 나누셨습니까?”

“어디 보자…….”

한참 생각에 빠졌다.

“……그래그래. 가쓰라다니 관문이 어디 있는지 묻더군.”

“관문?”

“그래, 관문.”

“이 부근에 있었습니까?”

그러자 할머니가 갑자기 싱글싱글 웃었다.

“오쓰카 씨도 똑같은 소리를 했다오. 가쓰라다니 관문은 고개 위에 있었다고 하니 이 부근이겠지.”

그 말을 듣고 창밖을 보았다.

한여름의 햇빛은 여전히 강렬해서 지면에 새까만 그림자를 드리우고 있다. 짙푸른 초목이 빼곡하니 무성했다. ……밖에서는 바람이 부는지 나무들이 흔들리고 있다. 천장 가까이 달린 선풍기가 보내주는 미지근한 바람이 갑자기 의식을 파고

들었다.

그런 터는 눈에 보이지 않았다.

"이 부근에는 뭔가 있습니까?"

"아니, 아무것도. 기둥 흔적 하나 없다오. 다 파묻혔거든……. 이야기로만 남았지."

나는 고개를 끄덕였다.

"그것참, 오쓰카 씨도 실망했겠군요."

일부러 필드워크까지 나왔는데 아무것도 남아 있지 않다니, 헛걸음이다. 그것으로도 모자라 사고로 죽었으니 한스럽기도 하겠다.

"그랬을까."

할머니는 그렇게 말하더니 천천히 일어났다.

의자에서 일어나니 다시금 왜소한 몸집이 눈에 들어왔다. 느릿한 걸음으로 무게가 느껴지지 않는 몸을 옮긴다. 이 할머니는 몇 살쯤 됐을까? 말투는 어딘지 모르게 맥이 없지만 못 알아들을 정도는 아니다. 정신도 멀쩡한 것 같다. 딸이 근처에 살고, 손녀가 놀러온다고 했다. 남의 일이지만 다행이라고 생각했다. 하루벌이로 먹고살기 바빠 다 닳은 줄 알았던 이런 감정이 내게도 아직 남아 있었던 모양이다.

할머니는 계산대로 가더니 근처에 있던 종이를 집어 들

었다.

"가쓰라다니 관문에 대한 건 여기에 적혀 있다오. 글씨가 작아 난 못 읽으니 읽어주겠소? 말을 많이 했더니 목이 마르네. 차를 끓여 와야겠어. 총각도 마실 거지?"

그 말을 듣고 허둥거렸다.

"아니, 커피를 한 잔 더 부탁드립니다."

그렇지 않아도 커피 한 잔으로 너무 오래 버텼다. 원래대로라면 정보료를 내도 시원찮을 판이니 추가 주문은 최소한의 예의다.

"좋소, 좋아."

할머니는 그렇게 말하며 주방으로 사라졌다.

## 7

종이는 팸플릿이었다. '즈난 정 유람 지도'라는 제목이 붙어 있다. 광택지에 인쇄되어 있었는데 색은 바랬고 표면에는 먼지가 묻어 있었다. 계산대 옆에서 꽤 오랫동안 직사광선을 쐬고 있었나 보다. 몇 년 전 지도인지 살펴보니 사 년 전 연도가 적혀 있었다.

발행은 즈난 정 상공관광과. 관광 지도일 텐데, 바다에 접한 마을 지도에 소개되어 있는 장소는 네 군데뿐이다. 하나는 마을에서 가장 오래된 항구, 즈난 어항. 또 하나는 절. 하나는 오래된 민가를 개조한 민박 여관. 그리고 지도 끝, 가늘게 뻗은 길 중간에 확실히 '가쓰라다니 관문'이라고 적혀 있었다.

설명문이 있었는데 할머니 말마따나 글자가 작았다. 게다가 빛에 바래 잉크색이 다 빠진 탓에 조명 없는 실내에서는 읽기 힘들었다. 고개를 드니 갑자기 담배가 당겼다. 설마 금연 점포는 아니겠지만 재떨이도 보이지 않는다. 주방을 향해 말했다.

"죄송합니다, 담배 좀 피우고 오겠습니다!"

가게 안에는 에어컨도 없었지만 지붕 하나 차이로 느낌이 확연히 달랐다. 한 걸음 밖으로 나오자 팔월에 걸맞은 햇빛이 눈과 피부를 찔렀다. 손으로 이마에 그늘을 만들어 침침한 곳에 익숙해져 있던 눈을 가렸다.

두어 번 눈을 깜빡거렸다. 눈꼬리에 번진 눈물을 손톱으로 튕겨내고 방금 산 담배를 한 대 꺼냈다. 구름 한 점 없는 여름 하늘을 올려다보며 연기를 훅 뱉어내고 팸플릿에 시선을 떨어뜨렸다.

가쓰라다니 관문.

메이오 2년(1493년), 고고쿠지 성의 호조 소운이 호리고에 성을 습격해 이를 빼앗았다. 통설에서는 호리고에 일족의 자차마루가 간조주인 사원에서 자결했다고 하나, 일설에 따르면 목숨을 부지해 후카

네 성에 근거지를 틀었다고 한다. 가쓰라다니 관문은 후카네 성의 자차마루가 호조 일족을 막기 위해 만들었다고 전해지는 관문이다. 즈난 정 전승에 따르면 자차마루는 의심이 많아, 가쓰라다니 관문에 철통같은 문지기를 두고 이곳을 통과하려는 자를 전부 호조 일족으로 간주해 죽이도록 명했다. 왕래가 끊긴 사람들은 생활이 어려워져 자차마루를 극심히 원망했다고 한다.

이윽고 자차마루는 궁지에 몰려 자결했고 자차마루를 몰아낸 호조 일족도 도요토미 일족에 멸망한다. 가쓰라다니 관문은 철폐되었고 과거를 엿볼 수 있는 유적은 오로지 길을 지키는 행신 석비 하나뿐이다. (즈난 향토 유산 20선)

즈난 정 시가지에서 자동차로 사십오 분.

가쓰라다니 관문은 통설과는 다른 이설에 따르면 과거에 존재했을지도 모를 관문으로 지금은 남아 있지 않다고 했다. 거의 상상 속의 존재라 해도 무방하다. 만일 오쓰카 후미토가 필드워크로 이곳에 왔다면 관문이 실재하는지 조사하러 왔던 것일까?

연기를 길게 내뱉었다.

이 가쓰라다니 고개의 연속 사고를 교통 관련 괴담으로 꾸며 기사를 써야만 한다. 그러기 위해서는 뭔가 관심을 끌 요소가 필요했다.

헤이케든 뭐든 그럴싸한 원령의 소행으로 줄줄이 사고가 난다는 이야기도 좋지만 가능하면 죽은 사람들에게 공통점이 있으면 좋겠다. 원령이 통행 차량을 닥치는 대로 계곡으로 떨어뜨렸다는 이야기는 재미가 없다. 그래서야 매일 고개를 지나는 운송이나 우편 차량이 무사하다는 사실과의 사이에 큰 모순이 생기니 독자들의 흥을 깨고 말 것이다.

나는 라이터로서는 팔방미인에 가깝지만 그렇기 때문에 기사에 최소한의 수준은 지키고 싶었다. 그들을 죽음으로 유인한 '무언가'가 없으면 독자는 뭘 무서워해야 할지 모른다. 오쓰카 후미토가 가쓰라다니 관문을 조사하러 왔을 가능성이 그 '무언가'가 될 수 있을까?

한동안 담배를 입에 무는 것도 잊고 고민했다. 집중하면서도 머릿속 한편으로는 매미 소리를 듣고 있었다.

"아니, 못 써먹겠어."

나는 중얼거렸다.

시즈오카 현 공무원 마에노 다쿠야는 자원을 찾아 현을 구석구석 돌아다녔다고 한다. 그건 십중팔구 관광자원일 것이다. 그 관광자원이 가쓰라다니 관문이었다고 억지로 갖다 붙이기는 어렵다. 바로 즈난 정에서 아무 흔적도 남아 있지 않다고 인정하고 있기 때문이다.

다자와 가케루, 후지이 가나와 가쓰라다니 관문을 연결하기는 그보다 더 어렵다. 막무가내로 발길질을 하는 음주운전자가 호조 소운이나 호리고에 일족과 무슨 관계가 있단 말인가. ……하지만 다자와는 관문과 아주 인연이 없지는 않다. 그는 즈난 정에서 태어났으니까.

가령 마에노나 다자와도 가쓰라다니 관문과 어떻게 이어붙였다고 치자. 하지만 가장 큰 문제가 남는다. 기사를 괴담으로 쓰려면 죽음의 계기가 생활과 가까워야 한다는 점이다. 일상생활과 밀접한 사소한 행동이 끔찍한 결과로 이어지기 때문에 독자는 두려워한다. '옷가게 피팅 룸에 들어가면 유괴당한다'는 괴담은 재미있다. 옷가게에는 누구나 가기 때문이다. 하지만 고갯길에 있었다는 관문에서는 무슨 일이 일어나도 독자들이 친근감을 느끼지 않는다.

그래도 기사가 성립할 가능성이 있다면 그것은 단 하나. 진짜일 경우뿐이다.

즉 마에노나 다자와, 오쓰카가 정말로 가쓰라다니 관문 때문에 죽었을 경우. 이 경우 내가 쓰는 기사는 괴담을 꾸며낸 잡문에서 르포에 가까운 글이 된다.

"진짜라."

그렇게 말로 내뱉고 보니 팔월의 열기 속, 등줄기에 한기가 흘렀다. 진짜라는 말이 기억을 자극했다. 선배도 이 사고를 '진짜'라고 했다. 가쓰라다니 고개에는 뭔가 있다. 뭔가가 존재한다, 어지간히 신중한 자세로 덤비지 않으면 위험하다고.

비딱하게 세워둔 내 차를 보는 사이 충동을 느꼈다. 이대로 차에 올라타 돌아가도 된다. 기사는 써야 하지만 다른 소재가 나올 수도 있다. 선배의 충고는 근거 있는 소리일지도 모른다…….

"설마."

피식 웃으며 일부러 소리 내서 말했다.

선배의 오컬트 취미가 옮았나. 담배를 손에 들고 있다는 사실이 떠올라 한 모금 빨았다. 정신을 차리고 보니 담배는 손가락을 태울 정도로 짤막해져 있었다. 주머니에서 휴대용 재떨이를 꺼내 불을 껐다. 바람이 불어왔다. 미지근한 바람이다.

툭, 소리가 났다.

우유병이 떨어져 있었다. 사당 앞, 꽃이 꽂혀 있던 우유병이다. 바람에 쓰러진 모양이다. 바닥에는 물이 스며든 자국이 있고 하얗고 노란 소국도 흩어져 있었다. 나는 몸을 숙여 주울 수 있는 대로 꽃을 주웠다. 우유병에 꽂는다. 원래대로 사당 앞에 놓으려 했지만 직접 만든 듯한 목제 헌화대가 덜컹거려 병을 놓아도 흔들렸다. 바람에 쓰러질 만도 했다.

쓰러졌을 때 우유병에 담겨 있던 물이 거의 흘러넘친 모양이다. 얼마 남지 않은 병 속의 물을 보고 있으려니 지폐가 없는 지갑이나 몇 장 남지 않은 달력을 보는 것처럼 불안해졌다. 나중에 할머니가 물을 채워 넣겠지.

사당 안을 보니 어둠 속에 석불이 보였다. 밖이 너무 밝은 탓에 오히려 그늘이 져 있다. 삼각형 몸에 둥글고 작은 머리가 얹혀 있는 소박한 석상이었다. 조각은 알아보기 어려웠지만 이끼가 끼어 있다는 건 알겠다. 오래된 물건 같았다.

아무리 정체 모를 불안이 가슴속을 스쳤다고 해서 석불에 두 손을 모을 정도로 기특한 성격은 아니다. 휴대용 재떨이를 주머니에 도로 넣고 구름 한 점 없는 하늘을 올려다보며 깊은 한숨을 내뱉고 휴게소를 돌아보았다.

휴게소 역시 여름의 진한 명암 속에 가라앉아 창 안쪽이 새까맸다. 할머니는 아까처럼 의자에 앉아 있었다.

눈이 마주쳤다. 주름이 자글자글한 손을 느릿하게 들더니 두 번, 세 번, 손짓을 했다.

## 8

침침한 가게 안에서 아까 앉았던 의자로 돌아갔다. 담배로 둔해진 코에도 커피 향이 향긋했다.

할머니는 손잡이 없는 찻잔으로 차를 마시고 있었다. 가까운 테이블에 찻주전자도 놓여 있다.

내 앞에는 커피잔. 김은 올라오지 않았다. 할머니가 타박하듯 말했다.

"한참 안 돌아오더구려."

딱히 사과할 일도 아니었지만 죄송합니다, 하고 고개를 숙였다. 커피를 마시자 첫 번째 잔보다 진한 것 같았다. 손대중으로 적당히 끓이니 맛이 제멋대로인 것이다. 어쩌면 인스턴트커피일지도 모른다.

할머니가 후루룩 소리를 내며 차를 마셨다. 저런 소리도 오랜만에 듣는다. 그리고 대뜸 이렇게 말했다.

"총각, 사고를 기사로 쓸 셈이지?"

반사적으로 아니라고 둘러대려다 말을 삼켰다. 사 년 연속으로 난 사고에서 세 번째 사고까지 들어놓고 이제 와서 '그냥 궁금해서 그랬습니다'라는 말은 통하지 않겠지.

"예. 편의점에서 팔 만한 작은 책으로 쓰려고 합니다."

한 박자 늦게, 원래라면 일찌감치 했어야 할 말을 했다.

"지금 들은 이야기도 그 안에 쓰고 싶습니다. 허락해주실 수 있으신지요?"

"허락이라고? 하아, 어려운 얘긴 잘 몰라. 다만……."

찻잔을 툭 내려놓는다.

"다만 총각이 어찌하든, 이야기 하나만 더 들어주게나."

그렇게 말하더니 할머니는 나를 똑바로 쳐다보았다.

"오쓰카 씨 한 해 전에 죽은 사람에 대한 이야기인데, 총각, 어디까지 알고 있지?"

예상은 했지만 역시 할머니는 그 전년도의 사고도 알고 있는 듯했다. 힘차게 대답했다.

"다카다 다이시 씨 말이지요?"

다카다 다이시.

도쿄 도 신주쿠 출신. 사고 당시 38세. 일정한 직업은 없었지만 자칭 파친코의 프로였다고 한다. 선배의 파일에도 얼굴 사진은 없었다.

사 년 전 5월 1일(금) 오전 8시경, 근처 휴게소 점원이 절벽 밑에 자동차가 떨어져 있다고 110번으로 신고했다. 구조 작업을 펼쳤지만 이미 사망한 상태였다.

"사 년 전 역시 추락 사고로 사망했다고 들었습니다. 그전에도 그런 일이 있었습니까?"

할머니는 또 찻잔을 들었다.

"아니. 내가 아는 건 거기까지라오."

"다카다 씨도 이 가게에 왔습니까?"

할머니가 찻잔을 어루만지며 대답했다.

"이 가게는 비가 오나 바람이 부나 늘 열어두었지. 온갖 사람들이 왔어. 온갖 사람들이."

"다카다 씨도 왔군요?"

그러자 부드럽게 타이르는 듯한 눈빛으로 나를 쳐다보았다.

"옛날 일이야. 순서대로 얘기하게 해주시오. 이런 내 이야기라도 총각 일에 도움이 될 것 아닌가? 그 대신이라면 뭐하지만 지금은 우선 노인의 지루한 이야기를 들어주지 않겠소?"

"……알겠습니다."

자세를 가다듬었다.

할머니는 아직도 찻잔을 어루만지고 있었다. 들어달라고 한 것치고는 한참 침묵하다가 역시 느릿한 목소리로 입을 열었다.

"아까 얘기했을지도 모르지만 나는 요 앞 즈난 정에서 태어나 병원에서 일했다오. 이렇게 말하면 뻔뻔한 소리지만 엉터리 병원이라 내가 없으면 어찌됐을지 모를 곳이었지.

바깥양반하고 만난 것도 그 병원이었어. 서로 호감이 있었지만 그 무렵엔 맞선 결혼이 많았으니까. 집안 망신이지만 옛날 일이니 괜찮겠지. 한바탕 난리가 났다오. 지금 생각하면 어리석은 일이지. 우리집도 바깥양반 집도, 수준을 따질 만한 집안이 아니었는데.

아이가 생겼을 때는 얼마나 기뻤는지 몰라. 고생도 많았지만 기쁨도 많았지."

"따님이었죠?"

"그렇다오. 외동딸이지."

할머니가 환하게 웃으며 고개를 끄덕였다.

"어미인 내가 말하는 것도 그렇지만 착한 아이야. 학교 성적은 좋지 않았지만 착한 아이로 자라주는 게 최고지. 초등학교 중학교 다 즈난에서 다녔는데 고등학교는 시모다까지 버스를 타고 다녔다오. 버스를 매일 세 시간은 타니까 시모다에서 하숙을 찾아봐도 된다고 했는데, 끝까지 고집을 부려서……."

"그렇군요, 힘들었겠네요."

맞장구를 치며 커피를 마셨다.

할머니의 답답한 목소리에 졸음이 쏟아졌다.

"딸은 그렇게 쑥쑥 자랐지. 바깥양반은 고등학교까지 나오면 충분하다고 생각했지만 못 배워서 억울한 마음도 있었던 나는 딸이 원하면 대학에도 보내주고 싶었다오.

딸한테는 다른 생각이 있었던 모양이야. 이즈를 떠나 다른 도시를 보고 싶었던 게지. 젊을 때는 다들 그럴지도 몰라. 바깥양반도 강하게 반대하지는 않았어. 아무래도 바깥양반이 하던 가게는 장사가 안 돼서 내 벌이가 더 좋았거든. 내가 학비를 내겠다는데 그 사람도 반대할 수 없었겠지. 그렇게 딸은 전문대에 다니게 되었다오."

꾹 참고 고개를 끄덕였다. 할머니가 말하고 싶은 대로 두는 게 예의일지도 모른다. 하지만 음성 녹음기는 건전지도 녹음 용량도 한계가 있고 나도 오늘 안에 돌아가고 싶었다. 아무리 들어봤자 할머니의 추억담은 기사로 쓸 수 없다고 일찌감치 알려주는 게 좋을까?

그런 내 초조한 마음을 알아차렸는지 할머니가 미소를 지으며 말했다.

"나도 알아. 다카다 다이시 말이지? 조금만 더 들어주게. 어쨌든 비가 오나 바람이 부나 이 자리에 있는데 손님도 적은 가게라 이렇게 누가 이야기를 들어주면 얼마나 기쁜지 몰라."

"그건 압니다만……."

"괜찮다니까. 그리 길지도 않아."

할머니는 부드럽게, 하지만 완강하게 그렇게 말하더니 찻잔에 입을 댔다.

"그렇게 딸을 도쿄에 보냈는데 그게 실수였을까. 난 지금도 고민하곤 한다오."

깊은 한숨을 내뱉는다.

"처음에는 매일 전화가 왔지. 편지도, 긴 소식이 한 달에 한 번은 왔어. 나도 바깥양반도 딸을 너무 애지중지 키웠나 보다, 그 애가 부모 곁을 떠나지 못할지도 모른다고 생각하니 딸의 목소리를 듣고 글씨를 읽는 기쁨과는 반대로 불안도 쌓였다오. 부모란 참 변덕스럽지. 반년, 일 년, 시간이 흐르면서 소식이 줄자 이번에는 쓸쓸하더군. 도쿄에 만나러 가려고 한 적도 있었지만, 나는 병원, 바깥양반은 가게 일로 바빠서 결국 못 가봤어."

한낮, 천장 가까이에서 붕붕 돌아가는 선풍기 소리가 귀를 찔렀다. 단조로운 소리 때문인지 졸음까지 쏟아졌다. 할머니의 목소리도 기분 탓인지 아득하게 들렸다.

"내가 잘못했어. 딸의 첫 번째 결혼은 실패로 끝났다오. 상대는 좋은 대학에 다니긴 했지만 그래봤자 학생인데, 그런 사람하고 결혼하겠다는 말을 꺼냈을 때 내가 따귀를 때려서라도 말려야 했어. 하지만 나도 즈난 밖으로는 나가본 적 없는 촌뜨기라 세상이 많이 변한 줄 알았지. 딸아이는 불쌍하게도 죽어라 일해서 남편 유흥비를 대게 되었어. 반년에 한 번 오는 편지는 돈 좀 달라, 이럴 리가 없었다는 신세한탄뿐이었지. 대신할 수 있으면 좋겠다고 답장을 쓰면서 얼마나 눈물을 흘렸던지.

그래도 나도, 바깥양반도, 인생에 고비가 있는 건 당연하다고 안일하게 생각했는지 몰라. 편지가 뚝 끊기고 일 년 뒤, 딸아이가 어찌 지내나 걱정은 됐지만 한 번도 보러 간 적은 없었다오. 정말 어리석었지. 보낸 편지가 수취인 불명으로 돌아오고 전화가 안 될 때까지 이상하다는 생각은 하지도 못

했으니까. 마침내 도쿄로 나간 우리가 본 건 딸이 살던 집에 살고 있는 누군지도 모를 사람이었다오. 물어보니 전에 살던 사람이 어디로 갔는지는 모른다는 게야."

머리가 제대로 굴러가지 않았다. 분명 할머니의 자녀는 외동딸이고, 최근에 손녀가 찾아왔다고 했는데.

"억장이 무너질 정도로 걱정했다오. 바깥양반은 좋은 사람이었지만 그 무렵엔 매일 싸움이 끊이질 않아 지옥 같았어. 당신 잘못입네, 네 잘못입네, 서로 험한 소리를 하다가 아이가 무사하기는 할까 울기만 했지. 딸도 그때 이미 스무 살이 넘었으니, 지금 생각하면 우리가 아이를 완전히 떼어놓지 못했던 거겠지. 하지만 그런 건 다 지난 일이니 할 수 있는 소리야."

"다카다 다이시는……."

생각이 무심코 소리로 나와버렸다. 졸음을 쫓으려고 커피를 마셨다.

느긋한 할머니의 목소리. 찻잔을 어루만지는 주름진 손. 선풍기 소리.

"알아, 알아, 그래."

차를 홀짝이는 소리가 들렸다.

"다카다 다이시는 딸의 두 번째 남편이었다오."

"네?"

"딸은 역시 남자 운이 없었던 게야. 첫 번째 실패로 혼쭐이 났을 텐데 또 여자한테 기대는 남자를 만났지. 혼인신고도 안 하고 다다미 여섯 장짜리 집에서 동거하면서 온갖 일을 다 하며 돈을 벌었던 모양이야. 그런데 이 다카다란 남자가 첫 번째 학생 사위보다 훨씬 나쁜 남자였다오. 딸한테 고함을 지르는 건 일상다반사고 손찌검도 밥 먹듯 했다는 걸 나중에야 들었어.

테이블이나 걷어차는 다자와 씨는 그나마 귀여운 축이야. 후지이 씨라고 했나, 여자도 딱히 무서워하는 기색이 없었으니 다자와 씨한테 맞은 적은 없었겠지.

우리 딸은 그렇지 않았어. 맞지 않으려고, 발길질을 피하려고 하루하루 눈치를 보며 매일 밤 일해서 번 돈을 전부 빼앗겼지. 그 밝았던 우리 딸이 맞나 싶을 정도로 표정이 침울해졌다오. 밤에는 약이 없으면 잠도 못 자고 한동안 사람도 못 만났지. 한번 부러진 팔뼈가 잘못 붙었는지 지금도 왼쪽 어깨가 안 올라가."

"……."

"그런 딸이 달아날 결심을 한 건 아이가 생겼기 때문이었지.

다카다는 아이를 싫어해서 우리 딸한테 더 사납게 굴었다는구려. 그 아이가 자라서 점점 여성스러워지자 제 딸한테도 돈벌이를 시키려 했어. 맞고만 살면서 전부 포기했던 딸도 그것만은 용납할 수 없었지. 아이까지 자기처럼 살게 할 수는 없어, 돈을 들고 차를 훔쳐 즈난 정을 향해 도망쳐 왔다오."

할머니의 목소리가 아득히 먼 곳에서 들려왔다.

가게 안이 어둡다. 점점 어두워진다.

"그런데 그런 남자일수록 감 하나는 좋아서, 뒤를 쫓아온 거야. 딸이 달아날 곳이 즈난 정밖에 없으니 거기로 가면 된다는 걸 금방 알았겠지. 고개 입구에서 따라잡힌 딸은 죽자사자 달아나서…….

비가 오는 날이었다오. 장대비라고 하나, 비가 억수로 오는 날이었어. 딸은 가게에 진흙투성이로 뛰어들었다오. 그 무렵 나는 병원을 그만두고 이 가게에서 바깥양반을 돕고 있었는데, 한심한 얘기지만 나도 바깥양반도 가게에 들어온 게 우리 딸하고 손녀인 줄 전혀 몰랐어. '살려줘요, 아버지 어머니!'라는 말을 듣기까지는.

사정을 들을 새도 없었어. 뒤따라온 다카다가 가게에 들이닥치더니 입에 담지도 못할 욕설을 퍼부었거든. 배은망덕하다느니 뭐라느니 멋대로 지껄이더군. 총각, 듣고 있소?"

"……예."

"바깥양반이 끼어들려다가 다카다한테 얻어맞았지. 평생

싸움이라곤 해본 적이 없는 사람이었으니 속수무책이었어. 난 무서워서 벌벌 떨고만 있었고. 그런데 다카다가 이런 소리를 하는 거야.

네가 친정으로 돌아갈 셈이라면 마음대로 해라. 네 친정에서 돈만 받을 수 있다면 헤어져주겠다. 하지만 애는 데려가겠다. 내 자식이다. 딸이 뭐라고 했는데 나도 무슨 소린지 이해를 못 했어. 이 아이만은 봐달라고 했던 것도 같고, 다른 소리를 했던 것도 같고.

손녀를 끌고 가려는 걸 가만히 구경만 하고 있을 수는 없었지. 다카다는 울부짖는 아이를 옆구리에 끼고 폭우 속으로 뛰쳐나갔어. 엄마, 엄마, 하고 우는 목소리가 지금도 귀에 선하다오. 총각, 듣고 있소?"

"……."

선풍기가, 붕붕 소리를 내고 있다. 바람은 불어오지 않는다.

"딸은 다카다를, 제 자식을 쫓아갔다오. 소매를 붙들었다가 얻어맞고, 바짓자락에 매달렸다가 걷어차이고. 그렇게 다카다가 제 차에 올라타려는 순간, 딸아이가 꿈틀거리는 게 보였다오. 그렇지만 빗줄기가 세서 나한테도 잘 안 보였어.

이윽고 돌아온 딸은 이렇게 말했다오. '어머니, 죄송해요,

죽어버렸어.'

딸은 다카다를 가까이 있던 돌로 때려죽였던 게야. 이상한 일이지. 바깥양반이 꼼짝도 못했고 딸도 몇 년이나 거역 못했던 남자가 돌에 콱 맞았다고 어이없이 죽어버렸으니. 다급해서 괴력이 솟았던 걸까, 아니면 그저 맞은 자리가 안 좋았던 걸까?

절벽 밑에 차를 떨어뜨리고 사고로 위장하자고 말한 건 바깥양반이었다오. 평소에는 미덥지 못한 구석도 있었는데 그때는 얼마나 일을 척척 처리하던지. 나잇살이나 먹어서 주책이지만 이 사람하고 결혼하길 잘했다고 생각했지. 다만 손녀를 달래는 게 힘들었어."

돌로 뒤에서.

돌.

사 년 전.

"정말 힘든 건 그 뒤였어. 자동차를 처리하고 딸아이가 다카다를 때릴 때 썼던 돌을 찾아냈을 때는 핏기가 가셨다오.

딸은 정신없이 가게 앞에 있던 석불로 다카다를 때렸던 게야. 사에노카미라고 하는데, 젊은 사람들은 잘 모르겠지. 왜, 사당 안에 있었지? 오쓰카 씨는 행신行神이라고 부른다고 했는데, 우리에게는 어렸을 때부터 사에노카미였다오.

사에노카미 님이 딸과 손녀를 지켜주셨다고 믿었지. 다만 그 때문에 사에노카미 님의 목이 부러지고 말았어. 바깥양반은 똑똑한 사람이었다오. 그게 얼마나 심각한 문제인지 바로 알아차렸으니까."

할머니의 손이 뻗어왔다.

"이 '유람 지도' 말인데, 사 년 전에 만들어진 거라오. 하필 사에노카미 님이 소개되었는데, 당연히 거기에는 목이 부러졌다는 글이 없거든. 지도를 만든 현청 공무원은 목이 붙어 있다는 걸 알고 있었어. 그런데 다카다가 죽은 뒤에 보니 목이 부러져 있었다면 무슨 까닭인지 의심할지도 모른다는 게야.

바깥양반 걱정은 적중했다오. 다카다의 시체는 절벽 밑에서 끌어올렸지만, 뒤통수가 쩍 갈라져 있어 이상하게 여긴 사람도 있었다고 들었어. 낭떠러지에서 떨어질 때 차에서 튀어나와 어디 바위에 부딪혔다는 식으로 마무리되었다는데 사에노카미 님의 목이 최근에 부러졌다는 걸 들키면 어찌되었을지. 나도 병원에 있었을 때 루미놀 반응 정도는 귀동냥으로 들어 알고 있었지. '대체 뭐에 부딪혔기에 석불 목이 부러졌을까?' 하고 누가 의심해서 검사라도 하면 끝장이야. 피는, 그래, 흠뻑 묻어 있었으니까.

목은 원래대로 접착제로 붙였다오. 바깥양반은 손재주가 있었어. 총각도 봤지? 얼핏 봐서는 모를 정도로 깨끗하게 고쳤지. 나도, 바깥양반도 그 목이 붙어 있는 한 딸은 괜찮다고 믿기로 했다오."

차를 마시는 소리.

"바깥양반은 그해에 세상을 떠났어. 내게 당신이 딸을 지켜야 한다는 말을 남기고. 쓸데없는 소리지. 그런 건 굳이 부탁하지 않아도 할 일이니까."

부스럭, 팸플릿을 테이블에 내려놓는 소리가 들렸다. 어둡다.

"그런데 세상에는 참 쓸데없는 짓을 하는 사람이 많단 말이야. 안된 일이기는 하지만……."

네 건의 사고.

다카다 다이시. 오쓰카 후미토. 다자와 가케루 · 후지이 가나. 마에노 다쿠야.

오쓰카는 무엇을 하러 왔나?

"이듬해 학생 하나가 찾아와서 졸업논문 때문에 무슨 워크를 해야 하니 행신을 보여달라고 했을 때는 심장이 멎는 줄 알았다오."

그런가. 오쓰카가 조사하고 싶었던 건 현존하지 않는 가쓰라다니 관문이 아니다. 행신이었다.

"내 물건이 아니니 어쩔 수 없었지만, 온 사방에서 사진을 찍질 않나, 더듬거리질 않나, 학생은 다 그런가 싶었다오. 그래도 정말 안됐어. 깨진 흔적이 있다면서 언제 깨진 건지 즈난 정 관청에 물어보겠다는 게야. 그런 짓을 하면 큰일인데.

이거 즈난 정에 보내면 안 되겠다 싶어, 미안하긴 했지만 약을 먹이기로 했지. 밖에도 나가지 못할 정도로 불안해하는 딸에게 주려고 수면 유도제를 들고 다녔거든. 전에 다니던 직장은 엉터리였으니 예전 일터에 인사하러 가는 척 몰래 가서 효과가 강한 약도 조금 챙겨두었지. 다만 오쓰카 씨가 커피를 못 마신다고 해서 난처했어. 투명한 물에 약을 타면 눈치챌 지도 모르니까. 색깔 있는 음료를 준비했던 건 기억이 나는데, 글쎄, 그게 뭐였는지."

"……."

"다자와 씨 때는 그래, 운이 없었다는 말밖에 못 하겠네. 정말 안됐어. 차에 함께 타고 있던 후지이 씨는 더 운이 없었지.

심기가 나빴던 다자와 씨가 아무데나 막무가내로 발길질을 했거든. 그런데 설마 사에노카미 님까지 걷어찰 줄이야. 괘씸한 일이지만, 그보다 머리가 떨어진 게 큰일이었어. 바깥양반이 꽤 강력한 접착제를 썼을 텐데 이 년이나 비바람을 맞은 게 탈이었을까?

머리가 떨어진 걸 보고 후지이 씨가 저건 어쩔 거냐고 구박했어. 다자와 씨는 그렇게까지 할 생각은 없었는지, 불쌍할 정도로 당황하더군. 그래도 나는 이거 어쩌면 좋은 기회일지도 모른다고 생각했다오. '다카다가 머리가 깨져 죽은 시기에 가까운 곳에서 행신이 깨진' 게 위험한 거니까. '다카다가 죽은 이 년 후에 다자와가 발길질을 한 탓에 행신이 깨진' 셈이 되면 다 원만하게 풀릴 것 아니겠소?

하지만 다자와 씨는 사전 지식이 있었는지 접착제로 붙어 있던 거니 자기가 깬 게 아니라고 떠들기 시작했어. 원래 깨져 있던 물건이니 자기는 모르는 일이라고. 그런 소리를 즈난정에서 떠들어대면 위험하니 약을 탄 맥주를 먹였지. 그 후에 지금 사당을 만들었는데 어찌나 힘들던지. 바깥양반 손재주가 얼마나 고마웠는지 뼈저리게 느꼈다오."

"……."

"마에노 씨는 성실했지. 정말 성실해서, 거의 잊혔던 가쓰라다니 관문과 사에노카미 님을 문화재로 등록할 수 없을지, 그게 안 되면 관광자원으로 삼을 수는 없을지 몇 번이나 찾아왔다오. 좋은 사람이었지.

게다가 고지식한 사람이기도 해서, 목이 부러진 걸 알면서도 '이 문제는 나중에 다시' 하고 뒤로 미뤘어. 마에노 씨 입장에서는 새로운 관광지를 만들 수 있느냐 없느냐가 관건이었겠지. 그사이 나는 가시방석에 앉아 있는 기분이었다오. 마에노 씨가 언제 본격적으로 수리 시기를 알아볼지 몰라 제정신이 아니었어.

급기야 마에노 씨는 사에노카미 님을 가져가서 조사하고 싶다는 말까지 꺼냈다오. 수리 흔적이 있는 목을 잘라내서 전문가에게 복원을 부탁하는 방안도 고려하겠다는 거였지. 절대 안 될 일이지. 다행히 이런 산길의 사에노카미 님에게 관심을 갖는 건 마에노 씨뿐이었으니, 지금은 현청에서 찾는 일도 없다오."

나는 행신을 슬쩍 봤을 뿐이다. 목을 수리한 흔적은 발견하지도 못했다.

할머니가 얼굴을 바짝 들이댔다.

"그리고 총각, 자네야. 작년 가을쯤이었나, 자네가 온 게."

"……."

"즈난 정에서 고개에서 발생한 연속 사고를 조사하는 사람이 있다는 건 금방 알았다오. 작은 마을이니까. 타지에서 누가 오면 금방 알아. 하지만 총각은 우리 가게에는 오지 않았어. 내비게이션이 있나?"

아니다.

나는 즈난 정에 간 적이 없다. 이곳에는 오늘 처음 왔다.

일 년 전에 연속 사고를 조사한 사람은 선배다.

내가 아니다.

그렇게 외치려 했지만 목소리는 목구멍에서 맴돌 뿐.

"네 건의 사고를 묶어서 이야깃거리로 쓰면 정말 낭패야. 아니, 나는 괜찮다오. 저승사자만 기다리는 처지니까. 딸도 사정이 있다 해도 사람을 죽인 건 분명한 사실이니 업보라고 생각할지도 몰라. 하지만 손녀는 그럴 수 없어.

난 어차피 문지기 신세야. 이 가게에 오지 않는 사람에게는 아무 짓도 못 한다오. 총각이 처음에 왔을 때가 그랬지. 나중에야 알고 마음만 졸였어. 하지만 고맙게도, 총각은 또 와주었어. 이번에는 내 이야기를 들어주었지. 사에노카미 님이 지켜주신 걸까? 주머니 속 기계는 나중에 확실하게 부숴야겠구려."

무겁게 감긴 눈꺼풀 속에 선배의 얼굴이 떠올랐다. 선배는 이렇게 말하고 있었다. 그러니까 말했잖아, 어지간히 신중한 자세로 덤비지 않으면 위험하다고.

내가 아니야. 이 소재를 조사한 건 선배, 당신이잖아?

선풍기 소리는 들리지 않았다. 몸도 가눌 수 없다. 힘이 빠져 축 늘어진 팔에 맞아 커피잔이 테이블에서 떨어졌다.

아득히 멀리, 끔찍이도 멀리서, 갈라진 목소리가 느릿하게 들려왔다.

"보시오, 들리시오? 총각, 들려? 아직 들리나?"

무거운 눈꺼풀을 간신히 들어올렸다.

눈앞에 노파의 눈이. 웃음을 머금은 눈이, 나를 들여다보며.

"……아니면 이제 슬슬, 안 들리려나?"

夜警

# 만원

# 滿願

## 1

애타게 기다리던 전화는 오후 1시가 넘어서야 왔다.

"선생님. 덕분에 오늘 아침 출소했습니다. 정말 여러모로 신세를 졌습니다."

수화기 너머에서 들려오는 우카와 다에코의 그리운 목소리는 예전 그대로였다. 접견은 몇 번이나 했지만 내가 떠올리는 것은 역시 학창 시절에 보았던 그녀의 모습이었다.

"고생 많으셨습니다. 앞으로는 좋은 일도 있겠지요. 저도 최대한 돕겠습니다. 이쪽에 들르실 거지요?"

"예. 지금 인사드리러 가려고요. 한 시간 정도면 도착할 거예요."

"기다리고 있겠습니다. 그럼."

그렇게 말하고 수화기를 끊고 깊은 한숨을 쉬었다.

오랜 세월이었다.

우카와 다에코의 재판은 내가 변호사로 독립하고 처음 맡은 살인 사건이다. 과거에 일했던 사무소에서 몇 가지 사안을 돕긴 했지만 그 당시 경험이 부족했다는 사실은 부정할 수 없다. 조금이라도 유리한 재료를 모으려고 동분서주했던 힘겨운 재판이었다.

삼 년이나 걸려 항소심까지 갔지만 피고인의 희망대로 항소를 포기하면서 징역 8년이라는 일심 판결로 형이 확정되었다. 나는 조금 더 싸울 여지가 있다고 생각했다. 결과의 무게를 생각하면 정당방위까지는 인정되지 않겠지만 피고인이 위험에 처했다는 사실은 좀더 비중 있게 다뤄주어야 한다고 생각했던 것이다. 하지만 우카와 다에코는 "이제 됐어요. 선생님, 이제 됐습니다"라는 말만 되풀이할 뿐 재판 속행을 거부했다.

창문으로 다가가 집게손가락으로 블라인드를 벌렸다.

1986년 삼월. 나카노에 사무소를 차린 지 벌써 십 년째다. 십 년 전에도 새 건물이라고 할 수는 없었던 빌딩은 그때보다 더 낡았고, 창문에 붙은 '후지이 변호사 사무소'라는 글자는 어느새 거리에 녹아들었다. 아직 초봄이라 굽어본 풍경 속 행인들 중에는 시원한 블라우스 차림과 두꺼운 코트 차림이 뒤섞여 있다. 나보다 오래된 돈가스 가게 앞에서 크게 펄럭이는 상점 깃발이 보였다. 바람이 센 모양이다. 우카와 다에코. 다에코 씨에게 너무 춥지 않아야 할 텐데.

책상으로 돌아와 오늘 아침부터 몇 번이나 뒤적이던 파일을 펼쳤다. 사건 경위, 재판 경위, 검찰의 주장, 내 주장, 그리고 증인과 피고인의 진술을 기록한 검은 파일.

미결 구류 기간을 빼고 그녀는 오 년 삼 개월로 만기 석방되었다. 모범수였지만 가족이 없어 신원보증인이 없다는 이유로 가석방이 허락되지 않았다. 하지만 그 사람은 그보다 더 오랫동안 무언가에 사로잡혀 있었다는 것을, 나는 알고 있다.

파일은 책꽂이 안에서 양쪽에서 짓누르는 세월의 힘을 견디지 못하고 살짝 휘어 있었다.

# 2

스무 살 겨울이었으니, 1973년이다. 하숙집에 불이 났다.

불이 늦게 번져 통장부터 가재도구와 얼마 전에야 한 질을 갖춘 법학 서적까지 가지고 나올 수 있었던 건 다행이었지만 살 집이 사라졌다. 막막했던 내게 선배가 소개해준 곳이 그때 막 하숙생을 받던 우카와가였다.

길도 모르는 조후에 혼자 찾아가서 선배가 연필로 대충 그려준 엉터리 지도만 믿고 판장板墻과 생울타리 사이를 헤매다가 겨우 도착한 우카와가 현관 앞에서 나를 맞아준 게 다에코 씨였다. 나이는 스물일고여덟 살, 아직 생활고도 묻어 있지 않은 차분한 미소 속에 당당한 기품이 있는 신비한 사람이었다.

불이 나고 이틀 만에 찾아간 터라 화재 속에서 옷가지까지 건지지는 못해 검댕이 묻은 누더기 같은 셔츠 한 장만 달랑 걸치고 있었다. 평상복이지만 반듯한 다에코 씨의 살깃 무늬 기모노 차림에 비하면 초라한 꼬락서니였다. 하지만 다에코 씨는 그런 모습을 꺼리는 기색 없이 "사정은 들었습니다. 큰일을 당하셨네요" 하고 다정하게 위로를 건네며 뜨거운 호지차■로 맞아주었다.

우카와가는 선대부터 다다미 가게를 운영하고 있었는데 가게와 거주 공간을 겸한 이 층짜리 기와집은 품격이 있었다. 기둥도 굵고 천장판에도 마디가 없어 화려한 멋은 없는 듯하면서도 난간에 섬세한 세공이 들어가 있었다. 바지랑대를 질러놓은 마당은 좁았지만 얼음장 같은 추위 속에서 겨울 동백이 짙은 초록빛 잎 사이로 붉은 꽃을 틔우고 있었다.

다만 내 눈에는 그 집에 뭔가가 결여된 것처럼 보였다. 주방에 응접실, 게다가 위패를 모셔놓은 방까지 구경했지만, 필요한 게 반듯하게 놓여 있을 뿐이지 인간미가 없었다.

■ **호지 차** _ 볶아서 달인 엽차.

"다른 하숙생은 없습니까?"

그렇게 묻자 다에코 씨는 차분하게 대답했다.

"남편하고 저 둘만 살아요."

시부모는 돌아가셨고 아이는 아직 없다. 적적한 집안 분위기는 그 때문인가 싶었다.

하숙생을 받는 곳은 2층 방이었다. 방 하나를 창고로 쓰고 있을 뿐 나머지 방은 비어 있었다. 위층에 올라갈 일도 거의 없는 것 같은데도 장지문 손잡이부터 허리 높이에 나 있는 창문의 창틀에 이르기까지 먼지 하나 없이 깨끗했다. 나는 감탄하기보다는 오히려 기가 막혔다. 학생 하나 받는 데 이토록 꼼꼼히 청소를 했다는 것을 알고 다에코 씨가 얼마나 바른 사람인지 깨달은 것은 나중 일이다.

학업이 중요해지면서 책은 계속 늘고 있었다. 다에코 씨가 말한 집세는 근처 시세에 비해 저렴하지는 않았지만 다다미 여섯 장짜리 방과 넉 장 반짜리 방을 둘 다 쓰게 해주는 점이 고마웠다. 게다가 식사도 나온다고 하니 금상첨화다.

"꼭 들어오고 싶습니다. 잘 부탁드립니다."

바로 그렇게 말했는데, 이야기는 그 자리에서 마무리되지 않았다.

"그럼 남편을 만나보세요."

그리고 응접실에서 남편 우카와 시게하루를 기다리게 되었다.

바로 돌아온다던 시게하루는 좀처럼 돌아오지 않았다. 다에코 씨와 마주앉아 마냥 기다리는 시간은 숨이 막혔다. 익숙하지 않은 자세로 무릎을 꿇고 얌전히 앉아 있었다. 그런 내 기분을 달래주려는 듯 다에코 씨는 고향은 어딘지, 지금 무슨 공부를 하는지, 몇 가지를 물었다.

"그게, 법률을 공부하고 있습니다. 어떻게든 학업을 마치고 싶습니다."

우물쭈물 대답하는 내게 다에코 씨는 미소를 지으며 말했다.

"학생들을 돕는 게 우리 같은 사람들의 역할이죠. 남편한테는 저도 잘 말씀드릴게요."

약 한 시간 후에 돌아온 시게하루는 말수가 적고 웃음기도 없는 음침한 남자로, 나이는 다에코 씨보다 두어 살 위인 듯했지만 텁수룩한 수염과 움푹 꺼진 눈 때문에 띠동갑만큼 늙어 보였다. 초라한 내 몰골을 힐끗 보더니 집에 들이는 것도 싫은 눈치였는데 그런 속마음을 감추려고도 하지 않았다. 하지만 표면상으로 뭐라고 하지는 않고 선 채로 한마디, 못을 박았다.

"돈은 매달 20일까지 입금하쇼."

화재를 가엾게 여긴 학교 친구들이 우르르 몰려와 도와준 덕분에 이사는 오전 중에 대충 끝났다.

하숙을 시작하자 시게하루는 사사건건 싫은 티를 냈다. 가령 저녁 식사 때 다에코 씨가 내 밥그릇이 빈 것을 보고 "좀 더 드시겠어요?" 하고 권하면 아무 말 없이 내 쪽을 뚫어져라 쳐다볼 때가 있었다.

빈대도 염치가 있다지만 밥값도 하숙비에 포함되어 있으니 눈치를 볼 이유는 없다. 하지만 그렇게 당당하게 따질 정도로 용감하지도 않아 식사는 적당히 마치고 종종 밤중에 라면을 먹으러 나가곤 했다.

그래도 불편한 점이라곤 그 정도뿐이라 공부는 제법 잘됐다. 역시 한 지붕 아래서 도와주는 사람이 있으면 마음가짐이 다른 법이다.

밤중에 방에서 혼자 머리를 싸매고 있으면 이따금 다에코 씨가 2층으로 야식을 가져다주었다. 주먹밥에 단무지 두 조각, 때로는 된장국도 있었다. 전문용어가 범람하는 외국 서적이나 까다로운 법리에 시달리고 있을 때 이런 배려가 얼마나 힘이 되었는지 모른다.

야식을 먹는 나를 무릎을 꿇고 가만히 바라보면서 다에코 씨는 종종 이렇게 말했다.

"부디 마음껏 공부하세요."

백열전구의 부드러운 불빛 아래 다에코 씨는 한층 아름다워 보였다. 그래서 대개는 고개를 돌리고 "예, 열심히 하겠습니다"라고 대꾸하는 게 고작일 뿐 제대로 말도 나누지 못했다.

공부가 점점 어려워지면서 자포자기에 빠져 있으면 다에코 씨가 이런 식으로 묻기도 했다.

"법률이란 건 참 어려운가 봐요."

그러면 나도 허영심이 있어 두 손 들었다는 말은 나오지 않는다. 허세를 부려 이런 소리를 하는 것이다.

"아니, 뭐, 대수롭지 않습니다. 제게는 수식이 훨씬 어려운걸요."

"지금은 어떤 부분을 공부하고 계세요?"

"음, 법치란 무엇인가를 공부하고 있습니다. 기초 중의 기초지만 이걸 다시 원서로 읽으려니 조금 벅차기도 해서."

"기초 중의 기초라면 어떤 내용인데요?"

"음, 제가 이해하기론 악법도 법인가 하는 부분에 논쟁의 핵심이 있는 듯한데……."

다에코 씨는 생글생글 교묘하게 맞장구를 쳐가며 이야기를 들어주었다.

지금 생각해보면, 법률 용어나 법학자의 이름이 뒤섞인 이야기를 다에코 씨가 정말 관심 있게 들었을 리 없다. 아마도 내 갑갑한 마음을 알아차리고 이야기를 끌어내주었던 것이리라. 나도 남에게 전달하려다 보니 되도록 정리해서 이야기하다가 해석의 단서를 발견할 때도 가끔 있었다. 문제가 잘 풀리지 않더라도 피폐한 마음만은 차분해지곤 했다.

만일 우카와가에서 하숙하지 않았다면, 즉 그 화재가 없었다면 변호사는 못 되었을지도 모른다. 운명이란 알 수 없는 법이다.

하지만 눈이 있으면 쓸데없는 광경을 볼 때도 있고 귀가 있으면 쓸데없는 소문을 들을 때도 있다.

시게하루가 노골적으로 나를 눈엣가시로 여기기에 하숙 이야기는 분명 다에코 씨가 꺼냈을 줄 알았다. 그런데 우연히 물어보았을 때 다에코 씨는 드물게 난처한 표정으로 말했다.

"비어 있는 방이니 사람들에게 빌려주면 좋겠다고 먼저 말한 건 남편이었어요. 붙임성 없는 성격은 이해해주세요."

시게하루는 2층 방이 돈이 될 줄 알고 하숙생을 모집했지만 막상 타인과 한집에 살고 보니 눈에 거슬린다고 생각하는 모양이다. 참으로 이기적인 소리지만 나도 살가운 성격은 아니라서 시게하루만 탓할 수도 없었다.

시게하루는 가업 평판도 좋지 않았다.

시험이 눈앞이라 낮부터 방에 틀어박혀 있던 어느 날 드세 보이는 노파가 집에 들이닥친 적이 있었다. 시게하루가 가게에 없었는지 노파의 고함 소리만 2층까지 들려왔다.

"세상에, 전에 있던 우카와 씨한테 신세를 져서 여기는 좋은 가게라고 믿었더니. 기가 막혀서, 당신 가게에서 전부 갈아야 한다고 하던 다다미가 이데 씨 가게에 물어보니 겉을 가는 것도 아니고, 뒤집어서 쓰면 충분하다지 뭔가! 지금까지는 예, 그렇습니까, 하고 돈을 냈지만 탐욕스러운 장사꾼에게 줄 돈은 없네!"

다에코 씨가 가게에 나가 있었을 텐데 그녀의 목소리는 들리지 않았다. 노파의 목소리는 더욱 크고 쩌렁쩌렁하게 울렸다.

"알 게 뭐야! 애초에 자네도 믿을 수가 없어. 보아하니 뒤집어서 쓰면 돈이 안 되니 새 다다미를 팔라고 부추긴 게 혹시 자네 아닌가? 전 주인은 정말 친절했는데, 내 다시 일을 부탁하나 봐라!"

그런 일이 한두 번이 아니었다.

다른 가게 견적보다 두 배는 비싸다, 겨우 한 달 만에 가장자리가 해졌다, 대금 지불이 늦다고 재촉하는 전화도 있었다. 결정타는 봄에 터졌다.

벚꽃 철도 허무하게 끝나, 떨어진 꽃잎이 길가에 잔뜩 흩어져 있었다. 소매 달린 앞치마에 두건을 쓴 다에코 씨가 현관 앞을 쓸고 있는데 시게하루가 리어카를 끌고 돌아왔다. 우연히 일찍 돌아온 날이었다. 딱히 우카와 부부의 대화를 훔쳐 들을 생각은 아니었지만 시게하루의 목소리가 유난히 의기양양한 게 신경쓰여 그만 그 자리에 멈춰 섰다. 회양목 생울타리와 전봇대에 가려서 두 사람 다 내가 있는 줄 모르는 눈치였다.

"어때, 이거. 하가 씨 댁에서 받아 온 거야."

하가라는 사람은 이웃에 있는 부잣집으로, 봄에 별채를 새로 지었다. 일본식 건물을 서양식으로 바꿨다고 했으니 필요 없는 다다미를 처분해달라 부탁받은 것이리라.

다에코 씨의 목소리는 평소처럼 차분했다.

"그래서 그걸 어쩌려고요?"

"고급품인데다가 흠집도 없어. 하가 노인네가 가끔 가다 한 번 앉은 게 다야. 기꺼이 사겠다는 사람이 있겠지."

"중고 다다미 장사를 시작하려는 거예요?"

다에코 씨가 그렇게 묻는 건 당연했다. 그런데 시게하루는 갑자기 고함을 버럭 질렀다.

"참견 마!"

그렇게 일갈하더니 문을 쾅 닫고 가게로 들어갔다.

우카와 가게에서는 중고 다다미를 취급하지 않는다. 원래 중고 다다미는 돈을 받고 파는 물건이 아니다. 하지만 시게하루는 처음부터 그것을 팔 셈이었다. 중고를 팔 거냐는 말에 화를 냈으니 아마도 신제품으로 속여서 손님에게 팔 속셈이 아니었을까?

나는 법을 공부하는 학생이었다. 젊은 나이에 걸맞게 법의 정의를 믿고 공정함을 중시하는 마음을 가지고 있었다. 시게하루의 사기 행위에는 화가 치밀었지만 유감스럽게도 확증이 없다. 그 시점에서 시게하루는 단순히 중고 다다미를 받아 왔을 뿐이다. 아무리 하숙생에게 냉담하다지만 시게하루는 화재로 길거리에 나앉은 나를 받아들여준 은인이다. 스파이 짓까지 해서 좀스러운 경범죄를 폭로하기는 꺼려졌다. 나는 아무것도 못 본 셈 쳤다. 뱃속에 앙금처럼 남은 불쾌한 마음은 어쩔 수 없었지만.

내가 하숙 생활을 한 것은 이 년뿐이지만 그사이에도 우카와는 신용을 잃어 매상이 눈에 띄게 기울었다.

밤중에 주판을 튕기는 다에코 씨를 본 적이 있다. 통장을 앞에 두고 주판알을 튕기는 다에코 씨는 아무 표정이 없었지만 어쩐지 오싹한 귀기를 느꼈던 것을 기억한다.

여름이 되자 우카와가 2층은 견딜 수 없을 정도로 더워졌다.

학교는 여름방학에 들어갔지만 나는 고향으로 돌아가지 않았다. 장학금으로는 부족한 금액을 하루벌이 막일로 단숨에 벌고 밤과 휴일에는 미친듯이 공부를 했다.

하지만 젊음도 정열도 여름의 무더위 앞에서는 한 조각 얼음이나 마찬가지였다. 2층 창문을 전부 열고 속옷 한 장 차림으로 땀을 줄줄 흘리며 산더미 같은 책과 씨름을 해도 내용은 머리에 하나도 들어오지 않았다. 벤담이 다 무슨 소용이냐 싶어 다다미에 벌러덩 드러누웠을 때 아래층에서 부르는 소리가 들렸다.

"후지이 씨, 시원한 수박을 잘랐어요. 잠깐 쉬러 내려오세요."

실로 가뭄에 단비. 체면 차릴 겨를도 없이 "바로 가겠습니다!" 하고 대답하고 손으로 땀을 닦아낸 뒤 벗어던졌던 옷을 서둘러 걸쳤다.

시게하루는 외출중이었다. 애초에 늘 집에 없는 남자였다. 주방으로 내려갔는데 다에코 씨는 거기에 없었다.

"아주머니."

그렇게 부르자 어쩐 일로 응접실 쪽에서 대답이 들려왔다.

"여기예요."

툇마루 문을 활짝 열고 발을 내려 방에 바람길을 터놓았다. 모처럼 산들바람이 불어 처마 끝 풍경이 경쾌한 소리를 냈다. 다에코 씨는 유카타 차림으로 손에 부채를 들고 있었다.

"오늘은 유난히 덥네요."

"하아, 정말 그러네요."

차탁 위에는 수박 조각이 접시에 놓여 있었다. 어찌나 시원하던지 먹기보다 달아오른 머리에 얹고 싶을 정도였다.

군데군데 바람이 든, 별로 신선하지 않은 수박이었다. 맛을 모르는 학생이라 배부르게 따질 생각은 하지도 못하고 희희낙락 크게 베어 물었다. 다에코 씨는 한입 먹고는 "어머나" 하고 일어서더니 작은 병을 들고 돌아왔다.

"이걸 쓰세요."

"이건?"

"소금이에요."

"어라. 수박에 소금을요? 왠지 이상한데요."

부끄럽지만 나는 수박에 소금을 쳐서 먹는 방법을 몰랐다. 정체 모를 물건을 멀찍이서 구경하는 원숭이처럼 의심스러운 눈초리로 소금병을 쳐다보기만 했다. 다에코 씨는 그런 나를 보고 살짝 웃었다.

"이렇게 먹는 거예요."

삼각형으로 비죽하게 자른 수박 끄트머리에 소금을 한 번 치더니 입을 작게 벌려 아삭 베어먹는다. 나도 주뼛주뼛 흉내를 냈는데 그때까지 수박이 그토록 맛있었던 적이 없었다.

"그렇구나. 이거 좋네요. 맛있어요."

"이상한 분이네요."

다에코 씨는 이번에는 입가를 가리고 웃었다.

수박을 먹으며 몇 마디 이야기를 나누었다.

"후지이 씨는 백중 명절 때는 집으로 돌아가나요?"

"하루만 돌아갈 생각입니다. 저는 차남이라 없어도 될 것 같은데 얼굴을 안 보여드리면 부모님 잔소리가 심해서……."

그러자 다에코 씨가 아름다운 눈썹을 찌푸리며 나를 타일렀다.

"조상님 차례는 꼭 지내요."

생각지도 못한 호된 어조에 나는 당황했다.

"하아. 매년 제초는 제 몫입니다. 풀이 무성해서 힘들어요."

그런 말을 한 것은 실점을 만회하려고 싶었기 때문이리라. 다에코 씨는 허둥거리는 내 심정은 알아차리지 못하고 먼 곳을 바라보고 있었다. 뭘까 싶어 시선 끝을 좇아가니 평소에는 아무것도 없는 장식단에 낡은 족자가 걸려 있었다.

족자에는 누더기를 걸친 남자가 그려져 있었다. 수염이 있고 통통하다. 남자 위쪽에는 흘림체로 뭔가 적혀 있었지만 읽을 수 없었다. 종이가 상당히 낡았다는 것만 알 수 있었다.

"저건?"

그렇게 묻자 다에코 씨는 어딘가 몽롱한 눈으로 족자에서 시선을 떼지 않고 대답했다.

"제 선조님이 시마즈 영주님께 받은 거예요."

"영주님한테요?"

"선조님은 학당을 열어 신분이 낮은 무사를 돌봐서 출세를 도왔어요. 학당을 나온 사람들이 영주님을 많이 도와서, 그 공적을 인정받아 영주님께서 이 그림을 하사하셨다고 들었어요. 글귀는 영주님이 직접 쓰셨는데 상당히 귀한 물건이라고 해서 이렇게 해마다 몇 번씩 바람을 쐬어요. 저희 집 가보랍니다."

여기에서 말하는 '저희 집'이란 우카와 집안이 아니라 다에코 씨의 친정을 말하는 게 분명했다. 아마도 시집올 때 받아 왔거나 아니면 다에코 씨의 친정에는 가보를 물려받을 사람이 딱히 없는지도 모른다.

"훌륭한 글씨네요."

나는 묵흔이 웅장한 글귀를 보며 그렇게 말했다. 다에코 씨는 자기 글씨를 칭찬받은 것처럼 기뻐하며 작게 고개를 끄덕였다. 그때 처음 보았고 그 후에도 끝내 볼 수 없었던, 소녀처럼 천진한 미소와 동작이었다.

그 후로도 한참 다에코 씨는 족자를 바라보고 있었는데 이윽고 나를 똑바로 쳐다보면서 평소의 말투로 말했다.

"후지이 씨, 열심히 공부하세요."

알겠습니다. 그렇게 대답하려 했다. 하지만 다에코 씨의 눈빛이 유독 뜨거워서 그만 경솔하게 대답하기가 망설여졌다. 어린아이를 타이르듯 다에코 씨가 거듭 말했다.

"학식이 있다는 건 대단한 일이에요. 이래저래 뜻대로 안 되는 게 세상일이에요. 학식이 있으면 세상을 탓하며 후회할 일도 분명 적겠죠. 부디, 열심히 공부하세요."

어느새 바람이 그쳤는지 풍경 소리도 멎어 있었다. 매미마저 다 죽어버린 듯 무더운 여름날의 일이었다.

## 3

우카와 다에코가 야바 에이지를 살해한 것은 1977년 9월 1일 오후 9시부터 11시 사이로 추정된다.

9월 2일 오후 4시경. 조후에 사는 남성이 조깅을 하던 중에 공터에 쓰러져 있는 사람을 발견하고 119에 신고했다. 구급대는 신고 후 칠 분 만에 도착했지만 쓰러져 있던 인물은 이미 사망하였고, 경찰의 도착을 기다려 수습했다.

시신 발견 현장 사진을 가지고 있다. 공터는 맨션 건설 예정지였는데 부동산 회사가 자금 조달에 애를 먹어 그해 오월부터 방치되어 있었다. 제초도 하지 않았는지 구월에도 무성한 잡초가 어른 허리께까지 자라 있었다. 시체는 도로에서 삼 미터 들어간 곳에 있었다. 풀에 가려 직접 볼 수는 없었을 것이다. 최초 발견자는 나중에 그 점을 추궁당하자 소변을 보려고 들어갔다고 털어놓았다.

시신 주머니에는 지갑이 그대로 들어 있었다. 운전면허증 같은 건 없었지만 남아 있던 명함으로 신원을 금방 알아냈다. 야바 에이지는 55세, 고다이라에서 사채 회사 메구리타 상사를 운영하고 있었다. 가족은 멀리 사는 아들 한 명뿐이었지만 여러 사원들이 당일날 바로 본인임을 확인해주었다. 검시를 통해 날카로운 흉기에 의한 복부 자상으로 인한 쇼크사로 사인이 판명되었다. 당시 일손 부족으로 사법해부는 실시하지 않았다.

변호사라는 직업상 나도 많은 금융업자를 만났다. 그들의 성격이나 기호는 다양하지만 이상하게도 눈 하나는 비슷했다. 상대의 속마음을 꿰뚫어 보려는 눈이다. 지옥에서 부처를 만난 얼굴로 돈을 빌려놓고 빌릴 때와 갚을 때의 마음이 다르다고, 언제 그런 일이 있었느냐는 듯 태연한 얼굴로 발뺌한다. 몇 차례 그런 꼴을 당하다 보면 다들 그런 얼굴이 된다고 그 바닥에서 잔뼈가 굵은 남자가 알려주었다. 지금까지 경험으로는 그 말이 대개 맞는다.

사진 속 피해자의 얼굴도 상대를 품평하는 듯한 눈빛이었다.

경찰 조사 결과는 변호사에게 넘어오지 않는다. 법정에서 검찰이 주장하는 내용을 토대로 내가 뒷조사를 해서 야바의 9월 1일의 행적 일부를 알아냈다.

자택을 나선 것은 평소대로 아침 8시 반. 자동차를 소유하고 있지만 비가 오지 않으면 건강을 위해 회사까지 걸어가는 습관이 있었다. 회사에는 9시 전에 도착해 문을 열었다. 오전에 공증 사무소에 들러 어음 공증을 부탁했다. 오후에는 회사에 있었지만 확실히 평소와 분위기가 달랐다고 한다.

"평소에는 일중독자인데 그날은 마음이 살짝 딴 데 가 있는 느낌이었어요."

사원 한 명이 그렇게 알려주었다. 파일에는 다른 사원의 말도 메모되어 있었다.

"사장님이 그럴 때는 노리는 먹잇감이 있을 때였습니다. 고인이지만, 뭐, 존경할 만한 사람은 아니었죠……."

사채업자가 돈을 빌려주는 이유는 이자로 한몫 잡기 위해서다. 하지만 야바는 이따금 원하는 것을 손에 넣기 위해 돈을 빌려줄 때가 있었다고 한다. 골동품 수집이 취미라 거의 속이다시피 해서 차압하는 경우도 있는가 하면, 눈독을 들인 여자에게 비열한 거래를 제시하는 경우도 있었다는 소문을 들었다. 여러 이야기를 수집했지만 대체적으로 별로 평판이 좋지 않은 남자였다.

밤늦게까지 회사에 남아 있을 때가 많았다는 야바가 그날은 정시인 저녁 6시에 퇴근 준비를 하고 6시 반이 되기 전에 회사에서 나갔다. 단골 중국요리점에 나타난 것이 7시 전이었다고 하니 회사에서 바로 간 것으로 보인다. 가게 주인이 증언을 했다.

"야바 씨는 평소처럼 군만두와 맥주를 주문했습니다. 그런데 바로 '지금 주문은 없었던 걸로'라는 겁니다. 취소하는 거냐고 물었더니 누굴 만나기로 했는데 깜빡했다고 하더군요."

한 시간쯤 있다가 가게에서 나간 뒤 이튿날 시신으로 발견되기까지 야바를 본 목격자는 없다. 물론 가해자인 우카와 다에코는 별개로.

경찰은 야바의 회사 장부를 조사해 야바에게 대출 상환이 밀린 인물을 찾다가 우카와라는 이름에 도달했다. 최초 신문은 시체 발견 시점에서 불과 이틀 후인 9월 4일에 있었다. 경찰은 애초에 우카와 시게하루를 신문할 생각이었지만, 당시 시게하루는 피폐한 생활로 병이 들어 입원중이었다. 우카와 다에코의 언동을 수상하게 여긴 경찰이 가택수색을 하기까지는 그로부터 일주일도 걸리지 않았다.

변호사로서는 피고인이 야바의 지갑에 손을 대지 않았다는 점이 고마웠다.

강도 치사나 강도 살인 혐의는 적용되지 않았다. 우카와 다에코는 살인죄와 시체 유기죄로만 기소되었다.

필름에는 증거품의 사진도 섞여 있다. 대부분이 나도 본 적 있는 물건들이었다.

흉기로 사용된 식칼은 우카와 다에코가 평소 주방에서 사용하던 물건. 시체를 운반한 리어카는 시게하루가 일할 때 사용하던 물건. 응접실 벽장에 숨겨져 있던 방석, 장식단에서 압수한 족자, 그리고 장식장에 있었던 달마 장식품에는 혈흔이 남아 있어 살해 현장이 우카와 저택의 응접실이었음을 증명하는 데 사용되었다.

언뜻 봐서는 붉은 칠이 되어 있는 달마에서 혈흔을 찾아볼 수 없다. 하지만 과학 감정으로 달마의 등에 핏방울이 튀어 있다는 사실을 알고 있다. 그 점을 염두에 두고 자세히 보면 거뭇한 얼룩이 희미하게 보인다.

작은 달마에는 한쪽에만 눈동자가 그려져 있다. 그렇다면 이것은 우카와 다에코가 나와 함께 산 달마일지도 모른다. 내가 산 달마는 소원이 이루어졌다는 만원성취滿願成就의 의미로 두 눈을 그려서 절에 바쳤다■. 하지만 우카와 다에코의 달마가 어찌되었는지는 들은 바가 없다.

■ 일본에는 두 눈이 없는 달마 조각상을 사서 소원을 빌 때 한쪽 눈을 그려 넣고 소원이 성취되면 나머지 눈을 그려 넣어 사찰에 바치는 관습이 있다.

## 4

대학교 4학년 때였으니 우카와가에 하숙하고 두 번째 봄에 있었던 일이다.

당시 나는 정신적으로 궁지에 몰려 있었다. 오로지 공부만 하려고 해도 장래에 대한 불안에서 벗어나지 못했다. 책상에 앉아 있는 시간만 의미 없이 길어지고 성과는 희박한 악순환을 되풀이하고 있었다. 식욕도 없고 잠도 얕고, 사람도 만나지 않아 학교 친구들에게도 걱정을 끼쳤다. 시험 기간이라 대학에서 강의를 받을 수 없다는 것도 초조함에 박차를 더했다.

책상 위에는 고향을 뒤로할 때 찍은 가족사진을 장식해두었다. 모두가 뒷바라지해주고 있으니 열심히 해야 한다고 스스로를 고무하는 의미로 액자에 넣어 거기에 두었던 것이다. 하지만 그 무렵에는 가족의 시선이 나를 탓하는 것처럼 보여, 견딜 수가 없어 액자를 항상 책상에 엎어놓았다.

어느 날 하얀 공책을 앞에 두고 연필을 쥔 채로 끙끙대고 있으려니 삐걱거리는 계단 소리가 들렸다. 다에코 씨가 야식을 가져와준 것이다. 고맙게 받아야 하지만 나는 부루퉁한 얼굴로 접시를 받았다. 혼자 있고 싶었지만 다에코 씨 상대로는 나가달라는 말도 못 하고 묵묵히 주먹밥을 먹었다.

다에코 씨는 전부터 내 초조한 마음을 꿰뚫어 보았던 모양이다. 천천히 흘러나온 말은 위로처럼 다정했다.

"후지이 씨, 공부는 어때요?"

나는 짜증을 감추지 못하고 툭 내뱉었다.

"잘 안 됩니다. 도저히 안 풀려요. 법률 같은 건 저처럼 머리 나쁜 남자에겐 벅찬 공부였는지도 모릅니다. 주제를 알아야 했는데 이제 와서 그만둘 수도 없고, 이거 길을 잘못 들었구나 싶습니다."

한심한 투정이었지만 다에코 씨는 타박하지도 않고 가만히 웃더니 엉뚱한 소리를 했다.

"내일 잠깐 볼일이 있어서 외출할 거예요. 짐이 많을 것 같아서 그러는데, 바쁘신데 죄송하지만 함께 가줄 수 없을까요?"

"제가요?"

일 년 넘게 하숙을 하면서 다에코 씨의 외출에 동행한 적은 한 번도 없었다. 전혀 생각도 못 한 일이었고, 당시의 나는 하루가 아쉽기도 했다. 망설이고 있자 다에코 씨는 드물게 고집을 부렸다.

"네, 꼭 좀."

평소 신세를 지고 있는 하숙생 처지다. 이렇게 거듭 부탁하는데 거절할 수도 없어 마지못해 고개를 끄덕일 수밖에 없었다.

이튿날은 맑았지만 초봄이라 아직 바람이 싸늘했다. 나는 낡은 카키색 코트를 입었다. 학창 시절, 방한복은 그 한 벌로 버텼다. 다에코 씨는 도라지 무늬가 들어간 비단 기모노를 차려입고 두꺼운 겉옷을 덧입었다. 시게하루는 당연히 나란히 외출하는 우리를 보고 기꺼워하지 않았지만 다에코 씨가 미리 말해두었는지 그 자리에서 뭐라고 따지지는 않았다.

이상한 외출이었다.

다에코 씨는 기모노용 짚신을 신고 있어 걸음이 빠르지 않았고, 나는 나대로 판례나 학설이 머리에서 달아나지 않도록 중얼거리며 걷고 있었다. 한참 커튼을 꽁꽁 닫고 방에 틀어박혀 있었던 탓에 삼월의 따스한 햇살이라고는 해도 햇빛이 눈부셨다. 고개를 숙이고 걸으며 이따금 들리는 다에코 씨의 "꺾을 거예요", "멈출 거예요"라는 말을 고분고분 따르고 있었다. 옆에서 보면 어느 집안 사모님 뒤를 엉금엉금 따라가는 꼭두각시 꼴이라 어지간히 우스꽝스러웠을 것이다.

몇십 분이나 걸었을까. 다에코 씨가 불쑥 멈춰 서더니 입을 열었다.

"후지이 씨. 고개를 들고 잠깐 봐요."

그래서 걸음을 멈추고 위를 올려다보았다.

어느새 꽃 터널 안에 있었다.

운치 있게 자란 가지에 새하얀 꽃이 무수히 피어 있다. 그것을 본 순간 귀에는 새 소리가, 코에는 향기가 되돌아왔다.

"하아……. 아름답네요."

나는 신음했다.

"마침 좋을 때라서요. 한창때네요."

"이건 벚꽃이 아닌 것 같군요."

내가 딱딱한 표정으로 그렇게 말하자 다에코 씨는 난처한 듯 웃었다.

"목련이에요. 백목련이죠."

"아아."

이게 목련이라는 겁니까, 라는 말은 부끄러워서 차마 하지 못했다. 나는 대학 4학년이나 되어서 목련꽃도 못 알아볼 정도로 무식했던 것이다.

"요즘 뭔가 초조해 보여요."

"하아. 그렇습니다."

"문제가 있나요?"

끝없이 이어질 듯한 꽃길을 멍하니 올려다보며, 나는 친구에게도 털어놓은 적 없는 사정을 술술 이야기하고 있었다.

"저희 집은 지바에서 어업을 하는데 아무래도 요새 어획량이 적어 여태처럼 학비를 대주기 어렵다고 하더군요."

어획량만 문제가 아니었다. 오래도록 힘겨운 일을 해온 아버지가 무릎이 고장나서 예전처럼 일할 수 있을지 모르겠다는 말을 들은 것이다.

"당장 급한 학비나 하숙비는 어떻게든 되겠지만 앞으로도 사정은 그리 다르지 않을 거라 생각하니 아무래도 초조하네요. 어떻게든 사법시험에 합격하고 싶은데 제게는 대학을 졸업한 뒤까지 계속 공부할 수 있는 시간도 돈도 없습니다."

"사법시험이란 게 그렇게 어려운가요?"

"오 년 십 년 공부는 당연하고, 이십 년이나 걸려 합격한 사람도 있습니다. 학생 신분으로 합격하는 건 꿈같은 얘기죠."

힘겨운 노력 덕에 성적은 오르고 있었다. 하지만 머리 회전도 빠르다고 할 수는 없고 사고의 유연성도 부족한 편이라 등용문을 한 번에 통과하기에는 다소 실력이 부족하다고 통감도 하고 있었다. 뭐가 부족한지 알아도 그것을 어떻게 해야 채울 수 있는지 눈에 보이는 대책이 없었다. 괴로운 시기였다.

한동안 말없이 걸었다. 그때까지 쭉 고개를 숙이고 있었던 시간을 되찾기라도 하려는 것처럼 나는 머리 위의 하얀 꽃을 하염없이 올려다보고 있었다.

"하늘은 분명히 지켜보고 있을 거예요."

이윽고 다에코 씨가 그런 소리를 했다.

"하아……."

"뜻대로 안 되는 게 세상일이에요. 진창 속에서 몸부림치는 괴로운 날들도 있겠죠. 하지만 후지이 씨, 긍지를 잃어서는 안 돼요. 가슴속에 자부심만 굳게 품고 있으면 어떤 불행도 견뎌낼 수 있어요. 지금까지 열심히 공부했잖아요? 전 그걸 지켜봤어요. 하늘도 분명 지켜보고 있었을 거예요. ……오늘은 정성껏 소원을 빌어요."

어느새 사람들의 들뜬 목소리가 가까이서 들렸다. 내리막

길 끝에 울창한 삼나무 숲이 보인다. 그 사이로 절인 듯싶은 구리 지붕이 보였다.

목련도 몰랐던 나는 당연히 알지 못했지만, 그날은 조후 진다이지 사찰 축제날이었다. 아직 이른 아침인데 절의 참배로는 산문山門에 들어가기도 전부터 사람들로 북적거렸다. 오랫동안 하숙집 2층에 틀어박혀 있던 내게는 눈부신 광경이었다. 정정한 노파도 있는가 하면 깡패 같은 젊은이도 있고, 관광객으로 보이는 단체도 있는가 하면 인파 사이를 요리조리 잘도 빠져나가는 어린아이도 있었다. 다에코 씨의 볼일이라는 게 이거였나. 그렇게 이해한 것도 잠시, 나는 다에코 씨를 놓칠까 봐 도라지 무늬 비단 기모노만 바라보며 인파를 헤치고 나아갔다.

사람들 뒤를 따라 돌계단을 올라 산문을 통과해 경내에 이르자 무심결에 "아!" 하고 외쳤다. 여기저기에 돗자리를 깔고 단을 쌓아놓았는데, 전부 흰색과 선홍색으로 뒤덮여 있었다. 달마를 팔고 있었다. 아이 손에 쏙 들어갈 만큼 작은 달마, 어른 머리만 한 중간 크기의 달마, 수레가 없으면 옮길 수 없을 만큼 커다란 달마. 경내에는 달마, 달마, 달마가 넘쳐났다. 장관이기는 했지만 아무래도 물건이 달마다 보니 어딘지 모르게 우스꽝스러웠다. 뭘 하는 건지 물어보니 "달마

시장이에요"라고 알려주었다.

달마는 기념품 가게에서나 판다고 생각했던 나는 이런 시장이 있는 줄 꿈에도 몰랐다. 구경하는 사이에도 남녀노소 온갖 손님들이 달마를 사 갔다. 가격표가 보이지 않는다는 사실에 감탄했다. 한눈에 보기에도 일반적인 장사는 아니었다.

무엇보다 눈길을 끈 것은 경내 구석에 설치된 공양소였다. 아직 눈동자가 없는 달마가 사람들 손에 넘어가는 가운데, 공양소에는 두 눈이 그려진 달마가 속속들이 들어왔다. 너무 혼잡스러워 앞이 꽉 막혀 있다 보니 공주머니처럼 달마를 던져 넣는 사람도 한둘이 아니었다. 다에코 씨는 딱히 그곳을 보여줄 생각은 없었는지 걸음을 멈춘 나를 의아한 얼굴로 돌아보았다.

"왜 그래요?"

"아니에요."

그렇게 대답했지만 나는 소임을 다한 달마를 던져 넣는 광경에서 한참동안 눈을 떼지 못했다.

아마도 저 달마들에게도 저마다 어떤 소원을 담았을 것이다. 만원滿願은 이루어졌고, 달마는 성취를 지켜보았다. 무수한 소원과 성취를 두 눈으로 보니 신비한 감회에 사로잡혔다. 내 학업이 결실을 맺을까? 사법시험에 합격할 수 있을까? 내게 중요한 일은 오직 그뿐이었다. 분명 난관이기는 하지만 도저히 불가능한 일은 아니라는 생각이 처음으로 들었다. 이렇게 많은 소원이 이루어졌는데 내게 길이 없을 리 없다. 생각해보면 비논리적인 자신감이었지만 울적하게 발밑만 바라보던 날들에 문득 훈풍이 불어와 나쁜 꿈이 떨어져나간 기분이었다.

"달마를 골라요."

기분 탓인지 들뜬 목소리로 다에코 씨가 그렇게 권했다.

"후지이 씨처럼 열심히 공부한 사람은 이제 하늘의 도움만 기다리면 돼요. 이곳 달마 시장은 굉장히 유서가 깊으니 분명 영험할 거예요."

위로의 말도 순수하게 가슴에 닿았다. 이제부터 시작이다. 나는 초봄의 경내에서 남몰래 주먹을 불끈 쥐었다.

나와 다에코 씨가 각자 하나씩, 방에 두어도 거치적거리지 않을 자그마한 달마를 샀다. 내 소원은 물론 사법시험 합격이었지만, 다에코 씨는 무슨 소원을 빌었는지 말하지 않았고 나 역시 굳이 묻지 않았다.

달마가 영험했는지 어쨌는지는 모르겠지만 오월 객관식 시험은 돌파에 성공했다. 예상 문제도 적중했고 정신도 맑아 생각보다 여유롭게 합격했다. 하지만 그런 만큼 정말 내 실력이 합격 수준에 달한 건지는 알 수 없었다. 그저 달마 시장에 다녀온 뒤로 자신감 때문에 휘둘리는 일은 사라졌다. 어찌되었든 할 수밖에 없다. 한쪽 눈을 그려 넣은 달마는 산더미처럼 쌓인 책 꼭대기, 책상을 굽어보는 자리에 모셔두었다.

하지만 돈 걱정은 생각보다 빨리 다가왔다. 전부터 어획량도 준데다가 아버지 건강도 악화되어 유월 생활비를 제때에 못 보내준다는 것이었다. 운 나쁘게도 나 역시 시험 준비 때문에 막일도 못 나가고 필요하다 싶은 책을 샀기 때문에 돈줄이 완전히 끊겨버렸다.

다른 문제는 어떻게든 되겠지만 매달 20일에 내는 하숙비만큼은 방법이 없었다. 열흘만 기다리면 생활비를 넣어준다기에 그때까지 기다려달라고 부탁해야 했다. 하필 하숙비만큼은 시게하루에게 직접 건네주어야 했다. 나는 원래 어지간해서는 주눅 들지 않는 성격이지만 이때는 마음이 무거웠다.

가랑비가 오락가락하는 해질녘, 다에코 씨가 외출하는 모습이 2층 창문으로 보였다. 아쉬운 소리를 하는 모습은 별로 보이고 싶지 않았다. 이참에 말해야겠다고 결심을 굳혔다. 계단을 내려가 주방 앞에서 무릎을 꿇고 "실례하겠습니다" 하고 한마디 건넨 뒤에 장지문을 열었다.

순간, 술 냄새가 코를 확 찔렀다. 시게하루는 방석 위에 한 쪽 무릎을 세우고 앉아 차탁에 한 되들이 술병과 됫박을 얹어 놓고 안주도 없이 술을 마시고 있었다. 나는 딱히 놀라지 않았다. 최근 시게하루는 술 냄새를 풍기며 저녁 식탁에 앉거나, 고주망태가 되어 식사 때를 못 기다리고 잠드는 경우도 잦았기 때문이다. 다만 주정쟁이를 상대로 돈 이야기를 하려니 때가 안 좋았다. 대충 얼버무리고 얼른 물러가야겠다고 생각했는데 시게하루는 내 쪽을 매섭게 노려보더니 드물게 말을 걸었다.

"학생 양반이잖아? 이리 와서 한잔 받아."

얼굴은 붉었지만 목소리는 의외로 멀쩡했다. 거절하면 모가 날 것 같았고, 나도 원래 술을 싫어하지는 않아 무릎걸음으로 다가갔다.

"그럼 조금만 받겠습니다."

됫박이 하나밖에 없어 나는 찻잔으로 마셨다. 시게하루가 책상다리로 고쳐 앉아 그득히 따라준 술을 시험받고 있다는 생각으로 단숨에 들이켰다. 그러자 시게하루는 오히려 시시하다는 표정을 지었다.

"맛있나?"

싸구려 술이라 알코올만 들어 있는 독한 조악품이었다.

가난한 학생이라 술은 거의 구경도 못 했지만 그 술은 지독했다.

"저는 술맛을 잘 모릅니다."

그렇게 대답을 회피하자 시게하루는 뜻밖에도 고개를 끄덕였다.

"뭐, 맛있는 술은 아니야."

"맛이 없는데 마시는 겁니까?"

"마시면 취하니까."

그는 그렇게 말하며 됫박을 비웠다. 나는 담배를 따랐다. 시게하루는 됫박 안의 술을 바라보다가 이윽고 혼잣말처럼 말했다.

"취하고 싶은데 술이 센 게 내 불행이지……. 술값만 많이 나가지, 이런 건 기분 전환도 하나 안 돼."

그러더니 또 됫박을 기울였다.

그 무렵 시게하루의 장사는 한층 불황이었다. 일이 제대로 안 풀려서 싫증이 나는 건지, 싫증이 나서 일이 잘 안 풀리는 건지, 비가 온다는 핑계로 가게 문을 일찍 닫을 때도 있는가 하면, 배가 아프다고 휴업 간판을 내걸 때도 있었다. 거기에 과음하는 버릇까지 붙어버리니 앞날이 캄캄하다. 시게하루 한 사람이라면 자업자득일지도 모르지만 다에코 씨까지 휘말리는 것은 부당하다. 남의 인생에 왈가왈부할 수 있을 만큼 떳떳한 처지는 아니었지만 넌지시 말해보았다.

"말씀은 그래도 그렇게 훌륭한 부인을 만나셨으니 부럽습니다. 저도 장차 아내를 얻어 검소하게나마 둘이서 사는 게 꿈입니다."

"훌륭한 부인?"

시게하루는 콧방귀를 뀌더니 날카로운 눈으로 나를 올려다보았다.

"학생 양반, 올해 몇 살이지?"

"하아, 스물둘입니다."

"스물둘이라."

그렇게 되뇌더니 천박한 미소를 지었다.

"그 나이면 조금 더 인생살이가 뭔지 알 만도 한데. 뭔지는 몰라도 까다로운 시험을 본다는 것 같으니, 그런 여유가 없는 건 안됐다고 하면 안된 일이지만."

말로만 안쓰럽다고 하면서 됫박을 탁 내려놓았다. 시게하루는 제 손만 바라보며 이렇게 말을 이었다.

"술이 센 것도 불행이지만 마누라가 훌륭한 건 더 나빠."

"나쁜 일입니까?"

"학생 양반한테는 어렵겠지만."

시게하루는 그렇게 말하더니 의미심장하게 웃으며 됫박을 들어 입에 가져가더니 혀를 끌끌 찼다.

"그나저나 참 맛없는 술이군. 어이, 학생 양반, 그렇게 생각하지?"

그때 이후로 시게하루와 마주앉아 이야기할 수 있는 기회를 찾을 수가 없었다.

하지만 돈을 마련할 길도 없었다. 20일이 되어서야 기다려 달라고 하면 인상만 나쁠 것이다. 논문 시험이 코앞이라 되도록 생활 문제로 옥신각신하고 싶지 않았다. 별수없이 나는 다에코 씨에게 의논하기로 했다.

장마철에 잠시 날이 개어, 하늘은 흐렸지만 비가 올 기미는 없는 날이었다. 시게하루는 아침부터 외출하고 없었다. 소매 달린 앞치마를 입고 빨래를 널고 있던 다에코 씨를 불러 마당으로 내려가 사정을 설명했다. 이야기를 듣고 있던 다에코 씨가 아름다운 눈썹을 찌푸렸다.

"도와드리고 싶지만 남편이 과연 기다려줄지. 그 사람은 후지이 씨를 탐탁지 않게 생각해요. 한 번이라도 늦으면 쫓아내려 들고도 남을 거예요."

"변명할 여지가 없습니다. 쫓겨날 각오도 하고 있지만 이 주 정도만 어떻게 좀 빌려주실 수 없을까요?"

다에코 씨는 갸름한 턱을 짚고 잠깐 생각에 잠겼다.

"생활비가 들어올 때까지 남편에게 건네줄 급전이 있으면 되는 거지요?"

그렇게 중얼거리더니 툇마루로 올라가 나를 돌아보았다.

"이쪽으로."

다에코 씨가 들어간 곳은 응접실이었다. 장식단에는 창포꽃이 꽂혀 있고 장식장에는 봄에 산 달마가 오도카니 놓여 있었다. 장식장 밑에는 작은 선반이 있었는데 다에코 씨는 소매를 살짝 걷고 그 앞에 앉았다. 그리고 문득 생각났다는 듯이 중얼거렸다.

"혹시 눈가리개 같은 건……."

내가 "눈가리개요?" 하고 되묻자 "아니, 이걸로 눈감아달라고 하죠" 하고 장식장의 달마를 뒤로 돌렸다.

다에코 씨는 선반 문짝을 잡더니 기다란 나무상자를 하나 꺼냈다. 보라색 끈으로 묶여 있었다. 말없이 끈을 풀고 상자를 향해 두 손을 모았다. 공손한 손놀림으로 뚜껑을 열었다. 내용물은 두루마리였다. 아마 언젠가 보았던 족자였을 것이다. 그것만 들어 있는 게 아니었다.

상자에서 꺼낸 것은 돈이 든 노란 봉투였다.

다에코 씨는 노란 봉투에서 한 달 치 하숙비를 꺼내 내게 내밀었다.

"비상금인데, 이걸 남편에게 주세요. 생활비를 받으면 그때 갚아요."

나는 여러 의미로 놀랐다. 다에코 씨가 비상금을 챙기고 있었다는 사실, 그것을 숨겨놓은 장소를 내게 보여주었다는 사실, 그리고 그 돈을 빌려주었다는 사실에. 다에코 씨라면 도와줄지도 모른다는 안일한 마음이 없었던 것은 아니었지만 이런 형태로 도움을 받을 줄은 몰랐다.

"아, 이건……. 정말 죄송합니다."

나는 그렇게 웅얼거리며 그 돈을 그저 감사히 받을 수밖에 없었다.

나는 그 돈으로 하숙비를 냈고, 생활비가 들어온 날 바로 다에코 씨에게 똑같은 금액을 갚았다. 그다음 달에는 사법시험의 최대 난관, 논문 시험에 합격했다.

## 5

우카와 시게하루는 아내 다에코 몰래 요란한 유흥을 즐기고 있었다. 그 돈이 나온 곳이 야바 에이지의 회사 메구리타 상사였는데, 우카와 시게하루가 간경변으로 쓰러지자 야바는 다에코에게 상환을 요구했다. 살해 동기가 빚이라는 점은 나도 검찰과 같은 의견이었다.

다만 구체적인 경위에 대해서는 주장이 엇갈렸다.

검찰은 우카와 다에코가 상환을 피하기 위해 야바를 살해했으며, 흉기로 식칼을 사용한 점에 악질적인 계획성이 보인다고 주장했다.

내 주장은 달랐다. 우카와 다에코가 야바 에이지를 살해한 사실은 인정한다. 하지만 그것은 야바가 빚을 담보로 육체관계를 요구했기 때문에 다에코는 자신을 지키기 위해 충동적으로 범행을 저지른 것이다. 범행에 계획성은 없다. 이것은 정당방위다.

처음 맡은 살인죄 재판에서 검찰의 견해에 정면으로 이의를 제기한다. 이것은 용기가 필요한 일이라 사실 여러 동업자들이 "후지이, 젊을 때는 조금 더 얌전하게 구는 게 좋아"라고 충고해주었다. 하지만 나는 어떻게든 의뢰인의 형을 경감시키고 싶었고, 게다가 원래 겁 없는 성격이었다.

재판은 치열하고 엄격했다. 파일에는 여러 대립점이 당시의 감상과 함께 극명하게 기록되어 있었다.

'상환을 피하기 위해 살인을 저지른 것은 이기적인 행동으로 동정의 여지가 없다.'

야바를 죽여도 상환 의무가 사라지는 것은 아니다. 그 점은 피고인도 알고 있었다. 상환을 피하기 위해서라는 동기는 애초에 맞지 않다.

'식칼을 미리 준비한 것은 피고인이 살인을 계획했던 증거이다.'

흉기는 피고인이 평소 집안일에 사용하던 물건이다. 계획적이라면 어째서 새 식칼을 준비하지 않았나? 피고인은 피해자에게 수박을 대접하려고 응접실로 식칼을 가져갔다고 했다. 사건 당일 낮, 피고인이 수박을 샀다는 사실에 대해서는 증인이 있다.

'피해자를 찌른 뒤에 구급차를 부르지 않은 것은 강력한 살의에 대한 증명이다.'

피고인은 즉사였다고 말했다. 심장이 멎은 사람을 위해 구급차를 부르지 않았다고 비난하는 것은 다소 부당하지 않은가?

'시체를 공터에 버린 점은 사건 은폐를 꾀한 행동이며 악질적이다.'

근처 공터에 묻은 게 아니라 방치해놓은 것을 두고 사건 자체를 은폐하려 했다고 말할 수 있을까? 남편이 입원해 혼자 사는 집에 시체가 있으면 무서워서 멀리 치우고 싶을 수도 있다. 공포로 인한 발작적인 행동으로 이해해야 마땅하다…….

방어전에 쫓기는 가운데 반격의 실마리는 좀처럼 보이지 않았다.

나는 독자적인 조사로 빚을 청산해주는 대신 야바에게 육체관계를 강요당한 여성을 찾아냈다. 변호 측 증인으로 그녀가 증언해주면 우카와 다에코가 야바에게 육체관계를 강요당해 저항했다는 주장을 보강할 수 있었다. 하지만 그녀는 증언대에 서주지 않았다.

대신 애장했던 칼을 빼앗긴 노인을 소환했다. 그는 야바 에이지를 사납게 욕할 뿐이었기에, 야바가 때때로 원하는 것을 손에 넣기 위해 돈을 빌려주었다는 증언은 얻지 못했다. 그렇기는커녕 노인은 피고인에게 야바를 죽여줘서 고맙다는 말까지 했다.

여성이 증언을 거부한 것은 이해할 수 있다. 그때 그녀의 증언을 얻어낼 수 있었다면 판결은 조금 다르지 않았을까? 그 점은 지금도 후회스럽다.

결국 쟁점은 한 가지였다.

즉 1977년 9월 1일, 우카와 다에코는 처음부터 야바 에이지를 살해할 작정이었나? 계획적이었나 우발적이었나? 검찰의 주장은 결정적 증거가 부족했지만 나 역시 계획적 범죄를 확실하게 부정하지 못했다. 하지만 나는 약점을 하나 잡고 있었다.

우카와 저택 응접실을 범행 현장으로 꼽는 증거로 검찰은 다다미의 과학 감정 결과와 등에 피가 묻은 달마, 방석, 그리고 족자를 제출했다. 표구 바탕에 혈흔이 남아 있었다. 피는 공기에 닿아 검게 변했지만 역시 일종의 기이한 현실감이 있다. 검찰은 이 피의 혈액형이 피해자와 일치한다고 설명했다.

나는 기회를 놓치지 않고 피고인 질문에 승부를 걸었다. 문답은 메모로 남아 있다.

"꽤 오래된 족자더군요. 달마 대사를 그린 묵화던데요."

교양이 없는 나도 그 정도는 알았다.

"다만 그림에 비해 표구가 조금 새 것처럼 보입니다. 표구를 의뢰한 건 당신입니까?"

우카와 다에코는 천천히 고개를 들었다. 역시 피로를 감추지 못하는 얼굴이었다.

"아뇨. 아닙니다. 할아버지가 표구 장인에게 의뢰했다고 들었습니다."

"할아버지라는 건 우카와 시게하루의 할아버지가 아니라 당신 친할아버지가 맞습니까?"

"그렇습니다."

"이건 당신이 친정에서 물려받은 물건이지요?"

"예."

질문에 순순히 답하면서도 피고인은 의아한 표정으로 눈썹을 살짝 찌푸렸다. 시야 구석에서 검찰관도 복잡한 표정을 짓고 있었다.

"평소 장식단에 걸어놓습니까?"

"아닙니다. 상자에 넣어 보관해둡니다."

"어떻게 관리했습니까?"

"해마다 몇 번씩 바람을 쐬여줍니다."

"그렇군요. 상당히 소중히 여기는 것 같은데, 그렇다면 이 족자는 가보라고 할 수 있겠군요."

피고인은 똑똑히 고개를 끄덕였다.

"예. 가보입니다."

나는 침을 삼켰다. 이제부터가 승부처였다.

"사건이 있었던 9월 1일, 당신은 이 족자를 어디에 두었습니까?"

"장식단에 걸어두었습니다."

"이유가 무엇입니까?"

"야바 씨가 찾아오는데 장식단이 비어 있으면 안 된다는 생각에."

"손님을 맞으려고 족자를 걸었던 거군요."

"그렇습니다."

사건 당일, 피고인이 야바의 방문을 미리 알고 있었다는 사실은 본인도 시인했다. 야바를 맞이할 준비를 하고 있었다는 증언은 불리한 요소가 아니다. 오히려 대단히 유리한 증언이었다. 나는 거듭 말했다.

"소중히 여기던 가보인 족자에 피가 묻고 말았는데 당신은 그걸 보고 무슨 생각을 했습니까?"

내 의도를 알아차렸는지 검사가 옆에서 끼어들었다.

"그게 무슨 상관입니까?"

참으로 목소리가 큰 남자였다. 위협적인 큰 목소리에 나는 상대를 노려보았다. 판사가 온화하게 물었다.

"검사는 이의를 제기하겠습니까?"

"예, 제기하겠습니다."

"어떻습니까, 변호인?"

나는 허리를 곧게 펴고 대답했다.

"변호 측은 사건 당일 피고인이 어떤 채비로 피해자를 맞이했는지 밝히고 싶을 뿐입니다."

"알겠습니다. 계속하십시오."

판사에게 고개를 숙이고 다시 피고인 쪽으로 몸을 돌렸다. 우카와 다에코는 내 질문에 기어들어가는 목소리로 이렇게 대답했다.

"조상님에게 그저 죄송한 마음입니다."

대답을 들은 나는 의견을 진술했다.

"검찰이 주장하듯 피고인이 미리 살의를 품고 피해자를 기다리고 있었다면 어째서 가보인 족자를 일부러 상자에서 꺼내 장식단에 걸었겠습니까? 실제로 피가 묻기도 했고, 자칫하면 야바가 격렬하게 저항해 찢어졌을지도 모릅니다. 곧 살인 현장이 된다는 걸 알고도 피고인이 족자를 걸었을 리는 없습니다. 본건이 계획적 살인이 아니라 예기치 못한 돌발적 사고였기에 족자는 그 자리에 있었던 것입니다."

일심 판결에서는 우카와 다에코의 자기방어를 전면적으로 인정해주지 않았다. 야바 에이지가 우카와 다에코에게 육체관계를 강요했다는 결정적인 증거를 제시하지 못해, 그 점에서는 힘이 부족했다. 하지만 계획적 범행 가능성은 판결 근거에서 제외되었다. 이는 피고인에게 유리하게 적용되었다는 뜻이다. 족자의 혈흔이 과연 결정타가 되었는지는 판결문에 적혀 있지 않다.

징역 팔 년의 실형 판결. 나는 이심을 준비하는 데 한층 힘을 쏟았다.

하지만 그 후, 우카와 다에코는 모든 것을 포기한 듯 항소를 취하했다.

우카와 시게하루의 사망 소식을 들은 날이었다.

## 6

1977년 구월. 조후 살인 사건으로 다에코 씨가 용의자로 지목되었다는 급보를 듣고 출장 가 있던 가시마에서 헐레벌떡 달려왔을 때 다에코 씨는 이미 체포된 상태였다.

사정은 대강 이동하면서 비서에게 들었다. 조후 경찰서의 침침한 면회실에서 사 년 만에 만난 다에코 씨에게 격렬하게 따졌다.

"어째서 좀더 빨리 의논하시지 않았습니까? 체포당하기 전에, 아니, 빚 문제도 의논해주셨더라면 좋았을 텐데."

유치장 생활과 신문에 지쳤는지, 아니면 지난 사 년 동안 생활고에 시달렸는지, 다에코 씨의 뺨은 내 기억 속 모습보다 홀쭉했다. 궁지에 몰린 처지인데도 나를 보고는 뿌듯한 미소를 지었다.

"오랜만이에요. 후지이 씨, 독립하셨다면서요? 출세하셨으니 정말 경사스러운 일이에요."

"아주머니."

졸업 후 사 년이라는 세월은 내게 노도와 같은 시간이었다. 사법 연수생을 거쳐 선배 변호사 사무소에 들어가 잔심부름을 하면서 업무 기초를 배웠다. 재학중에 합격했다는 이유로 좋은 의미로나 나쁜 의미로나 이목을 끌어 사무소에 잘 적응하지 못하고 옮길 곳을 찾다가, 뒤를 돌봐준 선배가 그 정도면 독립하는 게 낫겠다고 도와주어서 개인 사무소를 차릴 수 있었다. 정신없는 나날 속에서 우카와가를 떠올릴 때도 있었지만 바쁘다는 핑계로 일 년에 한 번 보내는 연하장 말고는 연락도 하지 않았다.

그 사 년 사이에 다에코 씨가 사람을 칼로 찌를 정도로 궁지에 몰렸을 줄은 생각도 못 했다. 해줄 수 있는 일이 있었을 텐데. 통한스러운 마음에 이를 악물었다. 슬그머니 눈길을 피하는 다에코 씨의 동작은 하숙하던 때와 다르지 않았다.

"제 갈 길을 걷기 시작한 후지이 씨를 이런 일로 번거롭게 할 수는 없죠."

"남이 아니지 않습니까? 그렇게 신세를 졌는데 번거롭다고 생각할 리가 있겠습니까. 지금부터라도 쓸 수 있는 수단은 다 쓰겠습니다. 뭔가 해드릴 일은 없습니까?"

그런 상황에서도 다에코 씨는 사양한답시고 좀처럼 입을 열지 않았다. 큰 소리로 은혜를 갚고 싶다고 몇 번이나 되풀이하자 그제야 다에코 씨의 걱정거리를 들을 수 있었다.

"그럼 남편 상태와, 집의 빚이 어떻게 되었는지 조사해주실 수 있을까요?"

그런 것보다 당신 처지를 걱정하라고 말하고 싶었다. 하지만 그것이 다에코 씨의 간절한 소원이라면 거절할 수 없었다.

지난 사 년간 얻은 연줄을 전부 동원해 이틀 후에는 두 소식 다 충분히 알아냈다. 다만 둘 다 다에코 씨가 안심할 만한 결과는 아니었다.

우카와가 생업으로 삼았던 다다미 가게는 계속 자금을 빌리는 자전거조업 상태였다. 토지와 건물은 이미 은행에 저당 잡혔고, 다에코 씨가 체포되어 빚을 상환할 가망이 사라진 지금, 조만간 경매에 오를 예정이었다. 가재도구는 메구리타 상사의 요청으로 차압된 상태였다. 몇 가지 차압 금지 물품에도 손을 댔기에 그쪽은 내가 해결해놓았다. 하지만 가재만으로는 메구리타 상사에 진 빚을 갚을 수 없어, 설령 집행유예로 나오더라도 다에코 씨는 집도 없이 빚을 떠안아야 했다.

시게하루는 우라야스에 있는 형제 집에 굴러들어가 있었다. 내 얼굴을 보더니 나태하게 웃으며 "변호사 선생님이 되셨다고? 출세했네. 우리집에서 받아준 덕분이야"라고 말한 것도 모자라 돈을 요구했다. 간경변이라고 들었는데 정확한 병명을 알아내기까지는 애를 먹었다. 시게하루의 의사는 깐깐한 사람이라, 그만큼 비밀 엄수를 이유로 좀처럼 가르쳐주지 않았던 것이다. 결국 다에코 씨의 위임장을 들이민 뒤에야 "최선을 다하고 있지만 오래 버티지는 못할 거라고 부인께 전해주십시오"라는 말을 겨우 받아낼 수 있었다. 병명은 끝까지 알려주지 않았다.

다에코 씨에게는 괴로운 일이었지만, 나는 가급적 그녀의 희망을 앗아가지 않도록 조심하면서 그래도 전해야 할 사항은 전부 전달했다. 다에코 씨는 그 무렵 이따금 보이던 아련한 미소를 지으며 이렇게 말했다.

"잘 알겠습니다. 이걸로 각오를 굳히고 재판에 임할 수 있겠네요."

국선 변호인에게 다에코 씨를 맡길 수는 없었다. 그녀에게 지불 능력이 없는 건 불을 보듯 뻔했기에 나는 비용은 나중에 의논하자고 밀어붙여 형사피고인 우카와 다에코의 변호인이 되었다.

재판이 끝난 것은 1980년도 얼마 남지 않은 십이월이었다.

우라야스의 의사에게 연락이 왔다. 오래도록 병상에 누워 있던 우카와 시게하루가 숨을 거두었다고 했다.

차가운 비가 내리는 날이었다. 장례식에는 나도 참석했다.

적적한 장례식이었다. 시게하루를 위해 달려온 지인은 아무도 없어, 친척 외에 장례식에 온 사람은 아무래도 나 하나뿐인 듯했다.

친척들도 애석해하는 기미가 없었다. 오히려 노골적으로 귀찮은 짐을 덜어 기뻐하고 있었다.

"집을 말아먹고 잘도 여태껏 살아 있었네."

퉁퉁한 여성이 주변에 아랑곳없이 그렇게 떠들어댔다.

"그런 사람이 뒤만 잇지 않았어도 조후의 집은 우리가 상속할 수 있었는데. 그걸 태연히 은행에 넘기다니. 죽으려면 냉큼 죽을 것이지 끝까지 끈질긴 남자였어."

아무리 그래도 장례식이라, 남편으로 보이는 남자가 타일렀다.

"그만해. 다른 사람들도 있잖아."

"장례식 비용까지 우리가 내다니 이렇게 황당한 일이 어디 있어?"

"그만하라니까."

하지만 그 남자도 내뱉듯이 이렇게 덧붙였다.

"사람을 죽인 여자하고 결혼한 게 시게하루 잘못은 아니잖아."

그는 내가 다에코 씨의 변호인이라는 것을 아마도 알고 있었으리라.

분명 우카와 시게하루는 근면한 사람이 아니었다. 하지만 졸업 후 여러 사람을 만나보니 그렇게 쓸쓸한 최후를 맞이해야 할 만큼 나쁜 사람도 아니었다. 장사가 서툰 남자도, 유흥으로 빚을 진 남자도, 이 세상에는 얼마든지 있다. 그 사람들이 전부 이렇게 죽는 것은 아니다. 역시 시게하루는 불행했던 것이다.

난방 기구라고는 화로밖에 없는 절에서 경문을 들으며 나는 문득 그가 어떻게 다에코 씨를 만나 결혼하게 되었는지 모른다는 것을 깨달았다. 앞으로도 알 길은 없으리라. 사람들한테는 저마다 예기치 못한 운명이 있고, 그것을 꼬치꼬치 캐묻는 짓은 실례되는 일이다.

향을 피울 때 영정 사진을 가까이서 보았다. 아마도 죽음을 앞두고 장례식을 위해 촬영했으리라. 흑백사진 속 우카와 시게하루는 살이 홀쭉하게 빠져, 짙은 눈그늘에 묻힌 눈도 탁하게 가라앉아 있었다. 건강했던 무렵을 아는 입장으로서는 아무래도 안쓰러운 영정이었다.

우라야스에서 돌아와 상복을 갈아입을 새도 없이 다에코 씨에게 부고를 전하러 갔다. 하치오지 구치소 접견실에 들어온 다에코 씨는 내 상복을 보더니 우뚝 멈춰 섰다. 모든 것을 알아차린 듯했다. 의자에 앉더니 다에코 씨가 먼저 물었다.

"남편이 죽은 거죠?"

나는 잠자코 고개를 끄덕였다.

다에코 씨는 고개를 숙이고 눈가를 가리더니 조용히 울었다. 쇠창살로 막힌 창문 밖에서는 겨울비가 줄기차게 내리고 있었다. 생각하면 오랜 유치장 생활 속에서 다에코 씨는 늘 시게하루를 걱정했다. 접견 때마다 "남편은 어떤가요?"라고 물었고 편지에도 '남편 상태를 알 수 없을까요?'라고 적었다. 끝내 다에코 씨는 시게하루를 돌보지 못했다.

나는 내가 변호사라는 사실에 감사했다. 단순한 면회가 아니라 변호사로서 접견하고 있기에 다에코 씨에게 간수에게 방해받지 않고 슬퍼할 시간을 줄 수 있었다. 다에코 씨는 소리 없이, 이따금 어깨를 떨며 하염없이 눈물을 흘렸다.

한참 후에 눈가를 슥 훔치더니 다에코 씨는 깊이 머리를 숙였다.

"남편 장례식에 가주셨던 거죠? 남편은 선생님께 차갑게 굴었는데 이렇게 마음을 써주시니 어떻게 감사를 드려야 할지."

"아닙니다. 제가 신세를 졌지요."

그 말은 순순히 마음에서 우러나왔다.

"장례식은 친척분들이 치러주셨습니다. 묏자리도 여쭤보았습니다."

조금 목소리를 낮추어 말을 이었다.

"만약 원하신다면 보험금 수취 수속은 대행해드리겠습니다. 남편분 일은 안되었지만 앞으로도 돈은 필요할 겁니다."

"잘 부탁드리겠습니다."

다에코 씨는 다시 고개를 숙이고 말했다.

"하지만 그 돈은 그대로 써주세요. 선생님께는 죄송하지만, 돌아가신 야바 씨 회사에 먼저 빚을 갚았으면 합니다. 남은 돈은 밀린 선생님 변호비로 써주세요."

변호비는 나중에라도 상관없었지만 빚을 상환하는 것에는 찬성이었다. 다에코 씨의 살인은 빚이 원인이다. 빚을 갚는 것은 도의적으로 당연한 일이고, 또한 판사에게도 좋은 인상을 줄 수 있다. 다행히 남은 빚은 그리 많지 않았다. 이자를 포함해도 시계하루의 보험금으로 충분한 금액이었다.

"알겠습니다. 메구리타 상사에는 바로 연락하지요."

그렇게 전하자 평소 남들 앞에서 마음의 움직임을 드러내지 않는 그녀로서는 드물게 한숨을 한 번 쉬었다.

"하다못해 향이라도 올리고 싶지만 처지가 이러니 불가능하겠죠."

"그 점 말인데."

나는 가방에서 서류를 꺼냈다.

"이런 날에 죄송하지만 향후 방침을 조금 더 의논하시지요. 몇 번이나 말씀드렸지만 형량 면에서는 아직 싸울 수 있습니다. 새 증인만 잘 구하면 집행유예도 가능할 겁니다."

항소심 첫 번째 공판이 코앞이었다. 게다가 다에코 씨에게는 미래의 희망이 필요하다 싶어 그렇게 말했던 것이었다.

다에코 씨는 천천히 고개를 가로저었다.

"이제 됐어요."

"됐다니요?"

"선생님, 이제 됐어요. 항소를 포기하겠습니다."

뜻밖의 말에 나는 깜짝 놀라 황급히 몸을 내밀었다.

"그러면 안 됩니다. 낙심하신 건 이해합니다. 진정하고 생각해보세요. 이심은 일심만큼 오래 걸리지 않습니다. 조금 더 노력하면 내년에는 남편분 성묘도 갈 수 있을지 몰라요."

도통 이해할 수 없었다. 일심에서 다에코 씨는 자기변호는 거의 하지 않았지만 재판에 맞설 의지는 보였다. 야바의 비열한 행위를 내게 호소했고, 나는 거기에 근거해 논증을 펼쳤다. 항소를 할 때도 그녀는 망설이지 않고 부탁한다고 말했다.

"일시적으로 혼란스러우신 것 같은데 조금 진정할 시간을 갖도록 하지요. 금방 다시 오겠습니다."

다에코 씨는 고집스레 고개를 저었다.

"아뇨. 선생님, 부디 항소를 취하해주세요. 이제 됐습니다."

이유를 생각하다가 흠칫 놀랐다.

"남편이 돌아가셨기 때문입니까? 이제 빨리 나갈 의미가 없다는 말씀입니까? 당신은 남편분을 위해 그렇게까지……."

학창 시절, 어느 해질녘을 떠올렸다. 당신은 시게하루를 소중하게 여길지도 모르지만 시게하루는 그렇지 않았다. 당신이라는 아내를 두었다는 사실을 불행이라고 한탄했다. 그걸 알까?

하지만 다에코 씨의 뺨에 흐르는 눈물을 보니 아무 말도 할 수 없었다.

항소는 취하했고, 다에코 씨는 즉시 수감되었다.

징역 팔 년. 기나긴 세월의 시작이었다.

## 7

파일을 덮었다.

에어컨에서 나오는 온풍에 서류가 펄럭였다. 의자가 너무 낡아 작년에 가죽 의자로 바꾸었다. 지난 십 년, 다행히 많은 사람들에게 업무 능력을 평가받아 사무소 경영은 궤도에 올랐다. 결혼해서 딸을 얻었다. 옷과 음식 취향이 바뀌었다. 나는 나이를 먹었다.

젊은 시절, 우카와 다에코를 동경하지 않았다고 하면 거짓말이다. 눈을 감으면 지금도 처음 찾아갔던 날 살깃 무늬 기모노를 입고 있던 그녀나, 달마 시장을 함께 둘러본 날 도라지 무늬 비단 기모노를 입었던 그녀, 그리고 평상복을 입은 그녀가 떠오른다. 하지만 모두 옛날 일이다.

미간을 문지르며 일어나 창가로 갔다. 블라인드 틈새로 길을 굽어보았지만 우카와 다에코의 모습은 아직 보이지 않았다.

그녀에게 힘이 되고 싶었다. 그 일념으로 필사적으로 재판에 맞섰다. 하지만 결심을 한 뒤로 오 년이 지나니, 조용히 그 사건을 되짚어볼 수 있었다.

일심에서 나는 사건은 돌발적인 범행이라고 주장했다. 야바 에이지에게 육체관계를 강요당한 우카와 다에코는 수박을 자르려고 응접실에 가져간 식칼로 야바를 찔러 죽였다. 전부 예기치 못한 사고로, 가보인 족자에 피가 튄 것이 그 증거다.

그렇다면 그 달마는 무엇이었을까?

응접실이 살인 현장임을 증명하기 위해 검찰이 제출한 증거는 족자 하나만이 아니었다. 달마도 그랬다. 달마는 응접실 장식장에서 압수했다. 내가 하숙했을 때도 거기에 놓여 있었다.

족자에 피가 튄 것처럼 달마에도 혈흔이 남아 있었다. 하지만 한쪽 눈이 그려진 정면이 아니라 등이었다. 피가 우회하듯 돌아 구체에 가까운 달마의 등에 튀었다고 생각하기는 어렵다. 그렇다면 사건 당일 밤 달마는 정면이 아니라 뒤를 향해 놓여 있었다는 뜻이 된다.

달마는 길상의 상징이다. 그런 물건을 뒤로 돌려놓다니 보통은 그러지 않는다.

나는 우카와 다에코가 달마를 뒤로 돌려놓는 장면을 본 적이 있다. 집에서 생활비를 늦게 보내주었을 때의 일이었다. 우카와 시게하루에게 건넬 돈을 마련해야 하는 나에게 다에코는 비상금을 빌려주었다. 그때, 숨겨둔 곳에서 돈을 꺼내기 전에 다에코는 달마를 뒤로 돌려놓았다.

그것은 곧, 시선을 꺼렸던 게 아닐까?

시험공부가 안 풀릴 때 나는 가족사진을 넣은 액자를 엎어놓았다. 그 시선이 한심한 나를 탓하는 것처럼 보여 견딜 수 없었기 때문이다. 무생물이라 해도 시선에는 그런 힘이 있다.

비상금은 일반적으로 비밀스러운 자금이다. 그것을 넣고 빼는 모습을 한쪽 눈이 그려진 달마가 보고 있다. 다에코는 그게 싫어 달마의 눈을 가리려다가 마땅한 물건이 없자 달마의 시선을 돌려놓지 않았던가?

그렇게 생각하면 무서운 결과가 나온다.

사건 당일 밤 다에코가 굳이 달마의 눈을 돌려놓았다고 한다면, 그것은 응접실에서 시선을 피해야 할 어떤 일이 일어날 것을 알고 있었다는 뜻이기 때문이다.

우카와 다에코가 예상했던 어떤 일이 있다면, 그것은 역시 살인이리라. 가령 다에코가 육체관계를 요구할 야바의 행동을 예상하고 그것을 받아들일 각오를 굳혀서 달마의 눈을 피하려 했다면 그 후 살인으로 비화되지는 않았을 것이기 때문이다.

하지만 그 생각에는 이치에 맞지 않는 점이 있다. 나 스스로 법정에서 주장한 바와 같다. 다에코가 야바를 살해하더라도 빚이 사라지는 것은 아니다. 사실 나중에 메구리타 상사는 법원을 통해 우카와가의 가산을 차압했다. 그래도 남은 빚은 시게하루의 사망 보험금으로 겨우 갚을 수 있었다. 굳이 야바 한 사람을 죽일 의미가 없는 것이다.

그러므로 우카와 다에코의 살인은 계획성 없는 불행한 사고였다. 다에코가 수감된 후로 오 년, 나는 스스로를 그렇게 타일렀다.

세월이 흐르는 사이 내 딸은 말을 배우고 걸음마도 뗐다. 휴일 낮, 딸이 달려와서 내게 플라스틱 블록을 내밀었다.

"아빠, 이거."

나는 환하게 웃으며 물었다.

"뭘까, 아빠 주는 거야?"

딸은 아무 말 없이 위태로운 걸음으로 엄마 곁으로 가버렸다. 나는 쓴웃음을 지으며 딸이 준 선물을 손에 쥐고 신문을 읽고 있었다.

한참 있다가 아내가 입을 열었다.

"자, 이제 끝. 그만 치울까?"

아내와 딸은 블록 놀이를 하고 있었던 모양이다. 두 사람은 와르르 소리를 내며 블록을 상자에 넣었다. 정리가 거의 끝나갈 즈음 아내가 미소를 지으며 내게 말했다.

"여보. 방금 숨긴 블록도 내놔요."

우카와 다에코 사건을 다시 진지하게 고민하게 된 것은 그 후였다.

딸이 내게 블록을 건네준 것은, 내게 주려는 마음 때문이 아니었다. 곧 엄마가 전부 치워버릴 것을 알고 일부만이라도 피난시키기 위해 내게 맡겼던 것이다. 어린 딸이 완전히 의식적으로 그런 행동을 한 것은 아니겠지만 행동의 의미는 그렇다. 아내가 눈치챘기에 블록은 빼앗겼지만 만일 알아차리지 못했다면 딸은 나중에 내게 다가와 작은 손을 펼쳤으리라.

우카와 다에코는 가산을 차압당했다. 그 물건들은 경매로

팔려 메구리타 상사의 차입금 상환에 사용되었다. 나는 차압 당하지 않은 물건이 있다는 것을 깨달았다.

묵화 족자다.

족자는 차압을 피했다. 국가에서 맡고 있었기 때문이다. 족자에 피가 묻었기 때문에 살인 사건 현장을 증명할 증거품으로 검찰이 가지고 있었다.

피해자인 야바 에이지의 평판은 유명했다. 원하는 것을 손에 넣기 위해 돈을 빌려주는 경우가 있었다. 때때로 그 대상은 눈독을 들인 여자이기도 했다. 그뿐만이 아니다. 취미로 모으는 골동품을 손에 넣기 위해 돈을 빌려줄 때도 있었다. 나 역시 애장품인 검을 빼앗긴 노인을 증인으로 소환하지 않았던가? 그 족자는 시마즈 영주에게 받은, 영주의 직필 서화였다. 탐을 내는 골동품 마니아가 분명 있다. 야바가 다에코에게 요구한 것은 그 족자가 아니었을까?

살인의 결과로 족자에 피가 튄 것이 아니라, 피를 튀게 하는 것이 살인의 목적이었다.

혈흔은 표구 바탕에만 묻었다. 다른 각도에서 보면 다에코의 긍지의 원천, 소중한 묵화 부분에는 묻지 않았다는 뜻이다. 장식단에 걸려 있던 족자에, 우연히 표구 부분에만 피가 튀었을까? 아니면 묵화에는 튀지 않도록 조심히, 족자를 향해 피가 묻은 식칼을 털었을까? 그러려면 뭔가 편평한 물건으로 묵화 부분을 덮어두는 게 좋을 것이다. 그러고 보니 피가 묻은 증거품으로 방석도 있었다. 어느 날 밤 나는 내 추측을 일소에 부치려고 족자 사진과 방석 사진을 겹쳐보았다. 이 일을 시작한 지 십여 년, 그때만큼 전율했던 적이 없었다. 혈흔은 퍼즐처럼 맞아떨어졌다.

우카와 다에코는 가보를 지키려 했다. 그렇게 생각하자 비로소 항소를 포기한 이유를 이해할 수 있었다. 우카와 시게하루가 병사했기 때문에 다에코는 보험금으로 빚을 갚을 수 있었다. 빚이 사라지면 족자를 빼앗길 우려도 없다.

재판을 길게 끌어 족자를 증거품으로 맡겨둘 의미도 사라진 것이다.

초봄의 거리를 굽어보며 생각했다.

우카와 다에코는 내게 친절했다. 재학중에 사법시험에 합격할 수 있었던 것도 그녀가 전면적으로 도와주었기 때문이다. 그녀가 인생의 은인인 것은 사실이다.

하지만 다에코의 속마음은 어땠을까? 족자를 내게 보여주면서 그녀는 이렇게 말했다.

'선조님은 학당을 열어 신분이 낮은 무사를 돌봐서 출세를

도왔어요.'

뜻대로 되지 않는 세상에서 시대를 한탄하며 후회했던 것은 그녀가 아니었을까? 내 학업을 도와준 것은 가보이자 긍지이기도 한 묵화를 물려준 선조를 좇은 행동이 아니었을까? 그것만이 고통스러운 나날 속에서 다에코가 스스로를 자랑스럽게 여기는 방법 아니었을까?

만일 자기 아내가 그렇게 생각하고 그렇게 행동한다면 나도 술잔을 기울이며 이렇게 말했을지 모른다. '술이 센 것도 불행이지만, 마누라가 훌륭한 건 더 나빠…….'

우카와 다에코는 아직 내 도움이 필요하다. 검찰이 압수한 증거품은 쉽게 돌아오지 않는다. 돌려받고 싶다는 의향을 검찰에 전하려면 변호사의 힘을 빌리는 게 낫다.

동경은 과거의 감정이고, 재판은 끝났다. 우카와 다에코의 죄와 계획이 무엇이었든 전부 끝난 일이다.

달마 대사는 구 년 동안 벽을 바라보고 좌선을 해 깨달음을 얻었다고 한다.

우카와 다에코는 오 년의 복역 끝에 만원성취를 이루었을까?

계절의 길목, 거리에 그녀의 모습은 아직 보이지 않는다.

**김선영**
한국 외국어 대학교 일본어과를 졸업했다. 다양한 매체에서 전문 번역가로 활동했으며 특히 일본 미스터리 문학에서 왕성한 활동을 하고 있다. 옮긴 책으로는 『쌍두의 악마』, 『인형은 왜 살해되는가』, 『살아 있는 시체의 죽음』, 『손가락 없는 환상곡』, 『고백』, 『클라인의 항아리』, 『열쇠 없는 꿈을 꾸다』, 『완전연애』, 『경관의 피』, 『흑사관 살인 사건』 등이 있다.

야경 夜警

**1판 1쇄** 2015년 7월 3일
**1판 13쇄** 2023년 11월 15일

**지은이** 요네자와 호노부
**옮긴이** 김선영

**책임편집** 지혜림 | **편집** 임지호
**아트디렉팅** 이혜경 | **본문조판** 백주영
**저작권** 박지영 형소진 최은진 서연주 오서영
**마케팅** 정민호 서지화 한민아 이민경 안남영 왕지경 황승현 김혜원 김하연 김예진
**브랜딩** 함유지 함근아 고보미 박민재 김희숙 박다솔 조다현 정승민 배진성
**제작** 강신은 김동욱 이순호 | **제작처** 영신사

**펴낸곳** (주)문학동네 | **펴낸이** 김소영
**출판등록** 1993년 10월 22일 제2003-000045호

**주소** 10881 경기도 파주시 회동길 210
**문의** 031-955-1901(편집) 031-955-2696(마케팅) 031-955-8855(팩스)
**전자우편** editor@elmys.co.kr | **홈페이지** www.elmys.co.kr
**인스타그램** @elixir_mystery | **트위터** @elixir_mystery

ISBN 978-89-546-3673-5 03830

엘릭시르는 출판그룹 문학동네의 장르문학 브랜드입니다.

잘못된 책은 구입하신 서점에서 교환해드립니다.
기타 교환 문의 031-955-2661, 3580